光文社文庫

文庫書下ろし

照らす鬼灯《ほおずき》
上絵師 律の似面絵帖

知野みさき

光　文　社

この作品は光文社文庫のために書下ろされました。

目次

本作品に登場する律を取り巻く人物たち

律《りつ》
上絵師。幼馴染みの涼太と結ばれ、葉茶屋・青陽堂の若おかみに。お上御用達で事件解決のための似面絵も描いている。

涼太《りょうた》
青陽堂の跡取り息子。律とは幼馴染みで夫婦に。人の顔を覚えるのが得意で御用聞きにスカウトされたことも。

慶太郎《けいたろう》
律の年の離れた弟。菓子屋・一石屋に住み込みで奉公している。

佐和《さわ》
青陽堂の女将で涼太の母。入婿の清次郎《せいじろう》は茶人でもある。

香《こう》
涼太の妹で律の幼馴染み。薬種問屋・伏野屋の尚介《しょうすけ》に嫁ぎ、長男・幸之介《こうのすけ》を出産。

今井直之《いまいなおゆき》
律の仕事場の隣人で手習指南所の師匠。律を幼い頃からずっと見守り、力を貸している。

広瀬保次郎《ひろせやすじろう》
定廻り同心。読書好きで、本を通じて書物同心の娘・史織《しおり》と出会い結ばれた。

太郎《たろう》

元盗人。密偵として火付盗賊改の同心・小倉《おぐら》祐《ゆう》介《すけ》に仕えている。

綾乃《あやの》

浅草の料亭・尾上の娘。涼太に想いを寄せていて律と気まずくなったこともあったが今は仲直りしている。

類《るい》

上野の呉服屋・池見屋の女将。モノを見る目は厳しいが律を見込んで上絵の仕事を頼んでいる。

六太《ろくた》

青陽堂の丁稚。綾乃に身分違いの想いを寄せているが……。

千恵《ちえ》

類の妹。嫁入り前に手込めにされた過去を引きずっていたが、明るさを取り戻した。

雪永《せつえい》

日本橋の材木問屋の三男で、粋人にして茶人。千恵に長年想いを寄せている。

由郎《よしろう》

日本橋の小間物屋・藍井の店主。役者顔負けの美男で武芸の心得もある。

伊三郎《いさぶろう》

律の父親で上絵師。妻の美和《みわ》が辻斬りに殺された時に手に怪我を負い、失意の末に同じ辻斬りの手にかかって亡くなった。後に律は両親の仇討ちを果たす。

第一章

所変われば

一

「お待たせしました」

律《りつ》が池見屋《いけみや》の奥の座敷で鞠巾着《まりきんちゃく》を納める間、涼太《りょうた》は店で番頭の庄五郎《しょうごろう》と話していた。

「お気をつけて」

庄五郎や手代の「四郎たち」――征四郎《せいしろう》と藤四郎《とうしろう》――に見送られて、律たちは表へ出た。

三日前、霜月《しもつき》は十二日に、王子《おうじ》の滝野川《たきのがわ》村に住む豊《とよ》の訃報《ふほう》が届いた。

豊は律の母親・美和《みわ》の叔母《おば》だ。言伝《ことづて》によると、ちょうど七十歳だった豊は七日に癪《しやく》を起こして亡くなった。美和が勘当同然に伊三郎《いさぶろう》に嫁いで以来、美和の親類とはほとんど付き合いがなく、豊とも三度しか顔を合わせたことがない。一度目は四、五歳の頃で律の記憶にはなく、二度目は美和の葬儀の折、三度目は伊三郎を悪く言われたため物別れに終わっていた。

しかしながら、のちに息子の太吉《たきち》を通して伊三郎への線香をもらっており、また昨年、此《こ》度《たび》の遣いのように「ついでの折」に涼太と夫婦《めおと》になったことを言付けたところ、やはりしばらくして太吉が――これまた市中に遊びに来たついでだったが――祝儀を届けに来てくれた。

——弔問に行きなさい——と、姑《しゅうとめ》にして青陽堂《せいようどう》の女将《おかみ》の佐和《さわ》はすぐさま言った。

訃報が命日からほどなくして届いたことに加え、太吉が組頭《くみがしら》を務めているからだろう。

組頭と名主《なぬし》、百姓代は村方三役と呼ばれる顔役で、土地によっては旗本よりも裕福である。

弔意はあるが、暮れるほどの悲しみはない。むしろ、ともすると涼太と二人きりの外出に胸が浮き立ちそうになって、律はその都度《つど》己《おのれ》を戒めた。

王子の方へ足を向けながら、律は言った。

「お千恵《ちえ》さんの着物は、まだ仕立て上がってなかったわ」

千恵と雪永《せつえい》は十日前、晴れて「許婚《いいなずけ》」となった。それより前に、神無月《かんなづき》の半ばに雪永から頼まれていた江戸菊《えどぎく》の着物を律は五日前に納めていた。

「お千恵さんも雪永さんも、あの出来栄《できば》えなら大喜びさ」

「ふふ」

己も出来栄えには満足していたから、律は微笑《ほほえ》んだ。

「お千恵さんからは、袱紗《ふくさ》を頼まれたんだったな？」

「ええ、着物とお揃いの江戸菊で」

神無月に盗人《ぬすっと》の正二《しょうじ》の捕物や、正二に大川に突き落とされた綾乃《あやの》——浅草の料亭・尾上《おのうえ》の娘——の救助に一役買った礼として、律は火盗改《かとうあらため》こと火付盗賊改方《ひつけとうぞくあらためかた》から金子《きんす》をもらった。礼金は一両で、涼太、律、それから丁稚《でっち》の六太《ろくた》へと渡されたものであったが、共に尽力した千恵と四人で割ることにして、一分《ぶ》を千恵に渡していた。

思わぬ褒美《ほうび》に喜んだ千恵は、その金で雪永に贈り物をすることにした。だが雪永は材木問屋の三男で、金に苦労したことがない。一分で雪永の御眼鏡に適《かな》うような贈り物はそう見つからず、千恵はあれこれ悩んだ末に袱紗に決めた。

雪永は茶の湯も嗜《たしな》む粋人《すいじん》ゆえに袱紗も何枚も持っていて、律もこれまでに栗や雷鳥《らいちょう》の意《い》匠《しょう》の袱紗を引き受けたことがある。今度は意匠に悩み始めた千恵に、池見屋の女将にして千恵の姉の類《るい》は勧めた。

――まったく、いつまでもうだうだと。なんだっていいじゃないのさ。お前からの贈り物なら、なんだって喜ぶよ、雪永は。なんなら着物とお揃いの意匠はどうだい？――

――そんな投げやりな……――

――だが、お前たちはこれから一緒に菊作りをしてくんだろう？　だったら、売り込みのいいねたになるじゃないか。お前は着物を着て、雪永は茶の湯で客をもてなせばいい――

「お揃いか……なんだかんだ、嬉しいだろうな。お千恵さんも、雪永さんも」

「私もそう思うのよ」

同じく一分の分前《わけまえ》にあずかった六太は「私はただ、若旦那について行っただけですから」と遠慮したのち、「それなら、みんなに甘い物でも」と、律を通じて、幾度かに分けて一石《いっこく》屋《や》の菓子を注文して皆に振る舞った。

一石屋は律の弟の慶太郎《けいたろう》が奉公している菓子屋で、丸に一つ石の焼印が入った饅頭《まんじゅう》が名物だ。青陽堂から二町ほどしか離れていないにもかかわらず、慶太郎とはなかなか顔を合わせる機会がない。よって六太の計らいには、店の皆だけでなく律も喜んだ。

六太さんは気が細やかだから……

奉公人の中では一番若い十三歳の新助《しんすけ》、亀次郎《かめじろう》、利松《としまつ》の三人組を始め、典助《のりすけ》や幸太《こうた》、倉次《くらじ》郎《ろう》、富助《とみすけ》が甘い物好きで、饅頭に舌鼓《したつづみ》を打っていた。

奉公人たちを思い出したついでに律は問うた。

「七朗《しちろう》さんはどう？」

「まだなんともいえねぇなぁ……」と、つぶやくように涼太が応える。

七朗は豊の訃報と前後してやって来た、新しい雇人だ。

青陽堂は昨年の混ぜ物騒ぎで、源之助《げんのすけ》と豊吉《とよきち》の二人に暇を出した。また、神無月には道孝《みちたか》と友永《ともなが》の二人が、米沢《よねざわ》に住む友永の両親の家業を手伝うべく店を去ったため、この二年ほどで四人の手代を失っている。

源之助と豊吉がいなくなってから、佐和や涼太はいずれ乙吉《おときち》と六太を丁稚《でっち》から手代にすべく、手代見習いとして育ててきた。道孝と友永が去ったことで、二人を年明けに昇進させて、新たに丁稚を二、三人雇い入れるつもりでいたところ、霜月に入って急遽《きゅうきょ》、涼太の父親の清次郎《せいじろう》が口入れ屋・仲里屋《なかざとや》から話を持ってきたのである。

なんでも仲里屋の主の迅平《じんぺい》は清次郎の茶人仲間だそうで、「七朗は真面目ないいやつなんで、まずは三月《みつき》、試しに使ってみてください」とのことだった。迅平は七朗に随分肩入れしているようで、試しの三月の間は仲里屋から通わせるそうである。七朗は甲斐国《かいのくに》の出で、一年余り前に江戸に来て、日本橋《にほんばし》で郷里と同じく麴屋《こうじ》に勤めていたが、しばらく前に店の都合で暇を出されていた。

「でもまあ、仲里屋が買ってるだけあって、なかなかの働き者だ」

日本橋の店では主に届け物を担っていたらしく、七朗は市中の道に詳しかった。青陽堂でもまずは届け物を頼んでみようと、今は七朗と同い年の三吉《さんきち》、佐平次《さへいじ》、助四郎《すけしろう》がそれぞれ届け物に行く時に伴をさせている。

「実家は大工だったわね」

「うん。昔は家業を手伝ってたそうで、力持ちだから助かるとおふくろが言ってたさ」

背丈は五尺七寸ほどで涼太よりやや低いが、ずっとがっちりした身体《からだ》つきゆえに、目方は二貫ほども重そうだ。顔かたちは並の内だが少しばかり目つきが悪く、まだ幾度かしか顔を合わせていない律は硬い顔しか見ていない。

「助四郎さんとは同じ四男だから、話が合うかもしれないわ」

「そうだなぁ」

頷《うなず》いてから、涼太はくすりとした。

「七朗が『四朗』じゃなくてよかったよ」

「ややこしいものね」

というのは、助四郎は他の奉公人や客に「助」と呼ばれることもあれば、「四郎」と呼ばれることもあるからだ。

七朗は四男ではあるが、父親が「一二三《ひふみ》」ゆえに、長男が「四朗」、次男が「五朗《ごろう》」、三男が「六朗《ろくろう》」と名付けられたと聞いている。名前に数字が入った奉公人は他にもいるが、七朗のように必ずしも生まれた順とはいえなかった。たとえば、源八郎《げんはちろう》は次男、八兵衛《はちべえ》、権七《ごんしち》、治郎吉《じろきち》はそれぞれ三男で、六太に至っては長男だ。

湯島天神《ゆしまてんじん》の北側を通って、律たちは本郷《ほんごう》から日光御成道《にっこうおなりみち》へ出た。

話の種は七朗から番頭の勘兵衛《かんべえ》に、それから千代《ちよ》へと移った。

千代は本名を青《せい》といい、若き時分、勘兵衛と言い交わしていたにもかかわらず、家の借金が理由で他の男に嫁いだ。夫の死後に江戸を離れた千代は長らく死んだことになっていたが、紆余曲折《うよきよくせつ》を経て江戸に戻り、ほんの十日前――千恵と雪永が許婚となった同日に――勘兵衛と再び想いを確かめ合った。

千代は葉月《はづき》に吉原《よしわら》から紺《こん》と加枝《かえ》の二人を請け出していて、この二人に勘兵衛を交えて茶屋を開こうとしているらしい。

「勘兵衛さんがいなくなったら、寂しくなるわね……」

「ああ、けれどもまだ先の話さ。まずは作二郎《さくじろう》さんに番頭を引き継いでからだ。その時分には俺も店を――いいや、おふくろのことだから、勘兵衛さんがいなくなるとなったら、もう一踏ん張り居座るかもな」

「居座るだなんて」と、律は苦笑を漏らした。「お義母《かあ》さまはなんだかんだ、涼太さんのことを買っていらっしゃると思うわ」

「うん、俺もそう思わないでもないんだが、店はおふくろの生き甲斐《がい》だからなぁ」

やはり苦笑を浮かべてから、涼太は付け足した。

「だが、そんときゃ揃いの着物と袱紗もいいかもな」

「えっ？」

「ほら、俺が跡を継いだら、お前も店や客先に顔を出すことが増えるだろう。俺ももう少し茶の湯を学んでよ……」

店主である佐和とは立場が違うが、青陽堂の嫁として律も客に挨拶《あいさつ》をすることがある。己が描いた着物を着るとなるとどうも気恥ずかしいが、嬉しそうな涼太の笑顔に律の顔もほころんだ。

「それなら、意匠はやっぱり茶葉かしら？」

「そうだなぁ――」

茶葉を意匠にした青陽堂の前掛けを思い浮かべながら歩いて行くと、飛鳥山《あすかやま》が近くなる。

王子に着くと、先に清次郎から薦められた旅籠《はたご》・つぐみ屋に寄って今宵《こよい》の宿を得た。

一晩しか泊まらぬゆえ荷物というほどの物はないが、多少なりとも身軽になって、律たちは今度は一路、滝野川村の太吉の家に向かった。

二

「おふくろのために……ありがとうよ」

太吉は律たちの弔問を喜んだが、そのやつれぶりに律は胸が痛んだ。

親を、それも突然失う悲しみは嫌というほど知っているのに、どこかで七十歳なら大往生の内だと思っていたことを深く自省する。

ううん。二親《ふたおや》だけじゃない。

誰だろうが、大切な人との別れはつらいもの――

律は母親も父親も、小林吉之助《こばやしきちのすけ》という旗本の息子に殺された。美和は吉之助の辻斬りの犠牲に、伊三郎は辻斬りが吉之助だと突き止め、問い質《ただ》した折に締め上げられて、気を失ったまま川に落とされたのだ。

のちに捕まった吉之助は、律の二親を含め少なくとも十二人を殺《あや》めていた。だが、旗本の息子ゆえにその罪は表沙汰にはならず、「病死」したことになっている。

美和が辻斬りに遭ったのはやはり王子を訪れた折で、夕刻に太吉の家から旅籠に戻る道中だった。およその死に場所は以前太吉から教わっていて、行きに涼太と手を合わせて来た。帰りもまた美和の冥福《めいふく》を祈ろうと、旅籠への道のりを折り返してゆくと、ちょうど美和の死に場所の辺りに人影が見える。

遠目にも男が手を合わせていることが判って、律は涼太と見交わした。

「もしかして、喜一《きいち》さんかしら……？」

美和の兄の喜一は健在だが、顔を合わせるのはどうも気まずい。美和が勘当同然になったのは、親類の反対を押し切って伊三郎に嫁いだためで、喜一は伊三郎をもよく思っていなかった。また、亡き豊もそうだったが、喜一も伊三郎が美和を太吉の家に一人で行かせたことを責め立てて、美和の葬儀ののち、律たち親子は縁切りを言い渡されていた。

やや足を緩《ゆる》めて近付いて行くと、喜一ではないことが見て取れた。

安堵したのも束の間、今度はどこの誰だろうと律は訝《いぶか》った。

男が顔を上げてこちらを見たのへ、涼太が声をかける。

「もしや、お美和さんのお知り合いですか？」

「お美和さん？」

「私の母です」と、律が応えた。「八年前に、ここで辻斬りに殺されたんです」

「さようやったか……」

上方言葉《かみがた》で応えた男は白髪《しらが》交じりで、五十路《いそじ》前後と思われた。背丈は五尺五寸ほどで、杖を手にしている。町人髷《まげ》でござっぱりした身なりだが、腰に脇差しを差しているがため、ただの町人ではなさそうだ。

「私は余助《よすけ》ちゅう者でして、お母さんのことは存じまへんが、ついさっき、この辺りで辻斬りに遭うた女の人がいてたと聞いたさかい、手ぇ合わせて行こうと思うたんです」

「さようで……母のためにありがとう存じます。ああ、私は律と申します」

「涼太と申します」

続けて名乗ってから涼太は付け足した。

「神田で青陽堂という葉茶屋《はぢゃや》を……に勤めております」

営んでいる——と言いたかったのだろうが、涼太はいまだ一手代のままである。

律と自分を交互に見やった余助へ、涼太は更に付け加えた。

「まだ継いではおりませんが、私は跡取り、お律は私の妻でして、今日はお律の親類を訪ねて参ったのです」

「はははは、不躾《ぶしつけ》にじろじろ見てもうてすんまへん。神田の店者《たなもの》がそないな身なりで、こないなところで女の人——それもおかみさんと一緒とは、こら人には言われへん仲かと疑ってもうた」

「ははは」

涼太が苦笑を漏らす隣りで、律は少しばかり頬を熱くした。

余助は、律が引眉《ひきまゆ》に鉄漿《かね》をつけているため「人妻」だと踏んだのだろう。

律たちは以前品川宿《しながわしゅく》で、清次郎に「店者と若女将の駆け落ちだ」とからかわれたことがある。今日の涼太は若旦那にふさわしい身なりをしているが、それはそれで余助にあらぬ疑いを抱かせたようだ。

恥ずかしさを誤魔化すべく律は問うた。

「余助さんは、上方からいらしたんですか？」

「せや。大坂から江戸見物にな」

聞けば余助は隠居の身で、中山道《なかせんどう》を旅して来たという。

「中山道ですか」

涼太が驚きを滲《にじ》ませたのは、中山道の方が東海道に比べて険しいからだろう。長旅で杖が入り用な身体であれば、船に乗ることもできる東海道の方がよさそうだと律でも思う。

「足はそう悪ないんや」と、察し良く余助は応えた。「せやけど長旅やさかい、杖があるとないとでは大違いでなぁ。それに東海道は幾度か通ったことがあるさかい、此度は中山道を行こう思うたんや」

「そうでしたか」

「急ぎ旅でもないさかい、市中に行く前に王子でゆっくり休もと思うてんけど、結句暇を持て余して出て来てもうた」

飛鳥山は昨日のうちに、王子権現《ごんげん》は朝のうちに訪れていて、昼からはのんびり辺りを散策していたそうである。

律を見やって余助は言った。

「実は、私の友人もその昔、辻斬りに殺されてなぁ。せやから、お律さんのお母さんの話が他人事《ひとごと》には思われへんかったんや」

「ご友人を？」

「あないなことになるとは、どないに無念やったろかと……」

眉をひそませた余助もまた、強い無念を抱いているようだ。

私だって──

無念もそうだが、吉之助への変わらぬ恨みがふつふつと湧き上がってくる。

「母もきっと無念だったと思います。あの」

男──と言いかけて、他言無用だったと言葉を呑み込む。

「……辻斬りのことは、今もって憎くて憎くてたまりません」

おっかさんだけでなく、おとっつぁんまで手にかけたのだから──

加えて律は、吉之助に騙《だま》されて連れ込まれた屋敷で手込めにされかけた。

「判ります」と、余助は頷いた。「友人を亡くしてもう二十年になるけど、私もいまだやっを許せまへん」

「余助さんのご友人を殺めた辻斬りは捕まったのですか？」

やつ、という言葉から、余助は辻斬りを見知っているように感ぜられて律は問うた。

「ええ。お律さんの方は？」

「母を殺めた者は、その、結句判らず仕舞いで……」

「そら悔しいなぁ……」

よく知らぬ者とはいえ、同じ痛みを抱いている余助に嘘をつくのは心苦しいが、定廻《じょうまわ》り同心の広瀬保次郎《ひろせやすじろう》——ひいてはお上との約束ゆえ致し方ない。

世間話をするうちに、余助が四十五歳だと知れた。思ったより若く、伊三郎と同い年である。また余助の宿もつぐみ屋だと判って、律はますます親しみを覚えた。

「お二人はもう宿にお帰りでっか？」

「はい」と、涼太。「余助さんも？　それならご一緒しませんか？」

「いやいや、そう悪ないとはいえ、杖つきやから私はのんびり行くで。せやけど、板橋《いたばし》では今日日《きょうび》追剝《おいはぎ》が出ると聞いたでな。ここは離れとるし、まだ明るいから平気やろうけど、気ぃ付けて帰っとくんなはれ」

「板橋で……それなら尚のこと一緒に戻りませんか？　私どもはもう今日の用事は済ませてしまったので、殊《こと》に急いでおりません」

「いやいや」と、余助は繰り返した。「見たところ、涼太はんもお律さんも真面目なお人や。とすると、こないして二人で出かけることもあまりあれへんやろう。野暮はしたないさかい、どうかお二人でゆきなはれ」

涼太と見交わして微笑むと、律たちは素直に余助の厚意を受けることにした。

三人で改めて美和のために手を合わせてから、律たちは余助と別れてつぐみ屋へ帰った。

三

余助と再会したのは夕餉《ゆうげ》を終えてまもない、六ツ半という時刻だった。

手水《ちょうず》に立った折に玄関先の騒がしさが気になって覗いてみると、余助が女の二人連れと戻って来たところであった。

律を認めた余助と会釈を交わすと、それに気付いた仲居が事の成りゆきを教えてくれた。

「あちらの女の人が追剝に襲われたところを、あのお客さまがお助けなすったそうで」

「追剝に？」

問い返した律に、余助は直《じか》に応えた。

「そうなんや。まったく驚き桃の木山椒《さんしょ》の木……お律さんらに話した時は半ば冗談やったんやけど——ほれ、その方がお二人がもっと仲良うできるかと思うて——せやけど、やつらは板橋からこの辺りにまで足を延ばしていたんや」

女たちは母娘《おやこ》だそうで、余助の妻子でもおかしくない年頃だ。

律と変わらぬ歳だろう娘の方は登美《とみ》という名で、王子権現参りの帰りしな、疲れを見せた母親のために駕籠《かご》を頼もうとしたという。

「母を茶屋で待たせて駕籠屋を探していたところ、やつらの一人が声をかけてきて……市中への戻り駕籠だから安くしておく、と……」

登美たちは日本橋の金物屋・島津《しまづ》屋の者だが、明日は寛永寺《かんえいじ》を詣《もう》でるつもりで今宵は上野《うえの》泊まりとしていた。上野は日本橋より近いが、日暮れが近付いていたこともあり、登美は叶うなら自分も駕籠に乗りたいと考えていて、男たちの申し出に迷った。

「それなら顔見知りの駕籠屋を一緒にあたろう、まずはあなたさまが乗ってくれ――そう言われて、私はつい騙されてしまいました」

男たちが登美を乗せたのは四手《よつで》駕籠で、「冷えるから」とすぐに簾《すだれ》が下ろされた。

「けれども、簾越しにも人気《ひとけ》が減っていくような気がして……窓を覗いてみると、辺りには田畑しかなく――」

慌《あわ》てて男たちに話しかけるも応えはなく、転げるように駕籠から降りると、男たちに近くの茂みに連れ込まれた。

巾着《きんちゃく》と財布に次いで、簪《かんざし》と櫛《くし》も取り上げられた。その上で男たちは辺りを見回し、登美を手込めにしようとしたという。

余助が藪《やぶ》から棒に現れたのはそんな矢先だった。

「遠目に駕籠が見えてなぁ。なんやら勘が働いて窺《うかご》うとったら、この人が転げ出たもんやさかい、こらあかんと思うたんや。せやけど二人に一人や分《ぶ》が悪い。不意打ちを狙《ね》ろうて、やつらに気取られんよう、隠れながら近付いたんや」

杖で打ち据える前に男たちに気付かれたが、どやしつけて、脇差しを抜いて見せると二人は早々に逃げ出して行ったそうである。

「私は叫ぶこともままならず……余助さんが来てくださらなかったら、今頃どうなっていたか……もう恐ろしくて、恐ろしくて……」

吉之助が律にそうしたように、男たちも登美に叫ばれぬよう、自害されぬよう、口を抑えていたと思われる。やはり騙されて駕籠に乗せられ、手込めにされかけた律は登美に深く同情し、怒りに身を震わせた。

「なんにせよ、ご無事で何よりでした」と、女将が登美たちを労《ねぎら》った。

人を呼んだり、母親のもとへ戻ったり、番屋へ行ったりと一刻ほどばたばたしたのち、登美は上野行きは諦め、もう一晩王子で過ごすことにしたという。

「あいにく、もう空《あき》部屋はないのですが――」

「ほんなら私が出まひょ。今から宿を探すんは骨やろう。私一人ならどないにもなる。なんやったら番屋に泊めてもらいますわ」

己を遮《さえぎ》っての余助の申し出に、女将が微笑む。

「いえいえ、空部屋はありませんが、座敷でよろしければお支度いたします」

「ははは、せやったんか。流石《さすが》女将さん、機転が利くなぁ」

「余助さんには敵《かな》いませんわ」

「いやいや、私はただの世話焼きや。ほな、お登美さんもお母さんも、それでええか？」

「それはもちろん……何から何まで、ほんにありがとう存じます」

登美とその母親が恐縮する傍ら、律は余助に問うた。

「あの、余助さんは追剝たちの顔を覚えておられますか？」

「覚えとるとも。もしもまた見かけたら、今度こそとっ捕まえたる」

語気は変わらぬが、その顔には強い怒りが滲んでいる。

「それなら、まずは似面絵《にづらえ》を描くのに助太刀《すけだち》していただけませんか？」

「似面絵？」

「はい。私は上絵師《うわえし》でして、似面絵も得意なのです。描いた似面絵は番屋に届けて、追剝を捕まえるのに役立ててもらえたら――と」

「ほう……ほな、一つその腕前を拝見いたしまひょ」

余助が夕餉を済ませる間に律は涼太に事情を話し、女将に硯《すずり》と墨《すみ》を借りに行った。

やがてやって来た余助を前に筆を執《と》ると、顔かたちを少しずつ聞き出しては下描きの紙に描いていく。

似面絵を描き始めて三年が過ぎた。もともと写し描きは得意だったが、いまや言葉から描き起こすことにもすっかり慣れて、「お上御用達《かみごようたし》」と呼ばれるに恥じぬ腕前になったと自負している。ただし保次郎や火盗改の小倉祐介《おぐらゆうすけ》が連れて来る者のほとんどは素人《しろうと》ゆえに、あやふやな記憶や言葉から顔かたちを聞き出し、下描きを描くまでに時がかかることが多い。

だが余助の言葉は的確で、似面絵に慣れた涼太や小倉の密偵の太郎のごとく、およその顔がすぐに思い浮かんだ。

「はぁ、こら驚いた」と、余助も感心しきりだ。「聞いただけで、こないにすらすら描けるとは大した腕前や」

余助の褒《ほ》め言葉よりも、涼太の得意げな顔が面映《おもは》ゆい。

「上絵師ちゅうと、背中やら胸やらに紋印《もんじるし》を描くお人やろう?」

「紋印はもちろんですが、どんな絵でも描きますよ。花や鳥、山や川の景色なども……着物の他にも巾着や袱紗、お包《くる》みなども手がけております」

「布に描くんは、紙に描くんよりずっと難しいやろうになぁ。何より女の人が——お店のおかみさんが——そないな職人仕事をしとるとは驚きや」

「もう亡くなりましたが、父が上絵師でして……夫やお義母さん、お義父《とう》さんたちのおかげで、不自由なく仕事に打ち込んでおります」

偽りなき本音である。

上絵をやめる気はなかったが、涼太たちの理解がなければ、こうも自由に仕事を続けてこられなかっただろう。

ちらりと涼太を見やることで謝意を伝えると、余助がくすりとした。

「こら、あてられてもうた。お邪魔虫はとっとと退散するで、後はお二人でごゆっくり」

にこにこしながら腰を上げた余助を見送りがてら、女将に借りた硯を返しに行った。

部屋に戻ると、涼太が手招く。

「なんですか?」

目の前に座り込んだ律へ、涼太が口角《こうかく》を上げてにじり寄る。

「やっとお邪魔虫がいなくなった」

応えを待たず、涼太はするりと律の肩に腕を回して抱き寄せた。

四

五日後の朝。

再び池見屋を訪れた律は、客が二人も己の着物を求めて来たことを知った。

「二人も？」

「雷鳥の着物を着ていた由郎《よしろう》さんから、うちの名を聞いたってんでね」と、類。

神無月の炉開きの翌日に開かれた千代宅での茶会に、日本橋の小間物屋・藍井《あいい》の店主の由郎は律が描いた雷鳥の着物を着て来た。その道中で、どこであつらえた着物かと、呉服屋の名を問うた者が三人いたと言っていた。

「由郎さんは、上絵師が女だと知られない方がいいと踏んだんだろうね。どちらの客もお前の名は知らなかったけど、『藍井の旦那の、雷鳥の着物を描いた者』に頼みたいってのさ」

「そうですか」

――近いうちに、名指しで注文がくるやもしれませんよ――

由郎が言った通りになったと、律の胸は浮き立った。

「けどまあ、一人は私がもう断っちまったけどね」

「断った？　どうしてですか？」

一転、水を差されて律は目を剝《む》いた。

「いけ好かない客だったんでね」

「いけ好かないって――どのように？」

事もなげに応えた類に更に問うも、類は小さく鼻を鳴らした。

「いいじゃないのさ。私の店なんだから、私が気に入らない客の注文は受けないよ」

海千山千《うみせんやません》の類には、律より人を見る目があるだろう。それでもせっかくの着物の注文を逃したと、律は落胆を隠せない。

そんな律へ、類はにやにやしながら続けた。

「もう一人の注文も、断ろうか迷ったんだがね」

「えっ、どうしてですか？」

「お前には難しいんじゃないかと思ってさ」

「難しい？　また私が見たことがないものの注文ですか？」

律は本物の雷鳥を見たことがない。注文を受けた時はうろ覚えの丸っこい鳥としか思い出せず、意匠どころかその姿を確かめるまで下描きに難儀した。のちに盗人の「夜霧《よぎり》のあき」こと晃矢《あきや》が持っていた雷鳥を意匠にした懐中仏《かいちゆうぶつ》や、晃矢が描いた絵、保次郎の妻の詩織《しおり》の実方《じつかた》で画本の「梅園禽譜《ばいえんきんふ》」を見せてもらわねば、あの着物を描くことはできなかった。

「うん、まあお前は——私も——見たことがないものには違いないね」

「もったいぶらないで、教えてください」

「地獄さ」

「じごく？」

きょとんと鸚鵡《おうむ》返しした律へ、類は愉《たの》しげな笑みを向けた。

「そうさ、地獄絵だ。どうだい？　描けそうかい？」

地獄絵……

「あの、地獄絵というと要するに、閻魔《えんま》さまやら鬼やら、火や水に巻かれる人々を描けばいいんでしょうか……？」

もう十数年も前に手習い指南所で、師匠にして長屋の隣人の今井直之《いまいなおゆき》が見せてくれた地獄絵図がぼんやり頭に浮かぶ。恐ろしくて、薄目でろくに見ぬうちに顔をそむけたが、槍《やり》や斧《おの》を持って人を狩る鬼や、大鍋の煮えたぎる湯の中で苦しむ人々などが描かれていたと、今思い出してもぞっとする。絵図を見せつつ、今井は子供たちに悪さをせぬよう説いたが、幼い子供には泣き出した者もいた。

「まあ、そういった絵が多いね」

「い、一体、どうしてそんな絵を？」

「なんでも、不義の子を産み育てたおかみさんが死病を患《わずら》って、今は床に臥《ふ》しているんだとさ。もってあと三月ほどらしくてね。これまで散々好き勝手されてきた意趣返しに、地獄絵を入れた死装束を仕立てたいってことだった」

「死装束――」

死後の旅路にふさわしい格好として、修行僧や巡礼者を模した着物が死装束だ。妻の不義や、なさぬ仲の子供を養ってきたことには同情するが、地獄絵を入れた死装束で意趣返しをしようとは、なんとも不愉快――かつやるせない話である。

客の男は身元を明かさなかったという。

池見屋では身元がしれぬ客でも、類の御眼鏡に適えば注文を引き受ける。此度は下描き代を先に受け取って、請取状と共に割符《わりふ》を渡したと類は言った。

つまりお類さんは、このお客さんも地獄絵もよしとした……

池見屋の割符は十二枚で、それぞれ十二支を表す文字と絵が彫られている。順繰りに渡している割符は此度は「未《ひつじ》」で、よって類は客を「未さん」と呼んでいた。

「未さんは、和十郎《わじゆうろう》さんの着物のことも後で耳にしたそうでね。彼岸花の着物のように、絵は内側に入れたいそうだ」

彼岸花を意匠にした着物は役者の片桐和十郎の注文で、上絵を描いた布は袷《あわせ》の内側として仕立ててあるため、外側からは上絵入りとは判らない。

「はあ、それは構わないのですが……」

「ですが、なんだい？　描けないってんなら、この仕事は竜吉《たつきち》に回そうか？」

「か、描けます。描きます」

慌てて応えた律へ、類はにんまりとした。

「そうかい。なら、早いうちに下描きを持っておいで」

納めた鞠巾着と雪永の袱紗は難なく受け取ってもらえたものの、律は重い足取りで池見屋を後にした。

昼餉《ひるげ》を挟んだ八ツの茶のひとときで、律は今井に涼太、保次郎にこの思わぬ注文についてこぼした。

「地獄絵入りの死装束とは……」

絶句する保次郎の傍らで、茶を淹《い》れながら涼太も頷く。

「そんな意趣返しは聞いたことがありません」

「うむ」と、今井。「意趣返しなら他にいくらでも、おかみさんが生きているうちにも方法がありそうだが、その未さんとやらは、おかみさんが死ぬまではしっかり面倒を見て、亡くなったのちに、金をかけてあつらえた死装束を着せて送ろうというのかね？」

「おそらく……」

「なんともおかしな——いや、哀れでやるせない……」

「ええ」

やるせない——と、池見屋で律も思った。

「子供はどうするんだね？」

「えっ？」

「おかみさんの不義でできたなさぬ仲の子は、おかみさん亡き後どうするつもりなのかと思ってね」

「それは判りません」

子供に罪はないが、血のつながりがない不義の子なれば、妻同様、恨みつらみの的となりそうだ。

「素姓が判らねば、どのような意匠がよいのか訊ねることもできぬな」

「そうなんです。私はその……けして描けないことはないですが、あまり無慈悲な絵は描きたくありません」

「うむ」と、今度は保次郎が頷いた。「血みどろの残忍な絵はお律さんにそぐわないよ」

「閻魔さまや鬼たちならなんとか……烈火と一緒に描けば、それらしく見えるかと……」

「地獄というと、およその者は八熱《はちねつ》地獄を思い浮かべるだろうが、八寒《はっかん》地獄もあるゆえ、雪や氷柱《つらら》を描くという手もあるぞ」

「雪や氷柱……なるほど、考えてみます」

宗派や経典により違いはあるが、保次郎が言う通り、世間では「地獄」といえば「八大地獄」、それも「八熱地獄」を指すことが多い。

八熱地獄は等活《とうかつ》、黒縄《こくじょう》、衆合《しゅごう》、叫喚《きょうかん》、大叫喚、焦熱《しょうねつ》、大焦熱、無間《むけん》と地下八層になっており、殺生《せっしょう》、盗み、邪淫《じゃいん》、飲酒、盲語、邪見《じゃけん》、犯持戒人《はんじかいじん》——童女や尼僧など清き者への強姦《ごうかん》、父母や聖者の殺害と、罪を重ねるごとに深い層の地獄にて罰せられるといわれている。

茶を差し出しつつ涼太も言った。

「地獄絵といっても、あの雷鳥の着物を見ての注文なら、きっとおどろおどろしい絵は望んじゃいないさ。お律はお律なりの、罰や戒《いまし》めと取れる絵を描けばいいんじゃないか？」

「そう……そうよね。でも、罪や戒めを表す意匠というと――」

「ううむ、平たく言えば結句《けく》、地獄のような……駄目だ、すまん」

ふと打ち覆いを被《かぶ》った亡骸《なきがら》が――「病死」とされた吉之助が――思い浮かぶ。

けれどもいまだ恨んでやまぬ吉之助でさえ、地獄で無限の責め苦を受けている様は、律には想像し難かった。

なんにせよ、今一度、手本となりそうな地獄絵図を見てみようと今井に問うも、律がその昔手習い指南所で見た絵図は借り物で、手元にはないという。

「そう見ない絵図でなかなかの腕前だったから、説法がてら、子供たちに見せてやりたいと言って借りたんだ。だがその人はあれからほどなくして亡くなって、おかみさんは子供たちと郷里に帰ってしまったから、地獄絵を借りたのはお前たちに見せたあの一度きりだ」

心当たりをあたってみると今井は言ってくれたものの、どうしたものかと、律は茶碗を両手で包んで溜息《ためいき》をついた。

五

「じゃあ、今日は助四郎と一緒に外を回って来てくれ。助四郎、頼んだよ」

「はい、若旦那」

七朗と助四郎が声を揃えて出かけて行くと、涼太は店で出す茶の支度を始めた。

青陽堂では夏の暑い日を除いて、淹れ立ての茶を客に振る舞っている。茶汲み役は古参《こさん》の手代が担うことが多いが、混ぜ物騒ぎ以来、涼太はできうる限り茶汲み役を務めるようにしてきた。客と直に顔を合わせる機会も増えて、その笑顔や語らいは励みになるばかりか、茶や店をより良くする手がかりを得られることもしばしばだ。また抹茶はともかく、煎茶の味は、茶人の清次郎に負けず劣らずだと自負している。

その清次郎が七朗の話を切り出した時は驚いた。

よそから、初めから手代となる者を雇うよりも、店をよく知る乙吉と六太を手代に昇格させよう、そうして新たに丁稚を迎えて育ててゆこうと、ほんの一月《ひとつき》余り前に佐和と話したばかりだったからだ。

己と律がそうしているように、佐和と清次郎も寝所《しんじょ》であれこれ話し合うことがあるのだろう。自分にはなんの相談もなく、もう決まったこととして七朗の「お試し」を聞かされた折には少々腹立たしく思ったものの、葉茶屋なれば、茶人としての清次郎の「つて」を無下《むげ》にできないことはよく判る。

勤め始めてまだ十日目の七朗は、幾人かの奉公人曰《いわ》く、ややとっつきにくいところがあるらしい。だが口入れ屋の迅平が言った通り真面目な働き者には違いなく、涼太と佐和は満足している。今は通いだが、仲里屋へは寝に帰るだけで、朝餉《あさげ》から夕餉まで誰かしらと一緒に過ごしていて、傍目《はため》にはそこそこ馴染《なじ》んでいるように見受けられる。

とはいえ、早計《そうけい》は禁物だ……。

勘は良い方だが、己にはまだ、十日やそこらで人の本性を見抜けるような眼力《がんりき》はない。ましてや七朗は佐和や己に対して殊に気負っているようで、人柄や本音を知るまでにしばらく時がかかりそうだ。

――となると、三月も「お試し」があんのはありがてぇ。

胸中でつぶやきつつ、涼太は奉公人たちをそれとなく窺《うかが》った。

皆変わりないようでいて、一人、いや二人、何やら浮かない顔をしている。

乙吉と六太の二人だ。

茶汲みの合間に折を見て、涼太はまずは六太の指南役の恵蔵《けいぞう》をつかまえた。人気のない座敷へいざなって問うてみると、六太は年始の昇格について悩んでいるという。

「七朗が来たんで、自分が手代になるのはもっと後でもいいんじゃねぇかってんです」

二人きりだからか、くだけた言葉遣いで恵蔵は応えた。

「そんな。こっちは、叶うならもう一人昇格させたいくらいなのに」

混ぜ物騒ぎで二人の手代に暇を出したが、客も減ったため、当時は皆の負担はそうでもなかった。だがそれはもう過去の話で、あと二月《ふたつき》もすれば騒ぎから二年が経つ。客足はとうに以前と変わらぬまでに持ち直していたところへ、先月道孝と友永の二人を送り出した。

「ですが、孫芳《まごよし》はまだまだでしょう?」

「そうなんだ」

六太は年が明ければ十六歳、一つ年上の乙吉は十七歳になる。孫芳は六太と同い年ではあるが、六太より一年遅く奉公に来たため、年功序列としている部屋割や正月の餅つきも六太の後だ。人好きがして、仕事ぶりは良いのだが、六太のように抜きん出てはいない。青陽堂の奉公人のほとんどは六年から八年ほど丁稚として過ごし、二十歳までに手代に昇格してきた。女将の佐和は四代目だが、今まで十六歳で手代となったのは番頭の勘兵衛のみで、六太が二人目となる。

「六太はおそらく、乙吉や孫芳に遠慮してるんだろうな……」

「その通りでさ。一つとはいえ年上の乙吉と一緒、同い年の孫芳より先じゃどうも気まずいと思ってんです。若旦那からお話を伺った時は乗り気になったようですが、七朗が来たからには、自分は孫芳と一緒でもいいだろうって気を回してるみてぇなんで。それから――」

「それから?」

まだ何かあるのかと眉《まゆ》をひそめた涼太へ、恵蔵は愉しげに笑みをこぼした。

「先だって風邪を引いて以来、尾上のおひいさんとろくに話してねぇようで、どうも避けられているようだと肩を落としておりやすんで」

「そうだったのか」

尾上の「おひいさん」こと綾乃が盗人に大川に突き落とされた折、六太はろくに泳げぬにもかかわらず果敢《かかん》に飛び込んだ。結句、二人してしばし流されたのだが、六太が片手で綾乃、もう片手で「目印」となった幟《のぼり》を離さなかったことにより、舟がいち早く二人を助け上げることができたのだ。

あののち綾乃も六太も風邪で寝込んだために、綾乃の父親の一森《かずもり》と祖父の眠山《みんざん》が礼を伝えに青陽堂に訪れた時はどちらも同席していなかった。六太は風邪が治った後に二度、今月の初めと半ばに尾上に顔を出していたが、恵蔵が聞き出した話によると、綾乃は月初めに短くかしこまった礼を述べたのみで、笑顔も見せなかったそうである。

「火盗改から褒美をいただいたからと、尾上からの礼金は断ったそうですね。それで、おひいさんがかえって気を悪くしたんじゃねぇかと、六太は気を揉《も》んでいやすんで」

「そういったこともあるだろうが、綾乃さんは随分取り乱していたから、なかったことにしたいんじゃないか？」

「はたまた、これまでちと迂闊《うかつ》だったと思い直したのやもしれやせん。嫁入り前で、来年には年増の仲間入りするんですから、これまで通りにゃいかねぇでしょう」

「それもそうだな……」

出会った時には十六歳だった綾乃は、年が明ければ二十歳になる。

「綾乃さんも年増になるのか……早いもんだ」

「何、年寄り臭《くせ》ぇこと言ってんですか、若旦那」

苦笑を交わして恵蔵と店に戻ると、昼餉を挟んだのちに、今度は乙吉の指南役の作二郎をつかまえる。

「どうやら、自分は手代にはまだ早いと悩んでいるようでして」

「乙吉もか……」

「とすると、六太もですか？」

「そうなんだ」

作二郎とも苦笑を交わしつつ涼太は応えた。

「六太は綾乃さんのことで悩んでいるのかと思っていました」

「それもあるようだが、七朗が来たからね」

「まずは乙吉が七朗と手代になって、自分は後回しでいいってところですかね？」

「そうなんだ」と、涼太は繰り返した。

「やれやれ。乙吉も六太も気配り上手ですからね……乙吉は乙吉で、此度は七朗と六太で道孝と友永が抜けた穴を埋めればいいんじゃないか、と考えているようです」

乙吉はおっとりした性格で、仕事ぶりものんびりしている。店者としては自分より六太の方が秀でていると認めていて、それは概《おおむ》ね本当だ。乙吉は注文の確認や届け物に手間取ることがいまだままあるが、六太はてきぱきと要領良く物事を進めていく才がある。

乙吉は自分の昇格は、ただ六太より年上であるがゆえだと思い込んでいるようだ。

「そりゃ六太には敵いませんが、あいつはあいつのお客さまには評判が良く、手間暇も惜しまないので、私は買っているんですがね」

「私も、女将もだよ」

客は様々だ。商品をただ早く、安く手に入れたい者もいれば、店者とやり取りしながらじっくり吟味したい者もいる。乙吉はせっかちな客には疎《うと》まれても、おおらかな客には好かれているため、佐和や勘兵衛、作二郎はそういった客を乙吉に任せてきた。

また乙吉は、手間暇かける分、間違いがほとんどない。届け物に他の奉公人より時がかかるのは、遅めの足取りと、客先で挨拶にとどまらず世間話をすることが多々あるからだ。世間話は受け持ちの客の性分もあるがため、そのことで乙吉を責めたことはない。

そういったことを並べた涼太へ、作二郎は再び苦笑を浮かべた。

「私も似たような話をしてみたんですが、なかなかうまく伝わらないようで……」

足音が近付いて来て、丁稚の利松の声がした。

「あの、お話し中すみません。勘兵衛さんから、作二郎さんにご用があるので呼んで来て欲しいと頼まれました」

「すぐに行くよ。ありがとさん」

二人してすぐさま腰を上げて店へと戻る。

近頃勘兵衛は、きたる勇退に備えて何かしらと作二郎に教え始めた。これから作二郎が番頭見習いとして忙しくなる分、乙吉にはますます己が目配りすべきだろう。

六太とも、今一度話した方がいいんだろうな……

いや、俺は余計な口は挟まずに、恵蔵さんに任しちまった方がいいんだろうか……？

佐和に問うてみようか迷ったが、これくらいは一人で判じられねば、とても店主は務まらぬと己に言い聞かせる。

やがて迎えた夕餉の席では、己も佐和も奉公人の話はしなかった。恵蔵や作二郎との「密談」を佐和が知らぬ筈はないゆえに、少々不気味ではあったが、跡継ぎである己への信頼の証とも取れる。

律は一昨日から地獄絵の下描きに悩んでいて、今宵も言葉少なだ。

夕餉を終えたのち、律がおずおず切り出した。

「ねぇ、もう少し下描きをしてきていいかしら？」

仕事場である長屋に戻って、もう一刻ほど意匠を考えたいというのである。

祝言《しゅうげん》を挙げて以来こんな申し出は初めてだ。それだけ思い詰めているのだろう。

「ああ、行っておいで。油はあるのか？　足りないようなら、うちから持ってけよ」

「油はまだあるわ。……ありがとう」

目を細めた律にくすぐられた煩悩を隠して、涼太も微笑む。

「てやんでぇ」

それなら己ももう一働きするかと帳場へ足を向けたが、思い直して二階の清次郎を訪ねた。

「父さま、ちと茶室を借りてもいいですか？」

「茶室を？」

「自分の道具を使いますから、釜の他は父さまの物には一切触れません」

「ははは、子供じゃあるまいし、もしも使いたい道具があるなら、お前なら構わんよ」

笑い声を上げてから、清次郎は涼太を見つめてにやにやした。

「なんなら客としてお呼ばれしたいところだが、稽古《けいこ》ではないようだな？」

「ええ、ちょっと……」

「うんうん、そういう時もあるさ」

これまでにも一人で茶室を使ったことは幾度かあるが、茶の湯の稽古のためだった。

だが、今宵は己のために茶を淹れたくなった。

茶釜の中でふつふつとしてくる湯を見守り、その音に耳を澄ませているだけで、ゆったりと穏やかな気持ちになれる。

お律の悩みに比べれば、俺の悩みなんざ大したこたねぇ——

立ち上る茶の香りにほっと一息つきながら、涼太は茶の湯を楽しんだ。

六

仕事場の戸を閉めると、昨晩そのままにして帰った下描きが上がりかまちの向こうに見えて、律は溜息をついた。

草履《ぞうり》を脱いで、すっかり乾いたそれらを集めて回るも、手を止めるような絵は一枚もない。

注文の三枚の鞠巾着は、昨日の朝のうちに仕上げてあった。昼餉ののちは八ツに手を止めることもなく、夕餉を挟んで四ツの鐘を聞くまで思案していたが、これはと思う意匠は浮かばなかった。

地獄絵ではないが、閻魔や鬼の挿絵《さしえ》がある絵草紙《えぞうし》を今井が三冊借りて来てくれた。律は以前、手習い指南所の子供たちのために鐘馗《しょうき》を描いたことがあり、此度も閻魔と鬼の絵はそれらしい、まずまずの下描きとなった。

だが、それらに添えるものが炎のみでは――保次郎の助言を思い出して、炎を雪や氷柱に変えてみても――やはり「地獄絵」とは呼び難い。

そもそも「それらしい」や「まずまず」の絵では、腕利きどころか一人前ともいえぬだろう。客や類はもちろんのこと、己でさえ納得しかねるに違いない。

ううん。そもそも地獄絵なんて、私は描きたくない……

しかしながら、未は律の腕前を見込んで、わざわざ池見屋へやって来たのである。未の期待に応えたいという気持ちと、竜吉に負けたくないという意地が、律の胸中には渦巻いていた。

――なんであろうと、いつであろうと引き受ける――

同じく上絵を生業《なりわい》としている竜吉は、そう言っていたと類から聞いたことがある。また先日王子で会った余助には、「どんな絵でも描きますよ」と大見得《おおみえ》を切ったばかりだ。

父親の死後、仕事を求めて呉服屋を訪ね歩いたことを律は思い出した。

身売りするほど切羽詰まってはいなかったが、叶うなら絵を描くことで暮らしを立てたいと考えていた。着物どころか上絵でなくても、絵が描けるならどんな仕事でもいい、と。

あの頃の私なら――それしか仕事がなかったとして――地獄絵だろうが春画《しゅんが》だろうが描いただろうか？

よき実入りになるよう、練習を重ねただろうか……？

ふとよぎった問いを、律はすぐさま新たな溜息と共に追いやった。

今問うたところで詮無いばかりで、此度の仕事が片付くこともない。

また、今はお決まりとなった鞠巾着も、絵柄は客の注文で入れている。いっとき竜吉の手による「偽物」が出回ったものの、「本家」は池見屋だと世間でもそこそこ認められていて、女将の類は「うちでは鞠巾着はお律が描いたものしか売らない」と言ってくれた。

となると、もしも客が鞠巾着にと所望《しょもう》すれば、己は地獄絵でも描かざるを得ないのだ。

――溜息ばかりじゃ駄目だわ。

良案を求めて、また気晴らしを兼ねて、律は出かけることにした。

あいにくの曇り空だが、まずは銀座町まで足を延ばして、親友にして義妹《ぎまい》の香《こう》を訪ねた。

香とは、千恵と雪永が許婚となった翌日に顔を合わせていた。じきに十箇月となる香の息子の幸之介《こうのすけ》は、ほんの半月余りの間にも目覚ましく成長していて、先日よりしっかり這々《はいはい》するようになり、つかまり立ちも二度に一度は転ばぬようになったそうである。

佐和や清次郎、涼太のために、律は幸之介に会う度に似面絵や姿絵を描いている。先だっては筆や紙に触れようとする幸之介をなだめるのに一苦労したが、此度は香がすかさず使い古した筆と反古紙《ほごがみ》を与えた。

言葉も少しずつ解するようになってきて、香は目下「おっとう」よりも先に「おっかぁ」と言わせようと日々勤《いそ》しんでいる。

「おっ」

「そうよ、幸之介。おっかぁよ」

「おっ」

「もう一息よ、幸之介さん」

七朗が来たことや滝野川村への弔問、余助が追剝を追い払ったことは話の種にしたものの、地獄絵の着物のことは口にしなかった。幸せ一杯の香や幸之介には追剝の話さえ躊躇《ためら》われたほどで、「地獄絵」「死装束」「不義密通」「死病」「意趣返し」などという言葉を聞かせたくなかったのだ。

昼餉を共にしたのち、名残《なごり》惜しそうな香に暇《いとま》を告げて、律は伏野屋《ふしのや》を後にした。

次に足を向けたのは小間物屋の藍井で、今日はこちらが本丸だ。

「いらっしゃいませ。お紺に聞きましたよ、先月の大捕物のこと。大変でしたね」

千代が身請けした紺は、吉原では由郎と馴染みで、晴れて自由の身となった今でも由郎と親しくしている。

「本当に……由郎さんがいらしたら、もっと早くにかたがついていたやもしれません」

美男の由郎は武芸の心得もあり、律は弥生《やよい》に女を攫《さら》おうとしていた駕籠舁《か》き二人を由郎が捕らえる様を間近で見た。

「いえいえ、女性だけだったから一味も油断したのでしょう。涼太さんと六太さんは大手柄でしたね。ああもちろん、お律さんとお千恵さんも」

「私はともかく、お千恵さんは大奮闘されました」

――うふふ、ぴょこぴょこした甲斐があったわ――

そう言って褒美を喜んだ千恵の顔を思い出しつつ、律は切り出した。

「ところで、今日は由郎さんにお訊ねしたいことがあって参りました」

話が長くなると踏んだのか、由郎は律を奥の商談用の座敷へいざなった。

まずは池見屋の宣伝の礼を述べてから、着物の注文があったことを明かした。

「注文はありがたいのですが、少々難しい意匠を頼まれまして……けれどもこのお客さまは身元を隠しておられるので、どのような着物を思い描かれているのか、直に訊ねることができずに困っております。それで、もしも由郎さんが覚えていらっしゃるようなら、着物のことを訊ねた方々がどのような人たちだったのか、どんな着物や小間物を身につけていらしたか教えていただけないかと思いまして」

「お律さんをそんなに悩ませるような意匠とは、一体なんなのですか？」

「内緒にしていただけますか？」

「無論です」

由郎は噂好き、詮索好きを自称しているが、いくつかの出来事を経て、信頼できる者だと律は判じている。また由郎からは雪華《せっか》図説の写しを借りたこともあり、もしや地獄絵図も借りられぬだろうかという思惑《おもわく》もあった。

「意匠は地獄なのです」

「じごく――というと、閻魔大王がいる……？」

「その地獄です」

類から聞いた時の律と同じく、きょとんとしてから由郎は笑い出した。

「ははははは、それは難しい注文ですな。殊にお律さんのようなお人には」

「笑いごとではないのですよ、私には」

「どうもすみません。しかし、そのお客さまは何ゆえそのような着物をご所望に？」

「それは……内緒です」

意匠はともかく、注文の理由は気安く話さぬ方がよいだろう。信頼はあれども、涼太や今井、保次郎に対するそれにはまだまだ及ばない。

「ふむ、なかなかの曰くがありそうですね」

愉しげに微笑んでから、由郎は雷鳥の着物について訊ねた三人のことを教えてくれた。

「一人目は二十四、五のぼんぼんでした。名古屋山三郎《なごやさんざぶろう》か役者気取りの燕《つばめ》が何羽も描かれた着物を着ていて、煙草《たばこ》入れの金具や饅頭根付《ねつけ》の意匠も燕と、凝《こ》った身なりでしたよ」

小間物屋の主とあって、由郎は人の身なりをよく見ているようだ。

名古屋山三郎は二百五十年ほど前に没した美貌の武将だ。殊に若い時分は「美少年」の誉《ほま》れ高く、「伊達者《だてもの》」として流行唄や歌舞伎、浄瑠璃《じようるり》にも取り上げられている。

「二人目は四十路《よそじ》過ぎといった年頃で、着物は樺茶色《かばちや》、帯は仙斎茶《せんさいちや》色と、落ち着いた身なりと物腰をしていらっしゃいました。溜塗《ためぬ》りに菊花の蒔絵《まきえ》が入った印籠《いんろう》を提《さ》げていて、勾玉《まがたま》のような根付には鳥――よく見えませんでしたが、おそらく鶯《うぐいす》が彫られていました。というのも、この方は鶯の着物を仕立てたいと仰《おつしや》っていたので」

「鶯の着物……」

「三人目は二人目よりやや年上の粋人で、着物は桔梗鼠《ききようねず》に網代文様《あじろもんよう》、帯は青褐《あおかち》、煙草入れは黒桟留革《さんとめ》で金具は松、根付は琥珀《こはく》の大粒でした。この方は意匠に雀《すずめ》か燕、八咫烏《やたがらす》を考えていると仰っていました」

「雀か燕、八咫烏ですか……」

本心かどうかは判らぬが、二人目も三人目も鳥の意匠の着物を考えていたらしい。一人目は池見屋の名を聞いただけですぐに去ったそうだが、燕の着物を着ていたことから、やはり燕か、何かしら鳥の意匠の着物を求めていたと思われる。

妻が不義の子を産み「育てた」ということから、未は二人目か三人目ではないかと律は推察したが、子供の歳は判らない。二十四、五歳でも早くに妻を娶《めと》っていれば、子供はもう赤子ではなくそこそこ育っているとも考えられる。また、世間知らずで武将や役者気取りのぼんぼんならば、つまらぬ「意趣返し」を企てそうだ。

「……でもこれだけでは、みんなどこの誰かは——どんなお人かは判りませんね……」

「その通り」

つぶやくようにこぼした律へ、由郎はにやにやしながら頷いた。

「もしや由郎さんは、三人がどなたかご存じなんですか？」

「およその見当はついておりますが、しかとは存じませんので内緒です」

「まあ」

意地悪——と言葉にする代わりに恨めしげに見つめるも、由郎は澄まして付け足した。

「お客さまの好みや、思惑を知りたいというお律さんの気持ちはよく判ります。ですが、人が名前や身元を隠す気持ちも汲んで差し上げたいのです。まあ、ほんのちょっぴりと、先ほど内緒にされた意趣返しもありますが」

「もう、由郎さんたら」

「ほんのちょっぴりですよ。そもそも、注文主が着る物とは限らないでしょう。地獄絵ならなんらかの趣向で、絵図や屏風《びょうぶ》のようにただ眺めるためにあつらえるのやもしれません」

「……そうやもしれませんね」

相槌《あいづち》を打つことで誤魔化すと、由郎は探るようにしていた目を細めてくすりとした。

「なんにせよ、誰にせよ、あの雷鳥を見てお律さんに名指しで頼んだ着物なら、求めているのはありきたりの地獄絵ではないでしょう。お律さんが、『これだ』と思う地獄を描いたらよいのでは？」

「ですから、それが難しいのですよ」

「ははははは」

残念ながら、由郎も地獄絵図は持っていなかった。

店者が呼びに来て、律も腰を上げた。

「着物が仕上がりましたら、是非とも首尾をお聞かせください」

見送りを断って表へ出ると、一つ大きく息をつく。

八ツの鐘を聞いて、律は再び下描きに励むべく家路に就いた。

通町《とおりちょう》の賑わいをよそにとぼとぼと日本橋の近くまで歩いてから、ふと日本橋よりは人が少ない江戸橋を渡ろうと思いついて、東へ折れた。

と、見覚えのある――青陽堂の前掛けをした者が目に入った。

七

七朗だった。

どうやら届け物の途中らしいが、今一人、青陽堂の者ではない店者と立ち話をしている。

気を遣わせては悪いと、律は顔をそむけながらさりげなく、二人から二間ほど離れたところを歩いて行ったが――

「そんじゃあ、新しい店では猫を被ってんだな？」

「まあな。此度はうまくやるさ」

七朗らしからぬ伝法《でんぽう》な応えが耳に入って、思わず足が止まる。

猫を被ってる？

七朗さんが？

「女はいねぇのか？」

「いるこたいるが、みんな大年増で、亭主持ちかやもめみてぇだ」

「ふうん」

共に五十路前後の佐和と女中のせいはとうに大年増だが、もう一人の女中の依《より》と律は二十代半ばで中年増である。

ううん、そんなことよりも——

店にいる時とはまるで違う七朗の物言いに驚いて、律は振り向かずにいられなかった。

気配が伝わったのか、七朗もこちらを見やって目を見張る。

さっとばつの悪い顔をした七朗から目をそらし、知らぬ振りをして律は再び歩き出した。

「知り合いか？」

「ち、違わぁ」

「ありゃあ人妻だぞ」

「判ってらぁ」

二人の声を聞きながら足を速めるも、ほどなくして振り返る。

一町は遠くなった二人がもう見えないことを確かめてから、律は通りを南へ曲がり、更に西へ曲がって通町へ戻った。

お義父さんは騙されているんだわ。

もしかしたら、仲里屋のご主人だって――

七朗は店の都合で暇を出されたと聞いたが、本当にそうだろうかと律は疑った。

七朗さんが話してたのは、前のお店の人じゃないかしら……？

店者は前掛けをつけていて、店の名は「泉屋《いずみ》」だった。

番屋の前で、行き交う人々に目を光らせている番人にまずは問うてみた。

「すみません。この辺りに泉屋という店がありませんか？」

「泉屋ってぇと、蕎麦屋《そばや》か、麴屋か……」

「麴屋の方です」

七朗は、前は日本橋の麴屋に勤めていたとも聞いている。

やっぱりさっきの人は、前のお店の人だったのね――

己の推察が当たっていたことに気を良くしながら、律は番人に教えられた福島町《ふくしまちょう》にある麴屋・泉屋を訪ねた。

泉屋の間口は六間で青陽堂より二間狭いが、奥行きは深そうだ。振り売りの出入りもあって、店先も賑やかである。

先ほどの者とは違うが、前掛けをした店者がちょうど戻って来たところを呼び止めた。

「あの、七朗さんをご存じですか？」

はっとした店者が声を潜める。

「七朗はもううちにはいませんよ。あなたさまはどちらさまで？」

「わ、私は――」

名乗るべきか迷った律を見て、店者は更に声を低くした。

「どこぞのおかみさんとお見受けしました。七朗にはかかわらない方がいいですよ。うちではその名は禁句でしてね。どうかお引き取りくださいませ」

律の応えを待たずに、店者はさっと店の中へと消えて行く。

しばし呆然《ぼうぜん》としていると、すっと近付いて来た女が囁《ささや》いた。

「ちょっと、こちらへいらっしゃいな」

五十路前後の女はふくよかで、なかなか良い身なりをしている。女にいざなわれるがままに、律は路地から隣りの店の勝手口をくぐった。

どうやら女は隣りの店のおかみらしい。

人気のない戸口で、立ち話に女は言った。

「七朗さんは先月暇を出されたそうよ」

「そのようですね。お店の都合とお聞きしましたが――」

「とんでもない」と、首を振って女は律を遮った。「おうのさん――お店の娘さんとのいざこざで追い出されたのですよ」

「追い出された？」

「あなたも七朗さんと何かあったのですか？　驚いたわ。まさか、人妻にまでちょっかい出していたなんて」

「とんでもない」と、今度は律が首を振った。「私は、七朗さんとは何も」

「本当に？」

「本当です」

即答してから、律は己が青陽堂の者であること、口入れ屋から七朗を薦められていることのみを短く明かした。

「なるほどねぇ」

噂好き——それも男女の恋話が好みらしい女はいささかがっかりしたようだったが、七朗とうのの「いざこざ」は喜々《きき》として話してくれた。

「おうのさんには、お店の奉公人で晋一《しんいち》さんというご両親が決めた許婚がいるのよ。けれどもおうのさんは箱入り娘で世間擦《ず》れしていないから、七朗さんのように良くいえば愛嬌がある、悪くいえばお調子者にすっかり惚れ込んでしまったの」

「愛嬌が……ありますか？　私は七朗さんが笑ったところを見たことがありません。目つきもなんだか、その、いつも睨《にら》みを利かせているようで」

「またお店を追い出されては困るから、此度は女の人の前では大人しくすることにしたのやも……けれども、男の人は少々冷たかったり、伝法だったりする方が色気がありますでしょう。それに火消しと比べれば見劣りしますけど、七朗さんは背丈があって、隆《りゅう》としていますからね。お客さまへの挨拶やおうのさんをくどく時はにこにこと愛想良く、重たい荷を運ぶ時は軽々、黙々と働くものだから、その差におうのさんは参ってしまったのです」

参ってしまったのは、おかみさんなんじゃないかしら――と推察しつつ、己も時に涼太の伝法な言葉遣いや振る舞いに色気を感じることがあるため、律は黙って聞き入った。

「でも、おうのさんの気持ちも判らないでもありません。おうのさんは十八歳とけして若くはありませんけど、晋一さんは来年はもう三十路《みそじ》ですからね。役者のような美男ならともかく、真面目で商売上手なだけでは物足りないでしょう」

「そ、それはなんとも……」

言葉を濁した律へ、女は「ふふっ」と笑みをこぼした。

「人柄はさておき、商売には七朗さんより晋一さんの方が向いているといえましょう。ですから旦那さんは長年晋一さんに目をかけていらして、もう大分前からおうのさんの婿は晋一さんだと決めていたのです。なのに、七朗さんにおうのさんを傷物にされそうになったものだから一悶着《ひともんちゃく》あって――ついでに七朗さんは店ではまずまずの働きをしていたけれど、外では油を売っていることが多かったそうで、結句暇を出されたのです」

「さようでしたか……」

女に礼を言って勝手口を出ると、路地の向こうにさっと隠れた者がいた。

華やかな着物からして女のようだ。

眉根を寄せて、律は小走りに路地を出た。

八

路地に背を向け、店を覗く振りをしているものの、律はすぐさまその者を見破った。

「——あなたでしたか、綾乃さん」

「あら、お律さん。奇遇ですこと」

振り向いて綾乃はにっこりしたが、律がじっと見つめると、子供のように目を落としてもじもじした。

「その、藍井から出て来るところをお見かけして、つい……」

「藍井からつけていらしたんですか？」

「お律さんがお相手なら、御用聞きごっこしてもいいかと思って……で、でも、そろそろ声をかけようと思っていましたのよ」

「綾乃さん……」

ずっと尾行されていたとは、まるで気付かなかった。だが驚きを露わにしては綾乃を調子づかせてしまうと、律は声を落として呆れてみせた。

「ごめんなさい」と、綾乃は素直に頭を下げた。

綾乃は今日は、由郎を訪ねる紺と共に浅草から日本橋へ出て来たそうだ。二人して昼餉を挟んであちらこちらと買い物を楽しんでから藍井に向かったところ、律の姿を認めて急いで紺に暇を告げたという。

「藍井でお邪魔虫になっても悪いし、ちょうどお律さんにご相談したいこともあったものですから……」

綾乃の「ご相談」は、六太のことだった。

「祖父や父から、六太さんには——青陽堂にも——お礼を受け取ってもらえなかったと聞きました。それで、せめて私からもしっかりお礼の言葉を伝えなければと考えていたのですけれど、あんなにもみっともないところをお見せしてしまった手前、恥ずかしくて恥ずかしくて、通り一遍のことしか言えなかったのです」

六太と共に舟に助け上げられたのち、綾乃は六太にしがみついて泣きに泣いた。

だがそれもその筈、綾乃は匕首《あいくち》を突きつけられて、今にも切られるか刺されるか、はたまた攫われて手込めにされるやもしれぬという恐怖にさらされた挙げ句、大川に突き落とされたのだ。また綾乃も六太同様泳ぎを知らず、たとえ知っていたとしても、冬の大川では溺れ死ぬ前に凍え死んだやもしれなかった。

綾乃は月半ばにも、茶を届けに来た六太を見かけたものの、改めて礼を述べるかどうか迷ってつい身を隠してしまったそうである。

「そうだったのですね」

どうも綾乃に避けられているようだと、六太が気を沈ませていることは、恵蔵から涼太への又聞きで耳にしていた。

「六太さんは六太さんで、綾乃さんのお祖父さまやお父さまからのお礼を断ったことで、綾乃さんのご不興を買ったんじゃないかと案じているみたいですよ」

「不興だなんて、とんでもない誤解ですわ」

恵蔵は他にも、嫁入り前の綾乃が、それこそ六太が「誤解」しないよう、すげなくしているのではないかと推察しているそうだが、綾乃にそんな様子は見られない。

「でも、やはりきちんとお礼をしたいのです。だって六太さんは二度も――おとというちのお金を、此度は私の命を守ってくださった恩人ですもの」

尾上は一昨年、巾《きん》という女を頭《かしら》とする盗人一味に店の金を盗まれたが、六太の記憶から火盗改が隠し場所を無事突き止めた。その折も尾上は礼金を申し出たが六太は断り、代わりに涼太と綾乃の縁談をなかったことにして欲しいと頼み込んだのだ。

「それで、せめて注文を増やしてはどうかと考えたのですけれど、うちの店だけでは限りがあります。かといって、うちでご紹介できそうなお客さまにはもうとっくにお伝えしてありますし……そこでお律さんに、何か良案はないかとご相談したかったのです。ほら、たとえば次の藪入りの折にでも、六太さんにご恩返しできたら嬉しいのですが」

尾上には慶太郎より一つ年下の、直太郎《なおたろう》という丁稚がいる。他の奉公人は皆ずっと年上ゆえに、今年の藪入りは二度とも綾乃と共に、律と慶太郎、それから身寄りのいない六太の五人で出かけていた。

「判りました。まずは涼太さんに相談してみます。六太さんは他の皆さんを慮《おもんぱか》って、遠慮すると思いますので」

今の青陽堂は皆一つにまとまっているように見えるものの、目立った「お礼」は手代に昇格することと併せて、羨む者がいるやもしれない。

「どうぞよしなに」

ぺこりとしてから、綾乃は一転、目を輝かせた。

「ところで、泉屋には何かあるのですか？　ここの店者が青陽堂の者とお話ししていましたね？　先ほどの女の方は一体どなたなのですか？」

矢継ぎ早に問う綾乃へ、律は苦笑を浮かべつつ短く応えた。

「内緒です」

「まあ、お律さんたら」

意地悪——そんな言外の言葉を聞いた気がして、思わず噴き出しそうになる。藍井で己も由郎から同じ仕打ちを受けたものの、綾乃のむくれ顔は己のそれよりずっと愛らしい。

駕籠で帰る綾乃と日本橋の近くの駕籠屋で別れた時には、七ツをとうに過ぎていた。

霜月も終わりに近付き、日はますます短くなってきた。曇り空ということもあり、通りには早くも提灯《ちょうちん》の灯りがちらほらしている。

一刻ほど前と同じく、律は日本橋の手前で東へ折れた。

江戸橋を渡って堀沿いを北へ歩くうちに、一つ、また一つと提灯の灯りが増えていく。

ふと、その昔、似たような光景を父母と見たことを思い出した。

うんと昔の出来事だ。

一回り年下の慶太郎が生まれるずっと前。

何かに怯《おび》えて泣き出した己を、まずは美和が抱っこして、のちに伊三郎が肩車した。

あれはいつ、どこでのことだったろう……？

記憶をたどりながら、律は暮れ始めた家路を急いだ。

九

青陽堂には一階に三つの座敷があり、店に近い二つは商談用、奥の一つは家の者で使っている。商談用の座敷は奉公人たちの食事にも使われていて、朝餉は皆揃って取るものの、昼餉と夕餉は手隙《てすき》の者からまちまちに食す。

湯屋から戻った律が夕餉のために奥の座敷へ向かった廊下で、台所から膳を運んで来た七朗と顔を合わせた。後ろの佐平次と併せてすれ違いざまに会釈を交わしたが、七朗は――おそらく己も――ぎこちなかった。

奉公人たちとは座敷は別でも、襖戸《ふすまど》で仕切られているだけだ。よって夕餉の席では七朗のことは口にせず、寝所に戻ったのちに涼太に打ち明けた。

翌日、四ツを半刻ほど過ぎた頃。

地獄絵の下描きが進まずに筆が止まっていた律を、涼太が呼びに来た。

涼太について青陽堂へ戻ると、座敷ではなく二階の勘兵衛の部屋へ向かう。

部屋には勘兵衛の他、佐和と清次郎、それから七朗が待っていた。涼太に促されて腰を下ろすと、佐和が律を見やって口を開いた。

「涼太から話を聞きました。店のために、御用聞きのごとく七朗を探って来たそうですね」

「は、はい。その、成りゆきで……」

佐和の隣りで清次郎がくすりとした。

「あなた」

「すまない。続けてくれ」

清次郎を一睨みしてから、佐和はまだ事の成りゆきを知らぬらしい勘兵衛へ言った。

「昨日お律が日本橋で、七朗のよからぬ物言いと噂を聞いたのです。お律、あなたからお話ししなさい」

佐和に促されて、律は昨晩涼太へ話したことを繰り返した。

勘兵衛はもちろん、七朗も律があれから泉屋を訪ねたとは思いも寄らなかったようで、驚き顔になる。

七朗の方が上背《うわぜい》があるが、ぴんと背筋の伸びた佐和の方がずっと堂々としている。

「七朗、うちでは外では——殊にうちの前掛けをつけている時には——お律が聞いたような物言いも振る舞いも許していません」

「申し訳ありませんでした」と、七朗は額を畳にこすりつけんばかりに頭を下げた。

「顔を上げなさい。仲里屋さんから聞いて、お前の事情は粗方《あらかた》心得ているつもりです。もしもまだうちで働く気があるのなら、お前が江戸やうちに来たいきさつを、初めから正直に話しなさい」

「……はい」

神妙な面持《おもも》ちで頷いた七朗曰く、自分は元来小心者だという。

「とすると……うちで猫を被っているんじゃなくて、泉屋では張子《はりこ》の虎だったのか」

涼太が言うのへ、七朗は恥ずかしげに頷いた。

「ご存じの通り、私は大工一家の四男です。二親と三人の兄は皆、陽気で愛嬌があり、顔役や火消しを務めていて土地では頼りにされています。私も父や兄たちを真似てそのように振る舞ってきましたが、ずっと無理をしていました。私は子供の頃から怖がりで、大工仕事も鋸《のこぎり》やら金槌《かなづち》やらの道具が恐ろしくて、なかなか身につきませんでした」

親兄弟の仲は良く、七朗は皆に大切にされてきたそうである。家業のおかげで身体つきは逞《たくま》しくなり、大工としてもまあ並には育った。だが、性に合わぬことは家族も悟っていたようで、無理に家業を続けることはないと、父親が麴屋に働き口を見つけて来てくれた。

「よそで働くのも他人と暮らすのも初めてでしたし、父の顔を潰してはいけないと懸命に務めましたが、それがかえって仇《あだ》になったようです……」

やはりまずは届け物や力仕事を任されたが、家業で鍛えられていた七朗は重い荷を苦にすることがなく、結句、他の者の倍ほども仕事をこなした。

「旦那さんは褒めてくださいましたが、店には馴染めませんでした。顔役である父のつてで得た職だったので、店のみんなは私が贔屓《ひいき》されていると思っていたようです。それから、私のことを疑ってもおりました」

「何を、どのように疑われていたんだい？」

「その……私が猫を被っているんだろうと」

一軒目の店でも、七朗は誤解されたようである。

「大工の方が稼ぎが良い筈なのに、店へ来たのはよほどの理由が——家を追い出されるようなことをしたのだろう、今は大人しいがそのうち本性を現すに違いない、かかわらない方がいい――と言われるようになり、そういったことがお客さまにも伝わって居心地が悪くなり、結句自ら暇を乞いました」

今度は勘兵衛が問うた。

「旦那さんも、お前を信じてくださらなかったのか？」

「旦那さんは父から私のことを聞いていたので、庇《かば》ってくださいました。ですが、おかみさんはみんなの言い分を信じたようで……旦那さんは、その、おかみさんの尻に敷かれているようなところがありましたので、すまないと仰ってくださいました」

ふっ、と微《かす》かに噴き出した清次郎を、佐和が再びじろりと睨んだ。

「すまない」

小さく頭を下げた清次郎へ恐縮しながら、七朗は続けた。

家へ戻ってまもなく、父親が普請を請け負った客が、江戸行きの話を持って来た。この客は仲里屋の迅平の親類で、七朗は家族の勧めもあって、江戸に出てみることにした。

旅立ちにあたって、七朗は家族――殊に兄たちから助言を受けた。

――次は周りに合わせて、ほどほどにやれ。あんまりお堅いと煙たがられんぞ――

――いかつい分、愛想良くな。男も愛嬌は大事だぞ。ちょいと六朗を見習えや――

――そうとも、俺を見習いな。なんなら俺をそっくり真似てみろ。殊に女たちやお客さんは大事にするんだぜ。恥ずかしがらずに、感謝や褒め言葉はちょいとしたことでもしっかり口にした方がいい——

三男の六朗は伝法でひょうきん者だが、それがまた人を惹きつけるらしく、話し上手でもあるがため兄たちの中で最ももてる。「初めが肝心」だとも言われて、まずは仲里屋で六朗の真似をしたところ、迅平にも気に入られ、とんとん拍子に泉屋での奉公が決まった。

泉屋でも六朗の真似をしつつ、店の皆に合わせてほどほどに手を抜いた。

「みんなともすぐに馴染むことができまして、私はつい調子に乗ってしまいました」

もともとよく気が付くところへ、六朗の助言通り、しっかりはっきり感謝の言葉を述べて、着物やら小間物やら髷やらを褒めそやしているうちに、殊に女客やおかみ、一人娘のうのにも好かれるようになった。

ところがうのの好意はやがて恋心に変わり、うのは許婚の晋一ではなく、七朗と夫婦になりたいと言い出した。

「それからはもう散々でして……」

——私は実は、あなたが思っているような男ではないんです——

——そんなつまらない嘘をついてまで、私と一緒になりたくないのですか？——

うのを説き伏せようと真実を告げたものの、信じてもらえず、店主夫婦の不興を買った。許婚の晋一は無論怒り心頭だったが、店者の幾人かは七朗に同情してくれた。ただし、七朗の本性に関しては「今更そんな嘘で誤魔化そうってのは無理があらぁ」と、一笑に付されたそうである。

「私はおうのさんをくどいたことは――そんなつもりはありませんでしたが、兄を真似て誤解を招くような言葉を幾度か口にしていました。『許婚がいるなんて残念至極だ』『俺がもっと早くからここで奉公していたら』などと……それで、あの、正直に申せば、その気が胸をかすめたこともありました。兄の真似をするうちに、なんだか本当に、自分が兄のような人好きのする者になった気がして……」

七朗がしたことは浅はかでけして褒められたことではないが、親兄弟を慕う気持ちに偽りはないようだ。

「うむ。正直でよろしい」

清次郎がややおどけて口を挟んだが、今度は佐和は咎《とが》めなかった。

「それでお前は仲里屋へ戻って、迅平さんにこれからは心を入れ替えて真面目に働くと言ったんだね？　それはまた迅平さんを騙したことにならないかい？」

「そ、それは……」

「まあ迅平さんは、初めからお前の本性を見抜いていたがね」

「あ、そうだったんですか。そうだったんですね」

ほっと顔と声が和《やわ》らいで、律は初めて七朗の「素顔」を見た気がした。

「そうでなけりゃ、口入れ屋の主は務まらないよ。迅平さんはこれまでにもう何人も、数え切れないほどお前のような者を見てきたのだから」

「私のような……？」

「所変われば品変わる——品のみならず、人の値打ちや扱いも変わらぬものかと、江戸や上方を目指す者は少なくないのだよ。いや、江戸や上方に限らず、ひと所から別の所へ、なんなら同じ江戸でも町から違う町へとね。ただ目新しさを求める者もいれば、暮らしを立て直したい者、今までとは違う己になりたいと願う者もいる。そうして土地や自分を変えて、うまくいく者もいれば、いかない者もいる。人にも居所にも仕事にも、合う合わないがあるからね……だが、迅平さんはずっとそういった者たちの手助けをしてきた。願わくば、皆がうまくいくように——と祈りながら」

目を落とした七朗へ、清次郎は穏やかに続けた。

「お前はどうだい？　これからもうちでやっていこうと——そうしたいと考えているから話してくれたんだろうが、まだ半月ほどとはいえ、なんだかとっつきにくい、よそよそしいといった声がなくもないんだが」

「はい、あの……」

躊躇いつつも七朗は目を上げて、清次郎を始め、ぐるりと皆を見回した。

「私はやはり、こちらでは少しばかり猫を被っておりました。青陽堂で働くにあたって、迅平さんも旦那さんも『無理することはない』と仰ってくださいましたね。今思えば、私の本性を見抜いた上でのお言葉だったのでしょうが、郷里や泉屋での失敗を繰り返さぬよう、ずっとおっかなびっくりで過ごしておりまして……」

「ははは、そういった迷いはどこか伝わってしまうものだ。しかし、お前は本当は役者に向いているのやもしれないよ。なんせ、泉屋の皆をすっかり騙してしまったのだから」

「そんな……」

「冗談だよ。常から慕っている兄の真似ごとだから、うまくいったんだろうね」

「そう――そうに違いありません」

慌てて応えた七朗へ、今度は佐和が言った。

「よその店はさておき、うちでは――少なくとも父や私は、店の皆を親類だと思ってきました。親代わりとして、親類の子を預かるつもりで請状《うけじょう》に署名してきたのです。血のつながりはなくとも、縁あって一つ屋根の下で暮らすからには、まったくの他人ではない――そう考えてのことです。もちろん実の親兄弟でも隠しごとや仲違いすることがあるのだから、うちでもうまくいかない時はあります。今まで顔を合わせたことのない親類の中に放り込まれたら、私でも――初めのうちは――多少なりとも遠慮するでしょう」

お義母さんでも？――と、ついくすりとしそうになって律は急ぎ口元を引き締めた。

「仲里屋さんがくださった『お試し』はまだ二月半あります。試すのはうちばかりじゃありませんよ。お前もうちを試し、見極めるための時です。互いに無理せず、無駄なく過ごしましょう」

「はい。――ありがとうございます」

七朗が再び深く頭を下げたのち、律たちは皆それぞれの仕事に戻った。

仕事場で新たに墨を磨《す》っていると、つい先ほどの清次郎の言葉が思い出された。

――土地や自分を変えて、うまくいく者もいれば、いかない者もいる。人にも居所にも仕事にも、合う合わないがあるからね――

伊三郎の死後、付き合いがあった全ての呉服屋に見放され、行脚《あんぎゃ》して回ったいくつもの呉服屋からも一つも仕事がもらえなかった。

でも池見屋は――お類さんは違った……

類や佐和のように真《しん》に店主である「女将」は少ないものの、類に女であることが斟酌《しんしゃく》されたとは微塵《みじん》も思っていない。

類は巾着絵で律を「試し」、その腕前に見合った仕事を与えた。

そして私は一つずつ、少しずつではあるけれど、お類さんや池見屋に恥をかかせないよう心してきた――

巾着や櫛入れ、財布に袱紗など小さな物に始まり、やがて着物も任せてもらえるようになった。己が考えた「鞠巾着」も認められ、池見屋の「売り」の一つとなっている――と思いたい。

心を決めて、律は墨を磨る手を止めた。

道具を片付け、少し早めの昼餉を済ませると、律は上野は池見屋へと向かった。

十

池見屋にはおよそ五日ごとに顔を出している。

此度は一日早く訪れたが、幸い類は店にいた。

鞠巾着を納めてから、律はおずおず切り出した。

「あの、未さんの着物なんですが……申し訳ありませんが、お断りしてくださいませ」

七朗ではないが、律もまた額を畳にこすりつけんばかりに頭を下げると、類が噴き出した。

「面《おもて》を上げよ――なんてね。なんだい、大げさだね。命乞いじゃあるまいし」

命乞いではないものの、名指しの注文を断るからには相応に肚《はら》をくって来たつもりだ。

「やっぱり地獄絵は――地獄絵なんて描きたくないんです」

「描きたくないんじゃなくて、描けないんじゃないのかい？」

「もっといろんな絵を見て励めば、似たような絵は描けると思いました。でも、今はお客さまやお類さんが」――何より私自身が――「得心する絵にならないかと……その、とどのつまりは『描けない』ということになるんでしょうが……」

にやにやしている類を前にして少々弱気になったものの、目はそらさなかった。

「今は、と言ったね。それならいつかは描けるようになるのかい？」

「……判りません。いつかなんの注文もなくなって、地獄絵でもなんでも描ければいいと思う時がくるのか、何かをきっかけに、心から地獄絵を描きたいと思う時がくるのか、今は判りません。ただ、どんな絵にせよ、自分が得心する絵を描いていきたいんです」

一人前の職人として――

竜吉のように、なんでも、いつでも描くことも「一人前」の一つだろう。だが己は、違う形の「一人前」を目指そうとしている。

「ふうん」

からかうように、更ににやにやして類は問うた。

「ならもしも、鞠巾着に地獄絵を入れてくれって客が来たらどうすんだい？」

「お、お断りしてください。残忍な絵じゃなくても、閻魔さまや鬼だって、鞠巾着にはそぐわないかと――」

少し前までは、客の注文とあらば、地獄絵でも描かざるを得ないと思い込んでいた。

そう決めつけていた。

鞠巾着は道端で、鞠で遊ぶ女児を見て思いついた。一番初めに描いた二枚には、娘心をくすぐる「愛らしいもの」を描こうと、また何より、己が楽しめると考えて、夢中で描いたというにもかかわらず。

　ふっと、類が微笑んだ。

「頼まれなくても断るさ。お前が言う通り、鞠巾着におどろおどろしい意匠は似つかわしくない。あれは宝物や想い出が描かれているから売れてんだ。そういった意匠を含めての商品なんだよ。地獄絵なんぞを入れた日にゃ、鞠巾着の値打ちが落ちちまう。そもそも鞠巾着に地獄絵を望む客がいるとしたら、きっとろくでもないやつだろう」

「ええ……きっと」

「だが、未さんの着物は別だ。まあ、もともと『今の』お前じゃ無理だろうと踏んでいたから、下描きによっちゃ、下描き代を返して断りを入れるか、別の上絵師を頼むつもりでいたけどね。未さんがうんと言うようなら、この仕事は竜吉に回すことにするよ」

　そう言って類は再びにやにやしたが、悔しいとは思わなかった。

「そうしてください」

　しかしながら、名指しの客を断らねばならないことは痛恨である。

「未さんのご期待に添えず本当に申し訳ありません。どうか、そうお伝えしてください」

「ああ、そろそろまた訪ねて来るだろうから伝えておくよ。——それにしても、下描きは一枚も持って来なかったのかい？」

「どれも気に入らなかったものですから……」

「そうかい。お前が『描けます』なんて大見得切るから、どんな意匠になるのか、少しばかり楽しみにしてたんだがね」

「すみません。――でも、地獄絵や死装束をいろいろ考えているうちに、ふと思い出しまして、今朝は少し鬼灯《ほおずき》の絵を描いてみました」

「鬼灯？」

「昔――二十年も前に、両親と浅草の鬼灯市に行ったことがあったんです」

昨夜、帰り道で頭をよぎった光景は、鬼灯市での出来事だったと思い出した。

といっても、当時の記憶はあまりにもおぼろげで、それから今少し大きくなった八歳の時に美和から聞いた想い出話でさえ、もう十六年も前のことだ。

「その日はあいにくの曇り空で、真っ赤にずらりと並んだ鬼灯の先が見えなくて、なんだか怖くなった私は母に抱っこをせがみました。そしたら父が――」

――鬼灯は鬼の灯りと書くからな。赤く輝く血と書いて、「赤輝血《あかかがち》」と呼ぶこともあると、先生から聞いたことがある。八岐大蛇《やまたのおろち》の目が鬼灯のように赤かったことが、赤輝血という名の所以《ゆえん》らしい――

「私は四つだったんですが、『鬼』や『血』が何かはもう知っていたように思います。それで『鬼の灯り』やら『赤輝血』やらの言葉が怖くて……父がまた『八岐大蛇』がなんなのか、身振り手振りを交えて教えたものだから、泣き出してしまったそうです」

——肩車で泣き止んだのに、帰り道、日暮れた通りに提灯が次々灯っていく様を見て、またぐずって大変だったのよ——

八歳でこの想い出話を聞いたのは、鬼灯の鉢がきっかけだった。隣人の今井が、鬼灯市に行った筆子《ふでこ》の親から、土産として鬼灯を一鉢もらって来たのだ。

「おそらくそれまでにも折々に鬼灯を目にしたことはあったでしょうが、私が鬼灯市で泣いたからか、うちで見たことはなかったように思います。鉢を見て、『なんだか怖い』と言った私に、母は市で私が泣いた想い出や、鬼灯について教えてくれました」

——もうじき盂蘭盆会《うらぼんえ》でしょう。鬼灯は提灯のように見えることから、迎え火の代わりにもなるの。精霊《しょうりょう》はこの世に居所がないから、盂蘭盆会の間は鬼灯の中で過ごされるともいわれているのよ——

——しょうりょう？——

——亡くなった方の魂のことよ。盂蘭盆会に帰って来るのはご先祖さまの精霊だから、うちだとお祖父《じい》さんやお祖母《ばあ》さんね——

「両親のことだから母は嬉しそうでしたが、私は祖父母を知らずに育ちましたから、亡くなった方が鬼灯の灯りを頼りにやって来るなんて、やはり怖いと思いました」

無論泣き出すほどではなく、美和の手前、あからさまに嫌がる様子は見せなかった。

「盂蘭盆会の後、先生が透かし鬼灯を作って見せてくれたんですが、私はまたぞくりとしました。精霊がまだこの世にいるような——鬼灯の檻《おり》に囚われているような気がして……ですが大きくなるにつれ、こういった恐れはなくなって、昨日似たような光景を見るまで、鬼灯を怖がっていたことなんかすっかり忘れていたんです。けれどもあれこれ思い返したからか、昨夜は何やら夢うつつに、透かし鬼灯にしゃれこうべが重なって見えまして……」

「透かしが髑髏《どくろ》か——そりゃ面白い」

「でも此度は怖くはなかったんです。ただ、どこか悲しいだけで……ですから地獄絵の足しにはならないと判っていましたけれど、いつか鬼灯の着物も描けたらと思って、つい」

「いつかなんて言ってないで、今描いたらいいじゃないか」

「えっ？　でも、鬼灯の意匠じゃ」

「うん、地獄絵の代わりにはならないね」

律を遮って類は言った。

「だから未さんには売れないよ。だが、鬼灯が意匠の着物はまままあるからね。お前にその気があるなら、地獄絵だの死装束だのってのは忘れて、お前が思うがままに、鬼灯の着物を描いてみちゃどうだい？」

「鬼灯の着物を……」

「出来が良けりゃ、店に飾って売り込んでやるよ。ただし、売れなきゃ持ち出しだ」

思うがままに、と言われて弾んだ胸は、持ち出し、と聞いてすぐさま静まった。

「なんだい？　怖気付《おじけ》いたのかい？　売れないような着物を描くつもりなのかい？」

からかい口調で、畳みかけるように類が問う。

「そ、そんなことはありません」

言い返してから、己の「その気」に気付いた。

注文ではなく、一から私の思いのままに描く着物——

雪華に桜、鞠に百合《ゆり》、彼岸花《ひがんばな》、雷鳥、美濃菊《みのぎく》、江戸菊と、この数年の間に手がけた着物が頭を巡る。

買い手がつかないことはない——だろう。

ちゃんと、私自身が得心する着物を描けば——

ふわりと胸が浮き立った。

「描いてみます」

「うん、やってみな」

「今度、下描きを持って来ますので見てください」

「もちろんだ。けれどもそう急ぐこたないよ。鬼灯の意匠なら、それこそ次の盂蘭盆会までに仕上がりゃいいさ。それより、こっちの注文を先に頼むよ」

「注文？　地獄絵はお断りして欲しいと——」

「新しい注文がきたんだよ」

「えっ？」

十一

「なんと、残りの一人の方も池見屋を訪ねていらしたんです」

今井の家に上がり込んで、律は新たな注文について話した。

八ツの鐘は長屋に戻る少し前に聞いていたが、茶の支度もそこそこに律は続けた。

この四日のうちに現れた客は、日本橋の料亭・有明《ありあけ》の主で、注文は鷲の着物だった。

「となると、地獄絵を所望したのは、由郎さんが初めに会ったぼんぼんか、三人目の粋人《すいじん》ということか」と、今井。

「そうなります」

「お類さんが断ったのは、どちらだったんだね？」

「それが、やはり『いけ好かない客』としか……」

律も興味から訊ねてみたものの、類はその客の歳や見目姿は教えてくれなかった。

「でも、もうどちらだっていいんです。鷲なら自信があります。お客さまにも、きっと気に入ってもらえます」

「そうだね。鶯やら雀やら燕やらは、昔からよく練習していたからな」

「はい」

おとっつぁんと一緒に――

律が大きく頷いたところへ、涼太が息抜きにやって来た。

茶汲みを任せた涼太に、律は着物の注文の話を繰り返した。

「それから、お千恵さんはまたお留守だったから、着物姿は見られなかったわ」

江戸菊の着物は五日前に仕立て上がっていたのだが、千恵は律が四日前に訪ねた折も留守だった。着ているところを見て欲しいと千恵が願っているがため、律はまだ仕上がりを見ていない。

「お千恵さんも雪永さんも、今は椿屋敷の手入れや菊作りの支度に忙しいんだったな？」

「ええ。雪永さんの袱紗ももう出来上がって、喜んでもらえたみたい」

「よかったな」と、涼太。「そのうち茶会にお呼ばれするんじゃやねぇか？　お千恵さんが着物を、雪永さんが袱紗を、それぞれお前が描いた物のお披露目《ひろめ》にさ」

「だと、嬉しいけれど」

覚えのある足音が近付いて来て、律は涼太と笑みを交わしつつ戸を開いた。

「やあ、お律さん」

「広瀬さん、どうぞ中へ」

非番の保次郎は、今日は脇差しのみの身軽な格好だ。

「いやはや、お律さん、ありがとう」

早速上がり込んだ保次郎が、にこにことして礼を言う。

「お律さんのおかげでね、追剝どもが捕まったよ」

「ああ、王子の……」

「うむ。捕まったのは板橋だがね」

律が似面絵を届けた番屋の近所に絵心がある者がいて、番人は似面絵を写してもらい、板橋宿へ向かう旅人に持たせせたそうである。

「そしたら、宿でもやつらを見かけた者がいたのだ」

追剝たちには板橋宿に、仲間の家と行きつけの私娼宿《ししょうやど》があった。二人は余助に追い払われた後、板橋宿の仲間のもとへ戻り、次の手を考えながら私娼宿に出入りしていたという。

「お律さんが番人に私の名を告げていたから、板橋から王子へ、王子から奉行所へ、奉行所から私へと知らせが来たのだよ。所々からの褒め言葉と一緒にね」

「私のような者がいきなり似面絵を差し出しても、取り合ってもらえないかもしれませんでしょう？　それでつい、広瀬さんの名をお借りしてしまうんです」

「いいよいいよ。どんどん借りてくれ。——道中で島津屋にも寄って、お登美さんからもお礼の言葉をもらって来た。お気の毒に、あれからすっかり駕籠が怖くなって、寝つきも悪くなってしまったそうでね……でも、今日はゆっくり眠れそうだと言っていたよ」

「それはようございました」

律も吉之助の屋敷に連れ込まれたのち、もともと苦手だった駕籠が一層苦手になったゆえに、登美の気持ちがよく判る。

追剝は獄門——さらし首——か死罪だ。登美を襲った者たちが死しても、悪人が絶える訳ではないが、直にかかわった者がいなくなれば、登美も少しは気が晴れるだろう。

「仕事の方はどうだね？」

「上々です。今度は鶯の着物を描くんですよ。その次は鬼灯の」

涼太の淹れた茶を飲みながら、律は今ひと度《たび》、地獄絵を断ったことや新たな着物のことを話した。鶯の着物については今井は三度目、涼太は二度目であるが、鬼灯の着物のことはまだ話していなかった。

「鬼灯か……」

顎《あご》に手をやって保次郎がつぶやいた。

「確かに鬼に灯りや、赤輝血だと何やら物騒だな」

「うむ。酸漿《さんしょう》ならそうでもないがね」

生薬《きぐすり》としての鬼灯は酸漿と呼ばれ、その根茎《こんけい》を干した酸漿根は解熱や咳止めに効く。今井が言う通り、「酸っぱい汁」を意味する酸漿ならば字面《じづら》は恐ろしくないものの、酸漿は堕《だ》胎《たい》にも用いられるため、律にはやはり「死」を思わせる。

　茶を含みながら、涼太も言った。

「そういや、余助さんの目貫《めぬき》も鬼灯だったたな」

「目貫……？　ああ、脇差しの？　よく覚えているわね」

「うん。護身用に懐刀や脇差しを身につけてる旅人は珍しくねぇが、『ご隠居』はお飾りみてぇな真新しい代物《しろもの》が多い。けれども、余助さんの脇差しは年季が入っているようだったから気になったのさ。ついでに右手のたこも、杖のたことは違うみてぇだった。きっと、そこそこ剣術を心得ているんじゃねぇかと思ってな」

「流石、涼太。いつもながら、よく見てるな」

「お褒めにあずかりまして光栄です」

　おどけて、涼太は二杯目の茶を淹れ始める。

　私も、知らずに目を留めていたのかしら……？

　鬼灯の絵を描いたのは——提灯の灯りに鬼灯市での出来事を思い出したのは——その前に余助の目貫を目にしていたからやもしれない、と律は思った。

　なんなら、その昔透かし鬼灯を怖がったのも、絵草紙か何かでしゃれこうべを見たことがあったからではなかろうか……とも。

　己も余助も、辻斬りへ強い憎しみを抱いている。

鬼灯の記憶は「地獄絵」や「死装束」から呼び起こされたと思っていたが、もしも余助の目貫も一役買っていたのなら、己は鬼灯の赤色に地獄の炎を見ているのやもしれない。

絵図で見た地獄の責め苦は何人《なんぴと》にも——両親の仇《かたき》の吉之助であれ——同情してしまいそうな凄まじいものだった。

でも、もしかしたら私は、心の底ではああいった残忍な罰をよしとして、あの男が地獄にいることを望んでいるんだろうか？

だって私はいまだ、あの男をこんなにも憎んでいる——

思わず身を震わせた律の手から、涼太が空の茶碗を取り上げた。

「寒いのか？」

「あ、ううん」

「もう少し、火鉢にお寄り」と、今井。「これからもっと冷えてくるぞ」

思わぬ己の「悪心」を隠すべく、律は素直に言われた通りに火鉢ににじり寄った。

涼太が二杯目を保次郎に差し出しつつ言った。

「そういや、此度奉公人が増えることになりやして……」

「ああ、先日見かけた者かな？　まあまあ背丈があって、がっちりとした？」

「いえ、その者とはまた別の、十一歳の子供——らしいです」

律もまた七朗のことかと思いきや、別の、新たな者が来るという。

「そうなの？」

「うん、俺もさっき聞いたばかりさ」

苦笑を浮かべた涼太の顔には、喜びと落胆がない交ぜになっている。

子供とはいえ人手が増えることは望ましいが、おそらく此度も七朗の時と同じく急に、涼太には相談なく決まったようである。

「いつ来るの？」

「来月――師走《しわす》の朔日《ついたち》からだ」

「そりゃまた、急な話だな」と、今井。

月末にして冬至まであと六日、朔日までほんの七日しかない。

「まあ、いろいろ訳があるそうで……ああ、訳ありといえば、七朗のことでもちょいと面白いことがあったんでさ」

「ほう、どんな？」

律や綾乃の「御用聞きごっこ」を話の種に、茶のひとときが過ぎていった。

第二章　春告鳥《はるつげどり》

一

顔を合わせた途端、健生《たけお》がさっと目を落とす。

内心慌てて、だが顔には出さぬよう、涼太は穏やかに声をかけた。

「涼太だ。よろしく頼むよ」

「よろしくお願いいたします」

青陽堂へ新しく奉公へ来た健生は、生まれつき少し足が悪かった。

正座ができずに横座りをした健生を咎めるつもりは露ほどもなかったが、己は知らず知らずに足に目をやっていた。

最初が肝心だってのに――

涼太が己の未熟さを悔いる間に、健生の主だった貴彦《たかひこ》の挨拶が続く。

主といっても、貴彦が健生を引き取ったのは今年の如月《きさらぎ》のことゆえに、まだ一年と経っていない。

貴彦は深川《ふかがわ》の旅籠・巴屋《ともえや》の主で、涼太より一つ年下、律とは同い年の二十四歳だそうである。巴屋では十七年前に火事があり、涼太の祖父にして青陽堂の先代の宇兵衛《うへえ》は、この火事で当時七歳だった貴彦を助けて亡くなった。貴彦の祖父の博彦《ひろひこ》と宇兵衛は友人で、宇兵衛は隠居してから時折、博彦に招かれて泊まりで深川に行くことがあった。

巴屋の火事は盗人一味が起こしたものだった。一味は三人で、皆その晩のうちに捕まって、窃盗と火付の両方で裁かれた。吟味の末、頭は市中引廻しの上火罪、他の二人は死罪となった。皆が火罪とならなかったのは、三人が揃って、頑として火付も失火も認めなかったことや、巴屋が半焼で他に類焼がなかったことなどが鑑《かんが》みられたかららしい。

火事による死者は宇兵衛一人だったが、夜中に逃げ惑《まど》ったことにより、幾人もの怪我人が出た。また、火罪となった盗人頭は、結句引廻しの前に牢内で死したと涼太は聞いている。

健生は追分宿《おいわけしゅく》の渡屋《わたりや》という旅籠の次男だ。渡屋は四年前に、客の寝煙草《ねたばこ》がもとで焼け落ちて、健生は父親と兄を同時に亡くした。再建した渡屋は叔父が引き継ぎ、健生は母親と共に渡屋の隅で細々と暮らしていたが、夫と息子を同時に失った母親は気鬱《きうつ》となった。

母親は夫はもちろんのこと、健生より九つ年上で跡取りだった兄の正生《まさお》を溺愛《できあい》していたようだ。正生が火事の折に健生を助けようとして死したことから、少しずつ、叔父や他の親類と一緒になって、健生を「役立たず」としてないがしろにするようになっていった。

貴彦は善光寺《ぜんこうじ》詣での道中で、行きも帰りも渡屋に泊まり、帰りしな健生を奉公人として引き取ることにした。健生が自分と同じく七歳で火事に遭ったことや四年前に父親を亡くしていること、加えて人死《ひとじに》の罪悪感を背負っていることから同情したのである。

にもかかわらず、貴彦が此度健生を手放すことにしたのは、貴彦の同情を巴屋の奉公人たちは依怙《えこ》贔屓と取って、陰で健生を邪険にしていたと判ったからだ。また貴彦はきたる春に出家するそうで、自分がいなくなった後の健生を案じて、今のうちに信頼できる店に託すことにしたという。

貴彦は父親が亡くなった四年前に二十歳で店を継いだが、一昨年から出家を望むようになった。善光寺詣でも強い信心からで、出家を考え始めて以来、のちのち店を任せるつもりで、妹とその恋仲の奉公人を跡継ぎとして仕込み、二人の仲を取り持った。しかしながら、母親には出家も妹たちへの店の譲渡もずっと渋られていたところ、親類の力を借りて、先月ようやく説き伏せることができたそうである。

涼太はこれらのことは健生が来る前に佐和から聞いていて、今後のおよその扱いも決めてあった。

健生の前ゆえ――また、佐和とは既に話がついているため――貴彦は挨拶のみで、早々に辞去して行った。

「健生、これからお前はうちの者です。親兄弟と同じようにとはいきませんが、皆、縁あって共に暮らす一家ではありますす。気立ての良い者ばかりですが、人にも仕事にも慣れるまでしばらくかかるでしょう。無理せず、何かあったら遠慮せず、すぐに涼太か私か、清次郎さんに言いなさい」

「はい、女将さん」

小声だが、言葉遣いは案外しっかりしている。

「では涼太、後は頼みましたよ」

「はい、女将さん」

同じ言葉を繰り返して微笑むと、涼太は健生を家の座敷から店の方の座敷へ促した。

まず引き合わせたのは、青陽堂では健生に次いで若い、新助《しんすけ》、亀治郎《かめじろう》、利松《としまつ》の三人だ。この三人は健生より二つ年上の十三歳で、青陽堂には今、十二歳の者はいない。

「健生と申します。よろしくお願いいたします」

しかと頭を下げた健生へ、三人が照れ臭そうにくだけて応える。

「よろしく」「こちらこそ」「よろしくな」

「利松が隣りの部屋へ移って、亀治郎と新助が今日からお前と相部屋になる。しばらくは指南役の房吉《ふさきち》という者と、この三人の誰かと一緒に仕事をしてもらうからな」

利松は店へ返して、亀治郎と新助と四人で二階へ向かった。

足が悪いといっても、左足が微かにぎこちないだけでそう目立たない。だが、先導する亀治郎が階段口で振り向いたのへ、健生が先回りして言った。

「走ることはできませんが、歩いたり、階段の上り下りは平気です」

「そうか。でも気を付けるんだぞ」

「はい」

三人の部屋は二階の真ん中の、ぐるりと廊下で囲まれた六部屋の一つだ。それぞれ四畳半のこの六つの部屋は、長屋のごとく三部屋ずつ背中合わせになっている。

各戸の横には、寝起きしている者の名を記した木札がかけてある。健生の名札は昨日のうちに用意しておいたが、それを見つめた健生はいまだ緊張の面持ちだ。

「おっ、ちゃんと片付いているな」

「いつもですよ」

「いつも片付いてます」

涼太が感心してみせると、亀治郎と新助は口々に澄まして応えた。夜具《やぐ》は毎朝畳むよう言ってあるが、健生を迎えるにあたっていつもよりこざっぱりして見える。

巴屋から持って来た行李《こうり》を下ろすと、健生はおずおず口を開いた。

「……すみません。私が来たから、利松さんが……」

同い年の三人の部屋が分かれてしまったことを気にしているらしい。

「うん？　ああ、いいんだ。気にすんな」と、亀治郎。

「そうとも、気にすんな。ほら、すぐ隣りに移るだけだから」

笑顔の二人に小さく頷くも、健生の顔は硬いままだ。

先行きを少々案じたが、それも束の間だった。

次に指南役となる手代の房吉を紹介すると、健生の顔がやや和らいだ。

青陽堂では奉公人に、礼儀の他、読み書き算盤《そろばん》をしっかり学ばせている。貴彦から、健生は学問、殊に読書が好きだと聞いた佐和は、店で一番読み書きが得意で、皆に書を教えている房吉を当面の指南役とした。夕餉から就寝までのひとときではあるが、望めば誰でも読み書き算盤を教えてもらえると聞いて、健生が初めて笑顔らしきものをみせる。

手隙の者から順に引き合わせていき、房吉の手に預けてしまうと、昼餉の前から利松と三人で仕事を始めた。

客に茶を出しながら様子を窺うと、緊張の面持ちは変わらずとも、顔色はやや明るさを増したようだ。

――「若旦那」が相手じゃ、そら硬くなるわな……

寂しさがなくもないが、涼太はひとまず胸を撫で下ろした。

七日前の夜、涼太は佐和と清次郎から健生のことを詳しく聞いた。

巴屋は宇兵衛の代からの得意先ではあるが、その友人だった博彦も、もう亡くなって十年余りになる。此度貴彦はまず、同じく博彦の友人で、まだ存命の丈右衛門《じょうえもん》に相談したという。丈右衛門は呉服屋・伏見屋《ふしみや》の隠居で、鉄砲町《てっぽうちょう》に住んでいる。だが伏見屋の奉公人は足りているため、丈右衛門は友人の京佑《けいすけ》――鉄砲町の両替屋・一文屋《いちもんや》の隠居――に話を持ちかけてみたものの、一文屋も新たな奉公人は必要としていなかった。

丈右衛門も京佑も宇兵衛の古い友人で、博彦とは宇兵衛を通じて知り合った。よって、健生の話は巡り巡って宇兵衛の娘である佐和に回ってきたのだった。

佐和は二人から話を聞いただけで、健生と顔を合わせる前に引き取ると決めた。

――どうして？――と、不満交じりに問うた己へ、佐和は言った。

――父もそうしたでしょう。あのお二人ほど信頼に足るお人はいませんよ――

――しかし――

――丈右衛門さんと京佑さんはお客として巴屋を訪れて、健生をそれとなく「見て」来たそうです。あのお二人は人を見る目に長《た》けています。お二人がよしとする者なら、私に否《いな》やはありません――

涼太は佐和ほど二人を知らないが、佐和への信頼は母親としても女将としても篤《あつ》い。

このまま、うまくいくといいな――

胸中でささやかに祈りながら、涼太は茶汲みに勤《いそ》しんだ。

二

律は昼餉の握り飯を取りに行った折に、健生と挨拶を交わした。

来月十二歳になるにしては小さく見えるが、礼儀正しくしっかりしている。生まれつき足が悪いとも聞いていたが、立っている分には一見では判らなかった。

仕事場に戻って早々に握り飯を平らげてしまうと、律は再び筆を執った。

青花《あおばな》——露草の液汁《えきじゆう》で作った染料——で、鶯の着物の下絵を描いているのだ。

三日前の霜月は二十八日に、律は再び一日早く池見屋を訪ねて、鶯の着物を所望している美之《よしゆき》と顔を合わせた。

美之は日本橋の料亭・有明の主で、着物は妻の奈央《なお》には内緒で仕立てるがため、先日訪れた折に再訪の日時を類と約束していた。もちろん類が、律がこの着物の注文を断る筈がないと見込んでのことである。

着物は亡き娘・美央《みお》への供養に仕立てるそうで、もともとは二年前、鶯を飼っていた美央に約束していたという。由郎が目に留めた根付の意匠はやはり鶯で、美央の形見だった。

美央は往来で起きた喧嘩を避けようと通りの端を歩いていたのだが、喧嘩はあっという間に押し合いへし合いになり、堀沿いにいた美央は転げて来た男と共に堀に落ちた。美央はすぐさま助け上げられたものの、ちょうどこの時分——師走の寒さのさなかの出来事で、その晩のうちに熱を出した。

——五日ほど熱が下がらず、結句亡くなりました。娘が飼っていた鶯も、後を追うように十日後に——

亡き娘への供養と聞いて、律はつい太田屋《おおたや》の昭《あき》を思い出した。昭は幼くして風邪で死した娘が忘れられず、今尚あたかもまだ生きているかのように振る舞っていて、娘のために鞠巾着と揃いの着物を仕立てたのだ。

だが、美之は娘の死を受け入れているようで、律はひとまずほっとした。着物も供養であると同時に、妻のためでもあるようだ。

――娘は梅見の宴のために、鶯の着物をねだりました。今年はとても宴を催す気になれなかったのですが、妻もようやく落ち着いてきましたので、来春は娘がそう望んでいたように着物を仕立てて、宴を開くことが供養になるのではないかと思い至ったのです――

妻に「内緒」というのは意匠のことで、美央は生前におよその意匠を決めていて、だが美之たちには仕立て上がるまで内緒にしておきたいと言っていたそうである。

――それが、おそらくこれなのです――

そう言って美之は、一枚の着物の絵を差し出した。といっても稚拙《ちせつ》なもので、ところどころに梅の枝らしき線と点が、それから肩と胸、背中に丸が描かれているだけだ。丸はおそらく鶯を表しているのだろう。この下描きは娘亡き後、美之が娘に貸していた本の間に見つけたそうで、妻は目にしていない。

大まかな意匠は決めてあるようだと前もって類から聞いていたため、律は下描きを用意して行かなかった。

——それでは、こちらの丸にはこのように鶯を、それから梅を——枝は少なめに、花を多めに、このように……——

美央が描いた絵を見ながら、その場で新たな紙に描いていくと、美之が顔をほころばせた。

——あの雷鳥を見て、このお人なら、娘が望んでいた着物を描いてくれるだろうと思ったのです。よかった。娘も妻も、きっと喜ぶでしょう——

美之は顔を合わせるまで律が女だとは知らなかったが、驚いた様子は見られなかった。料亭の主なれば日々様々な者を目にしていて、女の職人など珍しくないのやもしれない。あからさまな称賛でなくとも、ただ腕前を認めてもらえたことが律には嬉しかった。

昨日までに、次に納める三枚の鞠巾着は仕上げてしまった。よって今日から次に池見屋を訪ねる四日後までは、鶯の着物に専念できると、律は朝から張り切っていた。

三羽の鶯を青花で描くうちに、みるみる一刻が過ぎて八ツの鐘が鳴り始める。

今井宅で一休みしようと筆を置き、表へ出たところへ、保次郎がやって来た。

「ちょうど、お茶にしようと思っていたところです」

「私はついでに、似面絵を頼もうと思ってね」

今日から月番の保次郎は「定廻りの旦那」にふさわしい身なりをしているが、長屋の中だからか茶目っ気交じりに微笑んだ。

二人して今井宅に上がり込むと、保次郎が早速懐《ふところ》から紙を取り出した。

「上方の益蔵《ますぞう》という人殺しでね。どうやら大坂から江戸に逃げて来たらしい。これがやつの人相書なんだが、これだけだと判りにくいから、似面絵を描いてもらっちゃどうかと同輩に言われてね……」

人相書は言葉で見目姿の特徴を書いて記したものだ。

差し出された人相書には、益蔵の名の他、次のことが箇条書きになっている。

一　背丈五尺三寸程

一　歳四拾半ば　肌浅黒　四角顔

一　額一寸半余　恵比寿目《えびすめ》　目間並《めあい》　太眉　左目尻に黒子《ほくろ》

一　胡座鼻《あぐらばな》　人中《じんちゅう》長め　法令紋《ほうれいもん》　歯並常之通　下唇厚め

一　逃去し候節着用之品　黒装束　印籠　富士山の蒔絵

「恵比寿目や胡座鼻と書いてあるが、四角顔としてあるゆえ、まったくの恵比寿顔ではない気がするんだ」

「そうですね……」

「これは難しいな」と、今井。「額の大きさやほくろは目印になるだろうが、手がかりがこれだけではな」

「皆もそれは承知の上でして……ですが、我々町同心や岡っ引きはともかく、町の者は人相書に慣れておりませんし、そもそも字が読めない者もいますから、何もないよりはよかろうと――もちろん何枚か、それらしきものを描いてもらいたいのだが」

茶汲みを保次郎に任せて、律は早速筆を執った。

四角顔というからには、恵比寿ほど頬が膨らんでいないと踏んだ。人中が長いというのもあまり恵比寿らしくない。だが、目は恵比寿のように細く垂れ気味に、太眉は眉尻が太いものと眉根が太いもの、等分に太いものをやはり恵比寿のごとく弧を描くように、少しだけ太さを変えて三枚の紙に描いてみた。

一寸半という額は恵比寿より広いように思えたが、恵比寿は烏帽子《えぼし》を被っているから、狭く見えるだけやもしれない。法令紋や歯並びについて書かれていることから目撃者は笑顔を見たのだろうが、一枚は目を少し開いて真顔にする。ほくろは二枚は目尻の真横に、もう一枚はやや下に入れてみたが、眉と同じく人相書からは大きさが判らないゆえ、そういった見込みがあることを示すために、一つずつ三厘《りん》、六厘、九厘ほどと大きさを違《たが》えてみた。

細かな描き直しがないため、半刻と経たずに三枚の似面絵を描き終える。

「組み合わせや部位の大きさなどを変えれば、もっと描けますが……」

「いや、これで充分だ。きりがないからな。見せる時に、顔の形や眉、ほくろは、様々な組み合わせ、大きさが考えられると念を押すよう、皆に伝えるよ」

これもいい修業になると、律は人相書を写し取った。

似面絵が乾くのを待つ間に涼太がやって来て、二杯目の茶を淹れた。

涼太曰く、昼前に王子で追剝に襲われた登美の夫が、青陽堂を訪ねて来たという。

「上野の方に用事があって、ついでに寄ったたってんで、お前を呼びに行くまでもないと言われてな。だが、似面絵のお礼は預かったぞ」

そう言って、涼太は懐紙《かいし》に包まれた物を差し出した。

しばし世間話をしながら茶を含むと、保次郎と涼太が揃って腰を上げる。

二人を戸口の外で見送ってから、律は二つの包みを開いた。一つは保次郎からで中身は一朱《しゅ》、もう一つは登美の夫からで、なんと一分も包まれていた。

「大繁盛だな、お律」

「はい」

似面絵だけであったら、上絵師として複雑な思いを抱いただろう。だが、今は鶯の着物を手がけていることから、素直に頷くことができた。

「でも、これはもらい過ぎです。お登美さんを助けたのは、余助さんだもの」

「いいじゃないか。日本橋の店主ならそこそこ金持ちだろうし、お登美さんの命を救ったのは余助さんだとしても、お前の似面絵はこれより先の犠牲者を救ったのだから」

律は折々に、父親の伊三郎がそうしていたように、今井を通して両替屋・一文屋に金を預けている。

一分を今井に預けると、一朱は六太の真似をして、皆に一石屋の菓子を振る舞うことにしようと懐紙に包み直した。

菓子は皆を思ってのことであるが、一石屋に行く用事ができたことが——慶太郎に会えるやもしれないことが——律には楽しみであった。

三

青陽堂で今まで一番年下だった新助、亀次郎、利松の三人は、自分たちより年下の健生が来て嬉しそうだ。

殊に新助は、食事やら湯屋やらで甲斐甲斐《かいがい》しく健生の世話を焼いているらしい。それを話の種にする亀次郎や利松、指南役の房吉、涼太が楽しげで、律もついつい新助と健生の様子を窺っては顔をほころばせている。

房吉の他、日替わりで三人組の誰かが健生と仕事を共にしているが、房吉は時に受け持ちの客に呼ばれて離れることがある。三人組もまだ至らぬところがままあるため、房吉がいない間に困りごとがある時は、主に乙吉が助太刀しているようだ。

夕餉の折にそんな話をしていた涼太は、夜具の中でも奉公人たちの話を続けた。

「お千代さんが店を見つける前に、作二郎さんには勘兵衛さんから学んでもらわねぇといけねぇ。だから、健生が店に慣れてきたら、作二郎さんの代わりに房吉さんに乙吉の指南役になってもらおうと思ってよ」

健生が来てまだほんの五日目だが、日に幾度かしか顔を合わせない律にも、顔つきが和らいできたことが見て取れる。

七朗も半月を経て馴染んできたようで、同い年の三吉、佐平次、助四郎の三人の他、二つ年上の倉次郎《くらじろう》や四つ年上の忠吉《ちゆうきち》と親しんでいるらしい。

「というのも、ほら、倉次郎さんは将棋、忠吉さんは囲碁好きだろう。七朗はどっちもそこそこの腕前みてぇだ。それから七朗も学問好き——の割には、家業の修業が忙しくて手習いは早くに辞めざるを得なかったってんで、健生と一緒に房吉さんから書き方を、佐平次から算術を習うことにしたそうだ」

健生と同じく七朗も、青陽堂では読み書き算盤が学べると知って大層喜んだそうである。

「だから、おふくろに『もしもまだうちで働く気があるのなら』なんて問われる前にとっくに『その気』になっていて、『ここではしくじりたくねぇ』と思ってたから、余計に気負っていたんだとさ」

暗くて顔は見えないが、弾んだ涼太の声が律には嬉しい。

混ぜ物騒ぎで二人の手代に裏切られ、涼太は——おそらく佐和も——長らく気を沈ませていた。

首謀者だった源之助は、いつまでも番頭になれぬことに不満を抱いていた。源之助は年功序列では作二郎と恵蔵の間だったが、番頭は繰り上げとは限らぬため、三人の内誰が次の番頭になってもおかしくなく、源之助には自信と実力があった。いずれ勘兵衛が暖簾《のれん》分けして、佐和が隠居する時には、涼太を主として自分が番頭になれるだろうと見込んでいたが、勘兵衛も佐和も「居座り続けて」いたために、業《ごう》を煮やして日本橋の葉茶屋・玄昭堂《げんしょうどう》の企みに乗ったのだ。

もう一人の「裏切り者」の豊吉には源之助のような野心はなかったが、実家が金に困っていたため、金につられて源之助に加勢した。この二人は青陽堂から暇を出された後、玄昭堂に雇われたが、今どうしているか律は知らない。

律は奉公したことがないが、店によって奉公人の待遇に雲泥《うんでい》の差があることは耳にしている。土地柄もあろうが、七朗は泉屋で毎度白飯が出ることや、夜具がしっかりしていることに「流石、お江戸だ」と感心したそうである。江戸にも奉公人に雑穀米や煎餅布団《せんべいぶとん》をあてがっている店は少なくないが、泉屋は仲里屋の紹介だけに待遇は良かったらしい。だが七朗曰く、食事も夜具も青陽堂の方が上だそうで、多少の世辞を差し引いても、常から「日本橋」に張り合っている涼太は誇らしいようだ。

健生がいた巴屋も旅籠とあって食事も夜具も良かったようだが、七朗が郷里で働いていた店のように、奉公人同士の妬《ねた》み嫉《そね》みがあった。そのため佐和も涼太も、「贔屓」をせぬよう一層気を配っているように見受けられる。

初代はともかく、青陽堂は二代目から、ずっと三十人前後の奉公人を抱えてきた。三十人もいれば、折々の不和は避けられず、混ぜ物騒ぎほどでなくとも、争いごとやそれに伴う免職や暇乞いが幾度かあったそうである。

混ぜ物騒ぎは、結句残った者たちの結束を固めた。この二年ほど、青陽堂は皆一丸となって、忙しくも不平不満や波風は見られなかった。無論、律や涼太、佐和でさえ、神ならぬ身なれば、皆の心底までは見通せない。しかしながら、先日佐和が七朗に話した「親類」という言葉に、皆納得しているように見受けられる。

――血のつながりはなくとも、縁あって一つ屋根の下で暮らすからには、まったくの他人ではない――そう考えてのことです――

請状を書くからには店主は奉公人の親同然ではあるものの、親兄弟とすっかり等しく扱うことは難しい。だが昨年から共に暮らし始めた律にさえ、皆がお互い、伯母《おば》や伯父《おじ》、従兄弟《いとこ》や甥《おい》のごとく親しみを持って接していることが感ぜられる。また「親類」なれば、性分や能力の違いにも寛容となり、不平不満を募らせることはあまりないようだ。他人なら許し難い過ちも、「身内」なら大目にみたくなるのが人情である。

長屋でも同様で、大家は店子《たなこ》の親同然だ。律も仲が良いのは隣りの今井と二軒隣りの勝《かつ》、向かいの佐久《さく》だが、勝や佐久の家族、大家の又兵衛《またべえ》はもちろん、あまり顔を合わせることのない出職《でしょく》の店子たちにも「身内」のごとき慈《いつく》しみの情があり、助け合いを厭わない。

そりゃあ、お義母さまが仰る通り、実の親兄弟でもうまくいかないことはあるけれど——

混ぜ物騒ぎよりこのかた固まった絆がほぐれぬよう、七朗と健生の二人が早くもっと皆と馴染めるよう、涼太の話を聞きながら律は祈った。

「七朗は前の店でも届け物が多かったと聞いていたし、あの身体つきだからつい力仕事を頼んじまってたが、今少し様子を見てから——とはいえ師走のうちは忙しいから、年明けからでも——茶のことや、淹れ方なんかを教えていこうと思ってら」

「涼太さんやお義母さまは、もう七朗さんを雇うつもりなのね」

「うん。おふくろが丈右衛門さんや京佑さんの見る目を信じているように、親父も迅平さんを信じているからな。お試しは如月の半ばまでだが、藪入《やぶい》りにはもう決めちまってもいいんじゃねぇかって、おふくろと話してる。ただ、部屋をどうするか、ちと悩ましいや……」

生まれ月では、三吉たち三人より七朗の方が早いそうである。だが、生まれ月は遅くとも、孫芳より一年早く奉公に来た六太が年功序列では上にいる。

「七朗さんは、初めから手代扱いだから——」

「だが、歳の順だと角が立つだろう。かといって、手代になった順だと、今でも源八郎の後、藪入り後じゃ六太の後になっちまう」

三吉たち三人の下は、一つ年下の幸太と治郎吉、その次が源八郎で二つ年下だ。源八郎の下ならまだしも、六太とは七つも離れている。

「それなら、七朗さんもお正月に決めてしまうとか……」

「そうしてもいいんだが、乙吉と六太はどちらも五年は勤めてきたからな。二人のことは七朗とは別にして、しっかり祝ってやりてぇのさ。これはおふくろも同じ考えだ」

女将としても佐和を敬慕している涼太には、ささやかなことでも意を共にしたことが嬉しいようだ。跡継ぎとして日々佐和から学び、店や奉公人を大事にしている涼太に、律もまた夫に対するそれとは別の敬慕を抱いている。

「ふふ、それは悩ましいわね」

「なんでぇ、他人事みてぇに……」

「他人事とは思ってないけれど、涼太さん、なんだか楽しそうだから」

「楽しそう？　ああでも……うん、楽しいっちゃ楽しいか」

くすりとして涼太が続けた。

「七朗のことも健生のことも俺には寝耳に水で、親父やおふくろにはちょいと腹が立ったけどよ。道孝と友永がいなくなっててんてこ舞いしてたから、結句、七朗と健生が来てくれてよかったさ。七朗はもちろん、健生も実家が商売してっから、言葉遣いや礼儀を一から仕込まなくて済んだしな」

「それに俺はこのところ、なんだか疑り深くなっていた」

「そうね」

「そうなの？」

「ああ」と、涼太はおそらく苦笑を漏らした。「源之助や豊吉のせいもあんだろうが、広瀬さんや太郎さんから、悪人の話をよく聞くようになったからかな。町を歩いていても、人のちょっとした素振りが怪しく見えたり、強面《こわもて》を見かけると行き先が気になったりしてよ。だから、新しい奉公人は吟味に吟味を重ねねぇと──なんて気負ってたのさ。でもよ、実のところ悪人なんてそういるもんじゃねぇ。奉公人だって、初めから悪さをしようなんて思うやつは百人に一人もいねぇだろう」

いつだったか、今井が慶太郎に言った台詞《せりふ》が思い出された。

──だが、悪人なんてほんの一握りしかいないんだ──

──これからまた時々──極々たまには嫌な思いをするかもしれないね──

──ただ、この世には悪人よりも善人の方がずっとずっと多いんだ。それは忘れずにいておくれ──

「源之助たちがしたことは今も許せねぇが、もう二度とあんな思いをしねぇためにも、みんなとうまくやってきてぇ。そのためには、疑ってばかり、気負ってばかりじゃいけねぇや」

「そうね……私も、七朗さんには悪いことしたわ」

「いや、ありゃあ致し方ねぇだろう」

再びくすりとした涼太に律もつられた。

律の仕事も順調で、鶯の着物の下絵は昨日のうちに終えて、今日は朝一番に基二郎《もとじろう》――岩本町《いわもとちょう》の糸屋・井口屋《いぐちや》の染物師――に下染めを頼んで来た。そののち池見屋に出向き、此度は十日分、六枚の鞠巾着の注文を受け取った。下染めができ上がる前に、一つでも多くの鞠巾着を仕上げておこうという魂胆だ。

翌日――

律は朝のうちに早速一枚鞠巾着を描いてしまい、蒸しを施した。

四ツ半という時刻で、このまま二枚目に取りかかるか、早めの昼餉にするか迷っていると、涼太が健生を連れて来た。

四

「ついさっき、何やら怪しい男が、健生にお前のことを訊いたそうだ」

「怪しい男って――どうして健生さんに？」

「健生、お律に話してやってくれ」と、涼太は健生を促した。

「私が表にいたので……」

聞けば、健生は新助と二人で表を掃いていたのだが、新助が小用で離れたため、男に話しかけられた時は一人だったという。

「その男は木戸の方を指して訊きました。『そこの長屋に住んでいる、上絵師の律という者を知ってるか？』、と。笑っていましたが、なんだか作り笑いのようだったので、『私は勤め始めたばかりでよく知らないので、他の者に訊ねてみます』と応えました」

慶太とは大違いだわ――

健生より一つ年上の慶太郎の物言いと比べて律は感心したが、慶太郎も奉公先ではしっかりしている筈だと思い直す。

「それで、房吉さんがお客さまのお相手をしていたので、代わりに乙吉さんに伝えたら、乙吉さんが若旦那へお話しに行きました」

「けれども、私が表へ出た時にはその男はもういなかったんだよ。だが気になるからね。似面絵を描いてもらって、他の者が知っているかどうか確かめたいんだ」

健生の手前、若旦那らしい振る舞いの涼太が、律には少々可笑《おか》しくも誇らしい。しかし涼太の目は真剣で、律もすぐに気を引き締めた。

律たちは、とある逆《さか》恨みから赤子を失っている。赤子といってもまだ生まれる前の、半年足らずの胎児だったが「我が子」には違いない。はるという女が、盗人一味だった兄が捕らえられて死罪となったのは、似面絵を描いた律や、それを手がかりに一味を見つけた涼太のせいだったと逆恨みして、律に命をもって償《つぐな》わせようとしたのである。結句律は難を逃れたものの、赤子は流れてしまった。

上絵を頼みたいなら長屋を訪ねれば済むことで、律を探ろうとしているならば、はるのような、律が今まで描いた悪人の身内やもしれないと涼太は案じているのだろう。

「判りました。では健生さん。まずはその男の年の頃と、顔の形を教えてくださいな」

文机《ふづくえ》に紙を広げて、律は筆を執った。

男は背丈は五尺三寸ほど、年の頃は五十路過ぎ、顔は卵のごとく、だが顎《あご》は歳のせいかそう尖っていないらしい。

眉は太いが薄く、やや細目、鼻筋は通っている方で、口は二寸ほどと大きめだ。目尻の皺《しわ》に法令紋も入れたが、ほくろや傷などの特徴はない。

健生が似面絵に不慣れなことに加え、若旦那や若おかみへの遠慮もあって半刻余りかかったが、まずまず似た絵になったことはのちの尊敬の眼差《まなざ》しから窺えた。

似面絵を描く間に昼九ツの鐘が鳴った。似面絵を描き終えると、律は涼太や健生と共に台所へ行き、昼餉の握り飯を受け取った。

仕事場へ戻って握り飯を齧ったところへ、手習い指南所から帰宅した今井が顔を出す。

「お律、ちょっといいかい？」

「なんでしょう？」

「今、木戸の外で、怪しい者を見かけたんだが――」

「もしや、五十路過ぎの人ですか？　五尺三寸くらいの？」

「いや、おそらく三十路前で、涼太とどっこいくらい背が高い強面だ」

てっきり健生に話しかけた者かと思いきや、別人のようである。

「木戸の名札を見上げていたから、長屋の誰かを訪ねて来たんだろうと声をかけたんだ。そしたら『ちょいと通りすがっただけ』とかなんとかもごもご言って、逃げるようにいなくなってしまった。だが、どう見てもただの通りすがりとは思えなくてね」

急ぎ残りの握り飯を腹に収めて、今井が昼餉を取る傍ら、律はその男の似面絵を描いた。

四角顔で太眉、胡座鼻は、先だって描いた人殺しの益蔵と相通じているが、此度の男はまず歳が十年ほども若く、額は二寸ほどと広い。人中は並で、鼻筋の彫りが深く、目の下にも膨らみがあったという。四角顔でも少し頬骨が出ていることや、やや細目で瞳が大きく白目が少ないことから強面ではある。

先ほど健生に話しかけた男といい、此度の強面の男といい、律にはまるで覚えがない。

健生もまた「怪しい男」に会ったことを話すと、今井は眉根を寄せた。

「訊ねておきながらいなくなったとは……それは用心した方がいいな。まあ、涼太に恐れをなして逃げ出したのやもしれんがな」

今時分は暖を逃さぬよう、店先は限られた戸口しか開けていない。よって涼太は外に出るまで男が去ったことに気付かなかったが、男は健生が乙吉へ、乙吉が涼太を呼んだところを覗いていて逃げたのではないか――と言うのである。

「見知らぬ男がお前を訪ねて来たとあらば、涼太は心穏やかではあるまい。知らずに鬼の形相《ぎょうそう》になっていたのやも――」

「鬼の形相だなんて、先生」

からかい口調になった今井へむくれてみせると、今井はすぐさま笑みを引っ込めた。

「すまん。もう一枚、その男の似面絵を描いてくれ。用心のため、強面と合わせて、長屋の皆に見せておこう」

健生が会った男と併せて、二枚の似面絵を描き上げ、律は一旦仕事場へ戻った。

だが半刻と経たぬうちに――八ツの鐘が鳴る前に――涼太が今度は六太を伴って訪れた。

「お律、すまないが、似面絵をもう一枚頼む。六太が尾上で怪しい者を見かけたそうだ」

「尾上で？」

ぞっとして、律は声を高くした。

男は少し離れたところから尾上を窺っていて、六太に気付くとすぐさま顔をそむけて、足早に去っていったという。

律を殺そうとしたはるの兄は卯之介《うのすけ》という名で、巾という女の盗人頭のもとにいた。一昨年、尾上から大金を盗んだ巾一味には、他にも留造《とめぞう》、龍一郎《りゅういちろう》、虎二郎《とらじろう》という者がいて、皆死罪になっている。はるは結句自害したが、巾たち四人にもはるのように、律や涼太、六太を逆恨みしている身内や仲間がいるのやもしれない。

「――はたまた尾上が再び、他の盗人どもに狙われているということも考えられる」

律の懸念に涼太が付け足した。

神無月に死罪となった正二《しょうじ》――こちらは岸ノ屋という盗人一味――曰く、盗人たちの間では巾一味が尾上での「仕事」をしくじったことが知られていて、正二は「意趣返し」を兼ねて、弟分の男を綾乃の婿にしようと画策していた。

「そうね……実はさっき、先生も木戸の前で怪しい男を見かけたのよ。健生さんが見た男とは別人よ」

「なんだと？」

涼太が今井を呼びに行き、仕事場の座敷で、四人で二枚の似面絵を囲む。

「どちらも、私が見た男とは違います」

二人目の男の似面絵を見て六太が言った。一人目の、健生が見た男の似面絵は青陽堂で既に見ていた。涼太は外出している者を除いて、店の皆に似面絵を見せて回ったが、見覚えがある者はいなかった。

六太から三人目の男の顔かたちを聞く間に、今井が二人目の男のことを涼太に話した。

「三人もいるとややこしいから、太郎、次郎、三郎とでも呼ぶか……いや、それだと火盗改の太郎とややこしくなるな。ならば、以《い》太郎、呂《ろ》太郎、波《は》太郎としておくか」

「仁《に》太郎、保《ほ》太郎、部《へ》太郎と続かないことを祈っていますよ」

今井と涼太が溜息交じりにやり取りする中、律は筆を走らせた。

健生と違って、六太は慣れたものだ。疑いの目で見たからか記憶もしっかりしていて、六太が言うがままにこまごま直していくと、四半刻余りで似面絵が出来上がった。

「美男というほどではないが、三人の内では波太郎が一番顔立ちが良いな」と、今井。

波太郎と呼ぶことにした三人目の男は二十代半ばで、うりざね顔だがやや顎が角ばっている。眉はほどよい太さで緩やかな弧を描いていて、目は細目というほどではない。頰が少し丸く、鼻がしっかりしていて、口が横に広いことから、笑えば愛嬌のある顔になりそうだ。

「お律を名指しにした以太郎はともかく、呂太郎と波太郎は長屋か尾上の客やもしれないからな。この似面絵はまず皆に見せて、後で私から太郎さんか小倉さまに渡しておくよ」

そう六太に言い聞かせて、涼太は六太を先に店に帰した。似面絵を描いているうちに八ツは過ぎたが、涼太も長居をする気はないようだ。

「今からでも、広瀬さんか太郎さんが来るやもしれねぇ。そしたら知らせてくれ。もしもどちらも来ねぇようなら、俺が明日、暇を見繕って小倉さまに届けに――」

「あいや、お待ちくだされ」

涼太を遮って、開いたままだった戸口から太郎がおどけた顔を覗かせた。

「噂をすれば影でござんす」

「ははは、こりゃ驚いた」と、今井が笑う。

「戸が開いてたんで内緒話じゃねぇようだと、そんならちょいと驚かそうかと忍び足で来やしたら、俺や殿の名を聞いたもんで」

「お前も似面絵を頼みに来たのかい？」

「へい。今日は二人分お願いいたしたく……」

二人とも盗人で、江戸に来ているという噂を耳にしたため、元盗人にして二人を見知っている太郎が似面絵を頼みに来たそうである。

先にいろは三人の似面絵を太郎に見せるも、太郎には覚えがないという。

太郎のために茶を淹れると、涼太はいろは三人の似面絵を持って一旦店に帰った。だが半刻と経たずに戻って来ると、眉根を寄せて律たちに告げた。

「以太郎は、明《あきら》さんにもお律のことを訊ねたそうだ」

涼太は店の者の他、近所の店にも三枚の似面絵を見せて回って来たようだ。

明というのは、木戸を挟んだ青陽堂の隣りの店の主だ。髪結床《かみゆいどこ》で、間口は二間と青陽堂よりずっと小さいが、弟子と二人きりゆえ充分らしい。——というのも、律は髷は自分で結っているため、二人とは時折挨拶を交わすのみで、店に入ったことがない。明は回り髪結として出かけていることも多いらしいが、鞠巾着のことは見知っていたそうである。

——私は頼んだことはないが、腕は良いと聞いているよ。鞠巾着という巾着が巷《ちまた》では評判でね。隣りの青陽堂のお嫁さんだから、そっちで詳しく訊いてみるといい——

——お嫁さん？　名札を見てもしやと思いましたが、やはり女の人だったのですね——

「つまり以太郎は、お律が女だとも、涼太さんのかみさんとも知らずに来たってことか。それなら、ただ上絵師を探していたのやもな」

今井が言うのへ涼太が頷く。

「ええ。しかし——こっちの方が大事なんですが、利松が波太郎に見覚えがあると言うんです。五日ほど前、通りの向こうから店を窺っていた者ではないか、と。利松だけじゃありません。乙吉も——いつだか定かではないけれど——見かけたことがあるそうです」

「ってぇと、波太郎はぐっと怪しくなりやしたね」と、太郎。

「うむ」と、今井。「青陽堂と尾上の二軒を窺っていたとあってはな……」

「殿に、他の火盗改の皆さまにも似面絵を見てもらえるよう頼んでみやす」

「お願いします」

律と共に頭を下げてから、涼太が新たに描いた二枚の似面絵を見やった。

二人の盗人の内、一人は「狢《むじな》」という通り名で三十路間近、今一人は「狸《たぬき》」という通り名で還暦間近だという。二人とも顔つきは並の内で、狢にはこれといった特徴はないが、狸には左の眉尻に傷跡がある。

「涼太さんには人探しの才がありやすからね。こいつらを見かけたら、いの一番に俺に教えてくだせぇよ」

「狢と狸か……合点です」

笑みを交わすも、二人ともすぐに顔を引き締めて、涼太は店へ、太郎は小倉のもとへと帰って行った。

五

三日後の昼下がり。

綾乃が連れて来た男を見て、律は仰天した。

「呂太郎――いえ、あなたは綾乃さんのお知り合いだったのですか？」

「いいえ」と、綾乃が無邪気に応える。「木戸の前にいらしたの。お律さんにご用があると仰るので、ご一緒したんです」

「さ、さようで……」

呂太郎は似面絵通りの強面だが、常からやくざ者の賢次郎《けんじろう》と親しんでいる綾乃は、物怖《ものお》じせずに声をかけたようだ。

綾乃の隣りで恐縮している様は芝居には見えないが、呂太郎もまた己を訪ねて来たと知って、律は油断なく窺った。

「私は藪入りの相談に来ましたの。でも、まずはあなたさまのご用からどうぞ」

綾乃に促されて、呂太郎は大きな身体を折って名乗った。

「栄昭《えいしょう》と申しやす。永富町《ながとみちょう》で代書屋《だいしょや》をやっとりやす」

五尺余りの綾乃の隣りだと大男に見えるものの、賢次郎と比べれば細身である。顔は賢次郎より強面だが、落ち着いた、遠慮が滲んだ物言いだ。

「三日前も木戸の前にいらっしゃいましたね？」

「ご存じでしたか。あん時もどうしたものかと……その、俺みてぇのが急に訪ねて行ったら、驚かしちまうだろうと迷っちまいやして」

のちに己の似面絵が描かれたと——「呂太郎」という仮の名までつけられていたと聞いて、栄昭は驚き、身を乗り出した。

「それで、俺の顔を知ってたんですね。その似面絵を見してもらえやせんか？」

「似面絵はお上やご近所に渡してしまって、今は手元にありません」

「それはつまり——」

「悪者だと思われたのですわ」と、これまた綾乃が無邪気に言った。

栄昭は代書屋だが絵心もあり、以前、長屋で刃傷沙汰《にんじょうざた》を起こした芹乃《せりの》という女の似面絵を描いたことがあるという。

「ああ、あの、二股していた男の人と恋敵《こいがたき》を刺した……」

興味津々《きょうみしんしん》に問うた綾乃に、栄昭が事件のあらましを話す。

「二股ですって？」

「——あのあと、芹乃が捕まったことを聞きやして……そん時に、俺の描いた似面絵はあんまし似ていなかったと言われてがっかりしたんでさ」

「それは、仕方ありませんわ。栄昭さんが見たのは人を刺した——殺そうとした女ですもの。だから、あのような鬼の形相に」

刺された二人は結句命を取り留めたが、芹乃は殺すつもりだった。ゆえに栄昭が描いた芹乃は鬼女《きじょ》のごとき顔つきで、平素の顔とは——涼太が捕らえた時とは——あまり似ていなかったのである。

「はは、長屋のみんなにも、おんなしように慰めてもらいやした」

苦笑を浮かべた栄昭は、強面ながら愛嬌がある。

「それで、次はもっといい似面絵が描けるよう修業をしようと思っていたら、南町には御用達の似面絵師がいると耳にしやして、弟子入りできねぇものかと、こうしてお伺いに」

「で、弟子入り？」

「へい。なんでもお律さんは、町奉行所だけじゃなく、火盗改にも重用《ちょうよう》されているとか」

「そうなんですのよ」

律の代わりに綾乃が胸を張った。

「うちに入った盗人一味も、お律さんの似面絵のおかげで捕まりましたの」

「うち――というと?」

「浅草の尾上ですわ」

「ああ、あの料理屋の……いっぺんだけ、客に連れてってもらったことがありやす。飯も酒も旨かった」

「あら、ありがとうございます」

如才《じょさい》なくにっこりしてから、綾乃は律に向き直る。

「お律さん、いかがですか? この方をお弟子さんに?」

「とんでもない。私は弟子を取るような身では――」

「そこをなんとか」

「なんとか」

両手をついた栄昭を、綾乃が面白がって真似るものだから律は困った。

「そもそも私は上絵師でして、似面絵は本業ではないのです」

眉尻を下げた栄昭に、綾乃が助け舟を出す。

「でも、お律さん。せっかくこうしていらしたんですもの。何かその――似面絵のこつや心得を教えて差し上げてはいかがですか?」

二度も足を運んでもらったこともあり、律は綾乃の言葉に頷いた。

「栄昭さんのように、直に悪人を目にすることは滅多にありません。ですから、まずは試しに言葉から描いてみてください。綾乃さん、誰か栄昭さんが知らない人——でも、私は見知っている人のお顔を伝えてみてくださいな」

こうなったからには綾乃にも一役買ってもらおうと律が言うと、綾乃は嬉しげに顎に手をやった。

綾乃の手土産の菓子を出し、律は茶筒を手に取った。二人に茶を淹れながら綾乃の言葉に耳を傾けていると、眉と目鼻立ちを聞いたところで律はぴんときた。

これは、六太さん——

思わず振り向くと、綾乃も律に気付いて笑みを浮かべる。

綾乃と六太はぎくしゃくしたままだと、つい昨晩、涼太から聞いていた。

というのも、先月律が、藪入りにでも「ご恩返し」したいという綾乃の意向を相談する前に、六太は恵蔵の進言により、品川宿へ筆下ろしに行く手筈になっていたのだ。

——早めに断りを入れた方がいい。当たり障りのないようにな。「先輩が昇格祝いに連れて行ってくれる」とでも言っておけ——

恵蔵から新たな進言を受けた六太が、月初めに尾上を訪れた折にそのように綾乃に伝えたところ、勘の良い綾乃はすぐさま花街《かがい》行きだと見破ったようだ。

——急に能面のようなお顔になって、「それなら致し方ありませんね」と素っ気なく仰って、奥へお戻りになってしまいました——と、帰宅した六太は恵蔵にこぼしたそうである。綾乃に限らず、およその女がそうであるように、律も花街をよく思っていない。よって綾乃の素っ気なさもまた「致し方ない」ことだと頷きつつも、六太を気の毒に思わぬでもなかった。

——六太さんは、綾乃さんには藪入りのことを知られたくなかったでしょうね——

——まあな。けれども恵蔵さんが言うには、六太は六太なりに、綾乃さんへの想いに踏ん切りをつけようとしているみてぇだ——

そう寝所《しんじょ》で応えた涼太によると、六太は自分の想いは「分不相応」な憧憬《しょうけい》に過ぎず、綾乃とはそもそも「身分違い」であるがため、これからは店者としてわきまえてゆく——というようなことも口にしたらしい。

私も「分不相応」で「身分違い」だと、何度も諦めようとしていた……

己の恋を振り返って、律は六太への同情を深めた。

しかしながら、大店《おおだな》の娘と長屋育ちの店者という「身分違い」よりもまず、綾乃は六太より四つ年上で、来年には二十歳になる。

綾乃も六太を気にかけていることは、こうして似面絵に選んだことからも察せられる。律と相通じる知人なら、弟の慶太郎や尾上の丁稚の直太郎でもよかった筈だ。ただ、綾乃の六太への好意は、かつて涼太に抱いていたような恋心にはほど遠いように思われる。

やがて描き上がった似面絵を見て、綾乃が微笑んだ。

「まずまずの出来ですわ。ね、お律さん?」

「ええ」

「まずまずじゃあいけねぇや。どうしたら『あれまあ、そっくり!』になりやすか?」

「そうですね……私なら今少し目元について詳しく訊いて、もっと見本を描いてみます。目がしっかり描かれていると、ぐっと似て見えますから」

そう言って、律は今度は栄昭の言葉から似面絵を描いてみせた。

半刻ほどかけて描いた顔は、栄昭と同じく三十路前の、切れ長の目と薄めの唇に色気が漂う女のものだった。

「こりゃ、めぇりやした」

おどけた栄昭が眩しそうに似面絵を見やるのへ、綾乃が問うた。

「栄昭さんのおかみさんですか?」

「とんでもねぇ。俺なんざ、まるで相手にしちゃくれねぇんで」

「では、片想いなのですね?」

「片想い? あはははは……」

目をぱちくりしたのち、栄昭は笑って誤魔化した。

恋話とみて目を輝かせた綾乃の餌食《えじき》にならぬよう、律は急いで人相書を取り出した。

「あの、こちらは先だって定廻りの広瀬さまが持っていらした人相書なのですが、よかったら、栄昭さんもこの人相書から似面絵を描いてくださいませんか？」

綾乃の注意をそらすと同時に、他の者がどのように描くか興味があった。

「こりゃまた難しいな……」

苦笑しつつも、目は真剣だ。

律と綾乃が黙って見守る中、栄昭は三枚の似面絵を描き上げた。

二枚は己が描いたものに似ているが、一枚は大分違う。耳は大きめだが福耳ではなく、太眉はほぼまっすぐ、口の周りには無精髭が生えている。また、左目尻のほくろは律と同じく少しずつ場所を変えてあるものの、三枚とも十厘から十五厘余りと大きめである。

「目は恵比寿さまみてぇでも、福耳とは書かれてねぇんで、耳は並やもしれねぇと……眉もおんなしでさ。ただの太眉ならこんなもんかと思いやしてね。髭のこたぁ書かれてやせんが、俺が追われてるとしたら、もともとあれば剃りやすし、なけりゃあ生やしやす。でももちろん、恵比寿さまに似た髭にはしやせんぜ。ほくろを大きく描いたのは、黒装束を着てたんなら悪さの途中で、きっと夜――それでもほくろが見えたんなら、まあまあ大きなほくろだったかと……」

「鋭いわ、栄昭さん」

「本当に。『恵比寿目』と書かれているから、私はやっぱり恵比寿さまのようなお顔を思い浮かべてしまったわ」

律と綾乃がそれぞれ感心するのへ、栄昭は照れ臭そうに盆《ぼん》の窪《くぼ》へ手をやった。

「この三枚、広瀬さまにお渡ししてもよいですか？」

「もちろんでさ！」

「ありがとうございます。きっとお役に立つと思うのです」

「礼を言うのはこっちでさ」

人相書から描き起こしている間に七ツの鐘を聞いたため、綾乃も栄昭と共に腰を上げた。

「また出直しますわ。藪入りのこと、折を見て慶太郎さんにも訊いてみてくださいね。直は私に遠慮して、『どこでもいい』としか言わないので……」

「判りました。お気遣いありがとうございます」

二人を見送るべく木戸へ向かうと、井戸端にいたおかみの勝が目を丸くした。

「あんた――呂太郎じゃないか！」

勝の声を聞きつけて、大家の又兵衛も顔を出す。

「ほんとだ！　呂太郎だ！」

「違います。この方は栄昭さんという名前で、悪者じゃなかったんです」

慌てた律の横で、栄昭が笑い出した。

「ははははは、この長屋じゃ悪さはできねぇな。代書屋栄昭は変えられねぇが、似面絵師の通称はいっそ呂太郎にしちまおうかな……」

六

翌日の昼下がり、律は再び思わぬ客を迎えた。

王子で出会った余助である。

「いきなり、すまへんね」

「いえ、散らかっていますが、どうぞお上がりください」

昼前に池見屋に出向いて、前に引き受けた六枚の内五枚を納めて、更に六枚の鞠巾着を請け負ってきた。残りの一枚を含めて期限に余裕はあるものの、着物の下染めが終わるまでに少しでも先に仕上げてしまいたいと張り切っている。

「神田見物のついでに、青陽堂も覗いて行こう思うてな。せやけど、こういうたらなんやけど、思たより立派な店構えやさかい、気後れしてもうてん。ほんでうろうろしとったら、木戸にお律さんの名を見つけてな。ほな、先にお律さんを訪ねてみようと思うたんや」

「今は仕事場としていますが、私はここで生まれ育ったんです」

「せやったら、涼太さんとは幼馴染みやったんか？」

「そうです」

「なら、お互い気心が知れててええなぁ」

「はい」

少々気恥ずかしいが、律は素直に頷いた。

杖を置いて上がり込むと、余助は火鉢で手を炙《あぶ》りながら言った。

「ちょと気になってんけど……店先にいた子やけど、なんや足が悪いんちゃうか？」

どうやら健生が表に出ていたらしい。

「ええ、生れつき少し足が悪いのです。よくお気付きになりましたね」

歩くとややぎこちないが、ぱっと見ただけでは判りにくい。

「お仲間はなんとなしに判るもんや。えらい小さい子ぉやったけど、青陽堂ではあないに小さいうちから奉公させとるん？」

「健生さん——ああ、あの子は健生という名なのですが、健生さんは十一歳です。十一歳でも奉公には少し早いやもしれませんが、うちには他にも十一歳で奉公にきた者がおりますし、私の弟は十歳で奉公にいきました。といっても、二町ほどしか離れていない店ですが」

「そないにご近所なら安心やな。健生ちゅう子も実家は近いんか？」

「いいえ、実家は追分宿です」

「追分宿から江戸に奉公にきたとは、一体どないなご縁やってん？」

余助に問われて、律は健生の実家が旅籠であることや、もとは深川の旅籠・巴屋に奉公にきたこと、巴屋の主の貴彦が出家するにあたって、ほんの十日前に青陽堂で健生を引き取ったことを話した。ただし、まだよく知らぬ余助に事細かに事情を明かすことは躊躇われ、実家の渡屋が火事に遭ったことや、健生が親類や母親にまでないがしろに、巴屋でも他の奉公人に邪険にされていたことなどは口にしなかった。

「せやけど、出家したかて巴屋がのうなることはないやろ？　なしてあの子は店を移らなあかんかったん？」

「うちは神無月に手代が二人、家業を手伝うために暇を取りまして、人手が足りなくなって困っていたんです」

「さようか……あの子はどうや？　うまくやってけそうか？」

「はい。歳の割に小柄ですが、とてもしっかりしているんですよ。学問が好きみたいで、指南役にも懐《なつ》いております」

指南役の房吉が手習いを教えていることや、共に仕事をしている若い三人組が——殊に新助が健生を可愛がっていることを伝えると、余助は「ほんなら安心や」と目を細めた。

「そういえば、王子の追剝たちは捕まったんですよ」

板橋宿で見つかったことを話すと、余助は再び微笑んだ。

「うん、私もつぐみ屋でそう聞いた。私はあれからもしばらく王子におったんや」

「そうだったんですね。やつらが捕まったのは、余助さんのおかげです」

「いやいやいや」

火鉢にかけておいた湯がほどよく沸いてきた。

だが、茶を淹れようとした律を余助は止めた。

「どうかお構いなく。仕事中やったんやろ？　あの大きさやったら巾着かいな？」

「ええ。鞠巾着といって、鞠に見立てたあの五つの丸の中に絵を入れるのです」

張り枠には布を張っただけで、まだ下絵も入れていない。

「うん？　あれは似面絵やな？　また悪者か？」

張り枠の傍にあった似面絵に目を留めて、余助が問うた。昨日、栄昭が人相書から描き起こした三枚である。

「大坂の人殺しだそうです」と、律は似面絵を余助に差し出した。「此度江戸に逃げて来たとか……もしや見かけたことはありませんか？」

冗談のつもりだったが、余助はさっと眉根を寄せた。一番上のものは太眉がまっすぐの絵で、最も恵比寿らしくないものだ。

二枚目、三枚目と並べると、余助は腕を組んで三枚の似面絵に目を走らせた。

「人相書から描いたものなんですが、まさか見覚えが……？」

人相書を差し出すと、余助の顔がますます険しくなる。

「益蔵か……」

「ご存じなんですか？」

思わず声を高くした律へ、余助は小さく首を振った。

「あ、いや、ご存じちゅうほどやない。名前も今の今まで知らんかったが、何度か見かけた男がよう似とる。富士山の印籠《いんろう》も持っとった。そいつは貸し物屋に出入りしとって、悪い噂がようけあった。『あいつは人も殺しとるらしいぞ』なんて言われとったが、ほんまやったんか……」

「その男のこと、詳しく教えてください」

急いで新たな紙を取り出し、律は頼んだ。

「そいつは、笑うと目ぇや口は恵比寿さんみたいになんねんけど、笑うてない時はもう少し目ぇが開いとる。眉はこないにまあまあまっすぐ――せやけど、端は太めや。顎はもうちょい尖っとる。ほくろはこの一番小さいのより、まだちょい小さかったような……」

といっても、栄昭が描いたほくろは一番小さいものでも十厘余りあるから、ほくろとしてはそこそこ大きい。

余助が三枚の似面絵を指しつつ伝える顔かたちを、試し描きを交えてまとめていった。

余助の言葉はやはり判りやすく、似面絵に加え、印籠の絵もほどなくして描き上がる。

「その貸し物屋は『前田屋《まえだや》』ゆうて、天満宮《てんまんぐう》の近くの老松町《おいまつちょう》にあんねんけど、江戸店もあるて聞いた。確か大坂——いや、新大坂町《しんおおさかちょう》や。新大坂町ちゅうところはあるか？」

「あります」

伝馬町《でんまちょう》牢屋敷から、三町ほど南東に位置する町だ。

「広瀬さま——この人相書を持っていらした定廻りの旦那さまが喜びますわ。余助さん、よく覚えていらっしゃいますね。追剝たちといい、この益蔵の顔といい、印籠といい」

「はは、昔から記憶はええ方や」

「記憶といえば——今日は脇差しはお持ちじゃないんですね」

「夜はともかく、昼間はいらんやろう思て宿に置いて来たけど、どないした？」

「その……うちの人も記憶がよい方でして、目貫が鬼灯だったと言うので、もう一度見てみたかったのです」

涼太を疑っている訳ではなく、鬼灯の着物のためである。

「こら、驚いた。よう見てたなぁ」

律は少しばかり誇らしく頷いて、地獄絵の着物の注文があったことから、鬼灯の着物を描くことになったいきさつをかいつまんで話した。

「他の注文があるので、鬼灯を描くのはもう少し先のことになりますが、それまでに鬼灯の意匠をいろいろ見ておこうと思いまして」

「せやったか。あの目貫はその昔、質屋で一目惚れして買《こ》うたんや」

「質屋で……」

「これまたその昔、あの目貫を見つける少し前に、親の形見やった鬼灯の根付を失くしてもうてなぁ。せやから、あの目貫を形見の代わりと思てきたんや」

形見と聞いて、吉之助とぐるになって律を騙した質屋の徳庵《とくあん》が思い出された。

「私は、父の形見を質屋で見つけたことがあります」

「なんやて？」

「私の父も……追剝に遭ったのではないかと……」

吉之助のことは他言無用ゆえに、律は言葉を濁した。だが、己と同じく辻斬りを憎む余助に、伊三郎の死に様も話したくなった。

「父は、母を殺した辻斬りをずっと探していたんです。ですから、もしかしたら辻斬りを見つけたけれど、返り討ちに遭ったということも考えられると思うんです……」

真相は明かせぬため、あくまで己の推察として律は語った。

「でも、根付や巾着を売った者は、結句判らずじまいでして」

「そら悔しいなぁ。せやけど、形見が見つかったんはほんまによかった。もしも――ほんに辻斬りにしてやられたとしたら、形見がお律さんの手元に戻ったんは、お父さんの執念、いや親心やろうなぁ。二親とも亡くしてもうたお律さんや弟はんを案じたんやろう」

「ええ……きっとそうです。もしも父も――いえ、母だけでももちろん、私は辻斬りを許しません」

「せや。人殺しは許したらあかん。人殺しはけして許されへん大罪や」

大きく頷いて、余助は益蔵の似面絵を睨みつけた。

と、八ツの捨鐘《すてがね》が鳴り始めた。

「あの、やっぱりお茶を一杯いかがですか？　八ツには大抵お隣りの先生や、空いていればうちの人とも、息抜きにお茶を飲んでいるんです。葉茶屋の嫁が茶も出さずにお客さまを帰すなんて、恥ずかしいですし」

「ほな、ご相伴《しょうばん》になりまひょか」

今井を呼びに草履を引っ掛けて表へ出ると、ちょうど店の方から涼太がやって来た。

七

律が今井と余助を引き合わせる間に、涼太が茶を淹れる。

すると、淹れ立ての茶が行き渡ったところへ、保次郎が太郎と連れ立ってやって来た。

「広瀬さま。ちょうどよいところへ」

「うむ。ついそこで太郎を見かけてな。三人の男たちのことでこちらに用があるというので、私もおぬしたちから話を聞こうと寄ってみた」

「三人の内、一人は昨日正体が判りました。ああその前に、こちらは余助さんです。王子で追剝を追っ払ってくだすった方です」

涼太が新たに二人分の茶を淹れる間、律は呂太郎が栄昭という名の代書屋だったこと、栄昭も人相書から似面絵を描いたことを話した。

「そしたら、余助さんがその似面絵に見覚えがあると……お話からして益蔵のようです。こちらが描き直した似面絵になります」

「なんと」

「この男は大坂では貸し物屋に出入りしていて——余助さん、先ほどのお話を、広瀬さまにお伝えくださいまし」

律が促すと、余助は手短に話を繰り返した。

「新大坂町の前田屋か……よく教えてくれた。礼を言う」

「はっ、あの、少しでもお役に立てたら嬉しゅうございます」

月番の保次郎が定廻りとして物々しく言うのへ、余助は頭を下げて恐縮した。

顔を上げた余助は茶を慌ただしく飲み干して、保次郎を始め律たちに暇を告げる。

「お役目のお話がありまひょから、私はお暇いたします。もともと長居をするつもりはおまへんでしたさかい……」

腰を上げた余助に、上がりかまちの傍にいた太郎が置いてあった杖へ手を伸ばした。

「ああ、お構いなく」

杖をつかんだ太郎を止めて、余助は自ら杖を取った。

「見送りもいりまへん。ほな、皆さんごゆっくり」

上がりかまちまで追った律へ、それから皆へにっこりとして、余助は帰って行った。

余助の足音が遠ざかってから、太郎が言った。

「あの杖、ちょいと触れただけだが随分重かった。仕込み刃入りじゃねぇですか？」

「それは知りませんけれど……」

「それに、何やら俺や広瀬さまを避けたような……益蔵を知ってることといい、なんだか怪しくねぇですか？」

「そんな、いくらなんでも——先ほど言いましたでしょう。余助さんは、王子で追剥から女の人を助けたんですよ」

「そうですよ」と、涼太。「太郎さんは悪人を追ってばかりいるから、どいつもこいつも疑わしく見えるんでしょう」

「それもありやすがね。俺の勘は捨てたもんじゃねぇですぜ。ただの隠居が仕込み刃入りの杖を持ってる筈がねぇ。俺ぁ、やつが人殺しでも驚かねぇです」

「うむ」と、今度は今井が頷いた。「強面の呂太郎がただの代書屋であったように、人殺しが強面とは限らんからな。この益蔵だってきっと、恵比寿さまのような目で人を欺《あざむ》いているんだろう。余助さんは只者ではないと私も思う。ただの隠居なら、脇差しがあったとしても追剝二人に立ち向かうような真似はしないだろう。足が悪いなら尚更だ。だが、一足飛びに人殺しとはいえないな……余助さんはおそらく、そこそこ手練《てだれ》の剣士じゃないか？　もしかしたら、仇討ちか仕合で人を斬ったこともあるような――」

「なるほど。こりゃいけねぇ。俺ぁどうも、人を疑いの目で見ちまう癖がついちまっているようです」

盆の窪へ手をやって太郎がそう言ったところへ、新たな足音が近付いて来た。

「ごめんください。私は宣治《せんじ》と申します。着物の注文に参りました」

着物の注文と聞いて、律は急いで戸を開けた。

「いらっしゃいませ。上絵師の律でございます」

にこやかに名乗ってから、律ははっとした。

この人は以太郎――

健生に話しかけ、戻りを待たずに去った男である。

涼太たちも皆気付いたようだ。宣治の方も、律の背後のにこりともせぬ四人の男たちの中に武士を――なんなら定廻り同心だと――認めてたじたじとなる。

涼太も土間に下りて来て、宣治を見下ろしながら問うた。

「近頃、この辺りをうろついていた方ですね？　うちの者の他、隣りの店でもお律のことを訊ねたと聞きました」

「ど、どうも申し訳ありません。あの子には何やら怪しまれたようで、変に疑われては困ると思っていたところ、隣りの店から人が出て来たので、そちらに行ってしまいました」

「上絵師を探していらしたんですね？」

怪しい者ではなかったと、胸を撫で下ろしつつ今度は律が問うた。

「はあ、あの、上絵師は上絵師でも、藍井の店主がお持ちの、雷鳥の着物を描いたお人を探しておりまして……おそらく池見屋で鞠巾着を描いている上絵師だろう、その方なら青陽堂の裏に住んでいると耳にしたので、こちらへお伺いしました」

だが、木戸で律の名を見て女やもしれぬと疑って、まずは近所で律のことを訊いてみようと思い立ったそうである。

「それで、私が女だと知って、一旦お引き取りになったのですね？」

「ええ、まあ……着物を所望しているのは私の主でして、その、まずは主に伺いを立てねばならないと思って引き返したのです」

女の上絵師などそういない。もしかしたら、江戸には律一人やもしれなかった。高い着物ほど男仕立てを望む客が多いため、宣治は女上絵師なら主は注文を取り下げるやもしれぬと考えたのだろう。

内心がっかりしたものの、致し方ないことだと律は己に言い聞かせた。

「それでも、こうして来てくださったということは、ご主人は上絵師が女でもいいと仰ったんですよね？」

「さようでございます」

「ならば」と、律より先に保次郎が言った。「私どもは先生の家に移るとするか。商談の邪魔をしては悪いゆえ」

「あ、いえ、それには及びません」と、宣治が慌てて手を振った。

「しかし、意匠やら色やらを詰めねばなるまい？　それとも主に、お律を連れて来いと頼まれたのか？」

「そ、そうではなく、主はその、藍井の店主の着物と同じ物を所望しておりまして」

「同じ物を？」

驚いた律と保次郎の声が重なった。

「さようです。主はあの着物がいたく気に入ったそうで、同じ色柄の物が欲しい、と。ああもちろん、寸分違《たが》わずとはいかないでしょうが……」

もしやこの人か、この人のご主人が、お類さんが断ったお客じゃないかしら？

だとしたら、断ったのも道理だわ――

同じ色柄の着物となると、宣治の主がよくとも、由郎が嫌がるに違いない。律もまた、再び雷鳥を描くとしたら、別の色や意匠に挑みたい。

ふと、またしても竜吉のことが思い出された。

二番煎じでもまったく同じものでも、竜吉なら引き受けるのだろう。

……でも、私はそうしたくない。

そうしない道を選ぶことが、今の私にはできる……

「――そういうことでしたら、お引き受けできません」

「こ、困ります」

「私も、藍井のご主人も困ります。あの着物はあの意匠を含めて、もう藍井のご主人のものなのですから」

「六両……いえ、七両ではいかがですか？　あの着物は五両だったと聞きました。心付を入れてもせいぜい六両――」

「お断りします」

宣治を遮って律はきっぱり言った。

七両どころか五両でも律には大金だが、迷う前に断りが口をついて出た。

己が描いた着物に惚れ込んでくれたことは喜ばしいが、こうまで同じ着物に執着しているところや、金に物を言わせようとしているところには嫌悪を覚えた。

「しかし……」

「しかしも案山子《かかし》もございません。どうしてもと仰るならば、池見屋とお話ししてみてくだ

さい。私はあすこの女将さんに全幅の信頼を寄せておりますから、女将さんがよしとなされ
ばお引き受けいたします」

まだ何か言いたそうに宣治は口をぱくぱくさせたが、律は背筋を伸ばして引き戸に手をか
けた。

「お帰りくださいませ」

形ばかり頭を下げて引き戸を閉めると、数瞬ののち宣治は帰って行った。

遠ざかって行く足音を聞きながら、律は大きく息を吐き出した。

「上出来だ」

涼太がくすりとして言った。

「まったくでさ」

「驚いたぞ、お律さん」

「お律にしてはよくやった」

太郎に保次郎、今井まで微笑むものだから、律もほっと顔を緩めた。

「でも、結句、お類さんを盾にさせてもらいましたが……」

「あれはきっと、お類さんに断られて、お律に直談判しに来たんだろうな」と、涼太。

「私もそう思ったわ」

「とすると、あの人の主は役者気取りのぼんぼんか、四十半ばの粋人か……まあ、今となっ

てはどっちでもいいか。かたや地獄絵、かたや真似っ子、どっちもなんだか気味が悪《わり》ぃや」

「ええ、どっちもお断りしてよかったわ」

三枚の似面絵を広げて太郎が言った。

「火盗改の皆さまは誰もこいつらに見覚えがねぇそうで、今日はそのことを知らせに来たんですが、これで正体が知れねぇのは波太郎だけになりやしたね」

「うむ。同輩にも目を光らせておくよう伝えておく」と、保次郎。「益蔵のことも早速調べなければ……ほんの一休みのつもりだったが、思わぬ収穫だ」

余助がいたからもっともらしいことを口にしたが、保次郎はただ茶のひとときを楽しみに寄ったようだ。

残っていた茶を美味しそうに、だが急ぎ飲み干すと、保次郎は太郎より先に暇を告げた。

八

五日後——

月半ばとなった十五日に、律は基二郎から下染めされた布を受け取った。

下色は鶯茶色とした。

年頃だった娘の着物ならもっと、いっそ鶯色よりも明るい鶸《ひわ》茶色でもいいと思ったが、もしかしたら母親が——美之の妻が——袖を通すやもしれないと思い直した。また、亡き美央は「落ち着いた色が好みで、物を大事にする子だった」と美之から聞いて、老いても似合う色にしようと決めた。

下絵通りに、鶯や梅を入れるところが綺麗に染め抜かれている布を見て、律は顔をほころばせた。

「流石、基二郎さん。此度もありがとうございます」

「こちらこそ。次の着物も、どうぞよしなに」

にっと笑んだのち、基二郎が問うた。

「そういや、近頃、雪永さんを見かけやしたか？　こちとらはとんとお見限りでして……」

「私も、お千恵さんと許婚になられてからはお目にかかっていないわ。菊作りの前に、椿屋敷のお手入れに忙しいと聞いたきりです」

「ははは、きっと毎日楽しく過ごされてんだろうなぁ」

基二郎が帰ったのち、律は早速袖を張り枠に張った。

が、下絵用の青花を支度する前に、思い立って青陽堂へ戻った。

昼餉を済ませて、椿屋敷を訪ねてみよう——

じきに九ツという時刻である。

握り飯をつまんで土産の茶葉を少し包んでもらうと、荷物を背負った新助と健生に廊下で会った。

「今からお出かけなの？」

「川南《かわみなみ》へ届け物に行くんです。今日は健生と一緒に」

健生の荷物は新助の物より小さいが、ついつい足を案じてしまう。だが、危なげないと佐和や涼太が判じているなら、己が案ずることはないと、律はにっこりとした。

「気を付けて行ってらっしゃいね」

「はい」

声を揃えた二人が裏口へ向かうのを見送ってから、律は勝手口から長屋へ戻った。

よそ行きに着替えて、宮永町《みやながちょう》にある椿屋敷へと向かう。

「まあ、お律さん！」

千恵は門からすぐの庭にいて、律を認めると声を上げた。

抱きつかんばかりに駆け寄って来たものの、汚れた両手を見やって苦笑を漏らす。

椿屋敷はその名の通り今は椿が庭のそこここに咲いていて、襷《たすき》がけした千恵はその手入れをしていたようだ。

「手を洗って来るわね。上がって待っていて。お杵《きね》さん、お律さんが来てくれたわ！」

「聞こえてますよ」

台所の方から杵の声が聞こえて、律たちは顔を見合わせて笑みをこぼした。

道中で買った茶屋・こい屋の茶饅頭を律が差し出すと、千恵が茶を淹れた。

「雪永さんが悔しがるわ。今日はお店のお客さまがご亭主の茶会があって、どうしても行かなきゃならないんですって」

雪永は材木問屋の三男で、家業には携《たずさ》わっていないものの、道楽させてもらっている分、店の客をもてなすことがままあるという。

「菊のお着物のお披露目も、来年まで待ってくださいね。もう少しこの屋敷を整えて、茶の湯もしっかり覚えて、涼太さんと一緒にお招きしたいの」

「楽しみに待ちます」

千恵は雪永と相思になってから、文字通り三日にあげず椿屋敷に来ていて、屋敷の掃除や庭の手入れ、茶の湯の稽古などをしながら、雪永と時を共にしているという。ただし「お泊まり」はせず、「許婚」として「慎みを持って」過ごしているそうである。

「さようですか……」

「さようなのです」

律の相槌に千恵は重々しく頷いたが、すぐに二人して噴き出した。

千恵に近状を問われて、律は青陽堂に新しく来た七朗と健生のことを話した。

「お律さんは、鶯の着物を描くと聞いたわ。そのために鞠巾着を早め早めに仕上げているんでしょう？」

「はい。実は朝のうちに基二郎さんが下染めした布を持って来てくれたんですが、落ち着いて描けるように、気晴らしを兼ねて出て来たんです」

「鶯の着物は、亡くなった娘さんの供養のために仕立てるそうね？」

「そうなんです」

「逆縁《ぎゃくえん》になってしまって……親御さんはさぞ無念でしょうね」

「ええ……」

流産が胸をかすめる間に、千恵がつぶやくように続けた。

「私は逆縁ではなかったけれど、親には悪いことをしてしまったわ……」

千恵と類の両親は、千恵が「おかしくなっていた」間に亡くなった。

「でも、お千恵さんのせいじゃありません」

「判っているわ。ただ、二人とも無念だったと思うの。私も無念でしょうがないわ。一つも親孝行できなかった。もっと早く立ち直れたらよかったわ。ううん、もっと二人に長生きしてもらって、今の元気で仕合わせな私を見て欲しかった……」

「私もです」

私も花嫁姿や上絵師として身を立てているところ、慶太郎が菓子職人を目指してしっかり奉公している様を、おっかさんやおとっつぁんに、叶うならずっと見ていて欲しかった……

「そうね。お律さんのご両親も無念だったでしょうね。いつか、辻斬りが捕まるように祈っているわ。もしかしたら、今頃はもう地獄にいるやもしれないけれど」

「えっ？」

「悪者はやっぱり、いつか犯した罪の報いを受けると思うの。そう信じたい——いいえ、信じているわ。いつか、どこかで、必ず」

いつになくきっぱりとして、千恵は言った。

「私は運良くやつらの最期を知ることができたけど、やつらはたくさん悪さをしていたから、きっと今も知らずに苦しんでいる人たちがいる筈よ。だから、みんなのためにもそう信じているの。お律さんには気休めにもならないでしょうけれど……」

千恵を攫って手込めにした者たちは、今はもう皆死している。千恵は吉之助の始末は知らないが、千恵が言う「みんな」には己も含まれているのだと、律は謝意を込めて頷いた。

「私もそう信じています」

ややしんみりとして、互いに二親の想い出を語るうちに七ツの鐘を聞き、律たち三人は家路に就いた。

日暮れまでに湯屋へ行くべく早足で戻った律は、青陽堂の前で足を止めた。七ツで店仕舞いした店の表戸は閉まっているが、中が何やら賑々《にぎにぎ》しい。

木戸をくぐって、長屋に通じる勝手口から青陽堂へ入ると、店の方へ足を向けた。

と、夕餉のために客用の座敷を開け放していた新助が、律を認めて声を上げた。

「あっ、お律さん」

「なんだか賑やかね」

「健生が大手柄なんです」

「ち、違います。大手柄は新助さん――」

座敷の向こうにいた健生が言うのへ、店を覗いていた涼太が振り向いた。

「二人の大手柄さ。波太郎の正体が判ったんだ」

九

届け物に出た新助と健生は、神田川の南側をゆっくり回って、七ツ前に戻って来たという。

「そしたら健生が、通りの向かいから店を窺ってた波太郎を見つけたんです」

「でも、私は怖くて足がすくんでしまって――」

そんな健生の背中に触れて、新助は囁いた。

――あいつはおれが見張っておくから、お前はみんなに知らせて来てくれ。大丈夫だ。慌てず、いつも通りにな――

健生はそっと路地から裏口へ回り、店に入ると真っ先に目についた恵蔵へ知らせた。

「いやはや、ちょっとした見物《みもの》でしたよ」と、勘兵衛。「ちょうどお客が皆引けたところで、今日は鐘と同時に店仕舞いだと女将さんと話していたら、若旦那を筆頭に皆が次々表へ飛び出して行ったんですから」

恵蔵が涼太へ知らせて、涼太は波太郎を逃すまいと恵蔵と連れ立って、急いで表へ出た。届け物から帰っていない者や先に湯屋へ向かわせた者、荒事《あらごと》が苦手で大人しくしていた者もいたが、六太を含めて七人もの奉公人が涼太たちに続いたという。

あれよあれよと取り囲まれた波太郎は目を丸くしたものの、逃げようとはしなかった。

「そしたら」と、作二郎が苦笑する。「若旦那がやつに誰何《すいか》する前に、表を覗いた乙吉が素《す》っ頓狂《とんきょう》な声を上げまして……」

——あっ、思い出した！　蕗屋《ふきや》さん！　蕗屋さんじゃないですか？——

「蕗屋？」

「本郷三丁目にある唐傘屋《からかさ》だそうです。波太郎の本名は悠太郎《ゆうたろう》といって、その唐傘屋の跡取りだったんです」

「唐傘屋の跡取りが、どうしてうちに？」

この問いには涼太が、やはり苦笑を浮かべて応えた。

「悠太郎さんは、綾乃さんがすっぽかした見合い相手だ」

「あっ、重陽《ちょうよう》の日の……」

長月《ながつき》九日の重陽の節句に、律は千恵と雪永、それから綾乃と、護国寺《ごこくじ》や鬼子母神堂《きしもじんどう》へ観菊《かんぎく》に出かけた。綾乃は母親との「お出かけ」で一度は取りやめたのだが、「お出かけ」が「お見合い」だと知って、朝のうちにこっそり逃げ出したのだ。

涼太たちの前で改めて名乗った悠太郎は、悪びれずに笑って打ち明けた。

――だって、気になりませんか？　自分をすっぽかした女子《おなご》がどれほどの玉か、その女子が気にかけている男がどれほどの色男か――

「つまり、悠太郎さんは綾乃さんを盗み見に尾上へ……」

「そうなんです」と、恵蔵。「でもって、恋敵の六太を探りにうちへ来たってんです」

「もうやめてください、恵蔵さん」

耳まで真っ赤にした六太が止めたが、恵蔵はにやにやしながら律へ続けた。

「悠太郎がそう言ったんですよ」

――そうだ。せっかくだから、恋敵から少しお茶を買って行こうかな。六太さん、お薦めのお茶を百匁《もんめ》包んでくださいますか？――

尾上界隈《かいわい》で綾乃を探っていた悠太郎は、六太が綾乃の「恩人」であり、藪入りにも共に出かける仲だと知って、六太も「暇潰し」に探ることにしたそうである。

「なかなか面白そうなぼんぼんでした」

恵蔵が締めくくったところへ、佐和が口を開いた。

「早く片付けと明日の支度をなさい。おしゃべりは夕餉でゆっくりすればよいでしょう」

一喝《いっかつ》にはほど遠いが、佐和の声はよく通る。

「はい！」

健生を含めた皆の声が揃って、律は思わず笑みをこぼした。

そうこうする間にも、外出していた奉公人が次々戻って来る。入れ替わりに湯屋へ向かった者もいたが、六ツ過ぎには珍しく皆が揃っての夕餉となった。

いつになく騒がしかったが、佐和は咎《とが》めなかった。

せいを手伝って膳を運びつつ、律は奉公人たちの座敷を窺った。

「私がもっと早くに思い出していれば……」と、乙吉が言えば、

「いや、乙吉らしいさ」と、作二郎が慰める。

乙吉は悠太郎の名は知らなかったが、蕗屋の近くに得意先があるため、届け物の折に跡取りの悠太郎を幾度か見かけたことがあった。

「そうとも」と、治郎吉が言った。「乙吉があん時とぼけた声を上げたから、俺たちゃあの野郎を締め上げずに済んだんだ」

「あの野郎だなんて」

「おっと間違えた。六太の恋敵だったな。六太、あんなぼんぼんに負けんじゃねぇぞ」

「ですから、私は」

困り顔の六太へは、熊蔵《くまぞう》が助け舟を出す。

「あんまり言うな、治郎吉。俺たちは黙って、陰ながら見守ってやりゃあいい」

「へい、どうもすいやせん。黙って陰ながら見守っときやす」

「俺も」「私も同じく」「俺もついてるぜ、六太」「私もだ」

おどけた治郎吉に幾人かの手代が続いた。

からかい交じりの者もいれば、至って真面目な顔の者もいる。恋の成就を願う者もいれば、諦めざるを得ないものとして同情している者もいるようだ。だが、六太を励まそうとする気持ちは皆本物らしい。

「それにしても、健生はよく気付いたなぁ」と、乙吉。

「そうなんです」と、新助が大きく頷く。「私は店の向かいにいる人なんてちっとも見てなくて、でも健生はぱっと見て、そうじゃないかって」

「新助もよく踏ん張ったよ。私だったらきっと健生よりあわあわして、悠太郎さんに気付かれてたさ」

「そ、そんなことは……」

口ごもった新助へ、亀次郎と利松が口角を上げる。

「こいつもやるときゃやるんですよ」

「うん、なかなか怖い顔してた。あれなら悪者も恐れをなすさ」

「う、うるせぇ。仕方ねぇだろ。おれと健生しかいなかったんだから、おれがしっかりしなきゃって――」

「だから褒めてんだろ」

「そうだそうだ。お前はよくやったよ」

平静を装って健生を送り出したものの、悠太郎を悪人だと思い込んでいたために、「気付かれたらどうしよう」、「逃げられたらどうしよう」、それどころか「襲われたらどうしよう」などと、新助は気が気ではなかったようだ。

三人組の傍らで、健生は乙吉に褒められて嬉しそうだ。健生の兄が亡くなったのは、今の乙吉と同じく十六歳の時だったから、乙吉に兄を重ねているのやもしれないと律は思った。

家の方の座敷へ行くと、仏頂面《ぶっちょうづら》の佐和を前にして涼太は肩身が狭そうにしている。奉公人たちがいる座敷とは襖戸で仕切られているが、騒ぎ声は筒抜けだ。

「悠太郎さんがおおらかな方だったからよかったものの、やくざ者じゃあるまいし、あのように詰め寄るなんてもっての外《ほか》です。ご近所さんも驚いていました。跡取りが、自ら店の評判を落とすような真似をするとは何ごとですか」

「私はただ、どこの誰だか確かめようとしただけで、詰め寄った覚えは……みんなに控えているよう言っていかなかったのはまずかったですが……」

「盗人や人殺しやもしれなかったでしょう。逆上されて匕首でも出された日には、血を見る羽目になったやもしれないでしょう」

体裁《ていさい》を気にしているのかと思いきや、涼太や奉公人の身を案じていたらしい。険しい佐和の目に浮かんでいる紛れもない愛情が、律の胸をじんわり温めた。

涼太にも通じたのだろう。

「はい。以後気を付けます」と、素直に頭を下げた。

「お小言は終わりかな？」

それまで黙っていた清次郎がにこやかに切り出した。

「波太郎――いや、悠太郎さんの正体が知れた他にも、今日は朗報があるんだよ。――涼太、ちょいと勘兵衛を呼んで来ておくれ」

十

清次郎からの朗報は角屋《かどや》のことだった。

角屋は須田町《すだちょう》の――その名の通り――角にある、団子が評判の茶屋である。

「京佑さんが健生を気にかけていたから、達者でいると伝えようと、帰りしなに一文屋に寄ったんだ。そしたら、ちょうどお千代さんがいらしていてね。角屋が店仕舞いすると言うんで、京佑さんがお千代さんに知らせたんだよ」

千代は亡夫の多額の遺産を一文屋に預けていて、京佑は千代が茶屋を探していることを知っていた。

「さようで……」

「お千代さんは明日の朝一番に、佐和やお前に相談しにうちに来るそうだ。ああ、相談といってもお前の今後についてで、角屋を買うことはもう決めていて、お前に相談なしにすまなかったと伝えて欲しいと頼まれた」

「ははは、お千代の店なんですから、私に否やはありませんよ。雇ってもらえるだけで御《おん》の字です。角屋なら申し分ありませんし……しかし、店仕舞いとは驚きました」

「おかみさんの腰が大分悪くなったから、夫婦揃って郷里に帰ることにしたそうだ。二人は相模《さがみ》の同じ町の出らしいよ。お子さんが二人いたけれど、二人ともとうに亡くなっていてね。養子を取ることも考えたそうだが、そう大きな店でもないから、結句踏ん切りがつかないまま、二人で切り盛りしてきたと聞いた」

「そうでしたか……」

須田町は川南だが、青陽堂から四半里と離れていない。千代が茶屋を探していたことや、勘兵衛がゆくゆくは千代を手伝うようになることは皆知っていたが、角屋という思いの外近場になると判って、夕餉は更に盛り上がった。

翌朝、千代は開店前にやって来た。加枝と紺も一緒である。

「この忙しい折に申し訳ございませんが、お力をお貸しいただきたく存じます」

「なんなりと。こちらこそ、勘兵衛をどうぞよろしくお願いいたします」

千代たち三人と佐和が頭を下げ合う傍らで、清次郎が茶々を入れた。

「いやはや物々しいな」

佐和に睨まれ肩をすくめるも、清次郎は悪びれることなく勘兵衛や涼太と笑みを交わして、結句皆の笑いを誘った。

角屋は年末で店仕舞いとするが、千代たちが新たに開くのは如月より先になるという。店は居抜きでそのまま使うが、奥の座敷や二階の寝所に手を入れたり、今借りている浅草の屋敷を引き払ったりするために時を要するそうである。

「団子の作り方も学ばなければなりませんし」と、千代は微笑んだ。

町の者が角屋を惜しむ声を聞いて、千代は店の名も看板も引き継ぐとして、店主夫婦に団子の作り方を乞うた。

「二人とも喜んでくださいました。三人でしっかり修業して、角屋の評判を落とさぬように努めます」

いつかはまだ定かではないが、来春には勘兵衛は角屋に移ることになった。

「ただし、作二郎が番頭として慣れるまでは、通いでうちを支えてもらいますよ」

佐和が言うのへ、「はい」と勘兵衛と千代の声が重なった。

また、角屋は青陽堂の客ではなかったが、団子の材料はともかく、茶葉の仕入れ先は「無論、青陽堂に変えます」と、千代はにっこりとした。

千代たちを見送ると、店に戻る涼太と別れて、律は仕事場へ向かった。

梅の絵を少し入れるだけの袖は昼までに両袖とも下絵を描いてしまい、昼からは身頃の下絵を描き始めた。

二十日どころか、その次の二十五日に納める鞠巾着ももう仕上げてあるため、焦《あせ》らず、ゆったりと着物に取り組むことができる。

美央は下描きの右肩と左胸、それから背中の僅かに右寄り——だがほぼ真ん中に、丸を描いていた。

鶩を表しているこの三つの丸は、大きさが少しずつ違う。背中の丸が一番大きく、肩幅から判ずるに五寸余りで、これは本物の雄と変わらぬ大きさだ。鶩は雌雄《しゆう》同色だが、雄の方が雌よりやや大きい。左胸の丸は背中より半寸ほど小さいことから雌、右肩の丸は雌より更に小さいことから子供だろうと律は推察していた。

ご両親とご自分かしら?

はたまた、ご自分とやがて一緒になる人、それからいずれ授かるだろう子供のつもりだったやも……

どちらにせよ、美央には「家族」が念頭にあったに違いないと律は思った。

同時に千恵が口にした「無念」という言葉が思い出された。

祝言を挙げることなく、逆縁となって逝《い》った美央もまた、さぞ無念だったことだろう。往来の喧嘩という、やり切れないことが発端で娘を失った美之夫妻も。

でも、これは鶯――春告鳥《はるつげどり》の着物だから……

無念は微塵《みじん》も滲まぬように、ただ明るく暖かい、春の訪れを描きたいと、律は己の無念も胸から追いやった。

鶯には「春告鳥」の他、「経読鳥《きようよみどり》」という別名もある。

――鶯の「ホーホケキョ」って鳴き声は、漢字だと法華経の法を重ねて「法法華経」、または頭を「宝」と書いて「宝法華経」と書くらしい――

律にそう教えたのは今井ではなく、父親にして上絵の師匠の伊三郎だった。

法華経は大乗仏教の経典の、「妙法蓮華経」の通称だ。法華経では全ての命は平等であり、皆等しく成仏できると説かれている。

みんな平等に……

地獄の責め苦までは望んでいないが、あの吉之助まで善人たちと「平等」に成仏できるとしたらなんとも癪《しやく》だ。

――いけない、いけない。

大きく一息ついて、律は邪念を振り払って筆を握り直した。

美之夫妻が娘の供養に仕立てる着物である。鶯の鳴き声にあやかって、法華経で説かれているような死後の安らぎを律は祈った。

また、鳴き声に「宝」の字が使われることがあるのは、おそらく法華経に出てくる多宝如《たほうにょ》来《らい》の逸話に由来しているか、法華経が仏教徒には「宝」であるからだと思われるが、律は美央が二親に抱いていただろう、そして美之夫妻が今もって娘に抱いている親子の愛を「宝」として描きたいと思った。

梅もけして手を抜いてはいないが、鶯は殊更じっくりと下絵を入れた。

身頃の下絵を鶯まで終えると、再び袖に戻って、梅の上絵を入れていく。

花は蕾のうちはほんのり紅色に、開くと花びらが白くなる移白《うつりしろ》にした。

梅にも「春告草」という別名がある。しばしば「馥郁《ふくいく》たる」と評される香り高い花が、鶯の鳴き声のごとく春の訪れを告げるのだ。

それから、梅も「四君子《しくんし》」の一つ……

蘭、竹、菊、梅は、清国では草木の四君子と呼ばれ、吉祥《きっしょう》文様としてこれらを模した意匠がよく使われている。菊の着物を描いた時にも思い出したが、こういったことも、指南所に通い始める前に伊三郎が教えてくれた。

そういえば――

浅草の鬼灯市に行ったように、父母と谷中《やなか》の鶯谷《うぐいすだに》を訪ねたこともあったと思い出した。

――五代目公方《くぼう》さまの頃、上野の宮さまが江戸の鶯は声がよくねぇと、わざわざ京から鶯を運ばせてここいらに放したそうだ。江戸ものだろうが下りものだろうが、鶯に変わりはねぇだろうにな。まあ、こうして春を楽しめることはありがてぇが――

慶太郎はまだ生まれていなかったが、鬼灯市の時よりはずっと大きくなってからだ。

確か十歳か十一歳の時……

健生とあまり変わらぬ年頃だった筈だと、律は記憶をたどる。

鶯谷に、梅が咲いていたかどうかは覚えていない。梅と鶯は意匠としてはよく併せて使われるが、鶯は特に梅を好んではいないそうである。

――というよりも、鶯は木に止まってることさえ滅多にねぇのさ。やつらは大概藪の中にいて、声を聞かしてくれるだけ――

子供だった己は鶯の姿がほとんど見えないことにがっかりしたが、その鳴き声は母親と幾度か真似ては笑みを交わした。

二日をかけて梅の枝と花を描き入れると、いよいよ鶯の上絵に取りかかる。

まずは左胸の母鳥を、右肩にいる子供を見上げるようにして描く。いわゆる鶯色は控えめに、枯色《かれいろ》や媚茶色《こびちゃいろ》を交えながら、雀よりはふんわり見える羽根にした。

右肩の子供は雛鳥《ひなどり》ではないが、子供らしい丸みを持たせた。顔は見上げる母親と向かい合わせの内向きに、だがこちらは更に上を見上げて空へと羽ばたく様を描いた。

背中の父鳥は背縫いの上となるため、最も難しい。

父鳥は娘を偲《しの》ぶ美之の佇《たたず》まいに、己に絵を教える伊三郎の想い出を重ねながら筆を進めた。空を振り仰ぐ顔の向きは母鳥とは反対にして、子供が飛び立ってゆくその先を、どっしり見守る姿にするべく、表の二羽よりきりりっと仕上げる。

九日をかけて描いた上絵の出来は上々で、二十五日の朝、律はにやにやしながら池見屋へ向かった。

「よく描けてるよ」

言葉は素っ気ないが、微かに上がった口角に、律は称賛の意を見て取った。

「お美央さんの冥福を祈りながら描いたんです」

「うん、これはいい供養になるだろう」

「そう願っています」

相槌を打った矢先、ふっと胸に翳《かげ》りを覚えた。

冥福を祈る供養は死者のためであると同時に、遺《のこ》された者たちの慰めでもある。美之夫妻の無念が少しでも和らぐよう、供養の気持ちを持って描いたことは己の慰めにもなったものの、自身の無念も薄れはしないかと律は恐れた。

悲しみや憎しみの情を厭《いと》いながらも、それらが薄れていくことは、亡き父母への情が薄れていくように感ぜられる。

「どうかしたかい？」

「あ……その、お由里《ゆり》さんはどうしていらっしゃるかと……」

昨年、類と佐和の手引きで駆け込みを果たした由里をふと思い出したのは、由里と相思だった真介《しんすけ》は殺された——と律たちは推察している——からだ。

愛する者を、事故や病ではなく「殺された」由里ならば、己の鬼胎《きたい》を解してくれるような気がする。

「そうだねぇ。お由里さんが駆け込んでからもう一年か。ついでの折があったら、一蓮《いちれん》さんに様子を訊ねてみるよ」

一蓮は、類が手配りした駆け込み寺への案内人だ。由里は結句、一蓮の世話にはならなかったが、常から東慶寺《とうけいじ》へ出入りしている一蓮なら、由里の様子も知っているだろう。

「ついでがあったら是非」

笑顔で応えてから律は続けた。

「それから、余計なお世話やもしれませんが……」

「なんだい？」

「仕立屋さんに、後ろ身頃をしっかり合わせるようにお伝えいただけないでしょうか？　ほら、背中の鶯が——」

「まったく余計なお世話だよ」

一転して類が呆れ声になる。

「この着物は、永治《えいじ》に仕立てを頼むつもりだからね」

律が桜の着物を描き直した折に、一分もの手間賃を吹っかけた仕立屋だ。

「そ、そうでしたか。永治さんなら安心です」

「まったくえらくなったもんだね。永治に指図しようだなんてさ」

「指図だなんて、そんなつもりは」

律が慌てて手を振ると、類はくすりとして丁稚の駒三《こまぞう》を呼びつけた。

十一

師走が小の月だったこともあり、年越しまで飛ぶように過ぎた。

正月の朝は、青陽堂恒例の餅つきを七朗も健生も楽しんだようだ。

店がのんびりしていたのは朔日のみで、初売の二日から皆また忙しくしている。

律も注文は鞠巾着のみとなったものの、佐和の伴をして、伏野屋を始めとする何軒かの店に年始の挨拶に出向いたため四日までは慌ただしかった。

五日になってようやく朝から仕事に打ち込んでいると、昼下がりに駒三が美之夫妻を案内して来た。

「お律さんに一言お礼を申し上げたいと仰るのでお連れしました」

相変わらずにこりともせず、一息にそう言った駒三は、夫妻を置いてさっさと戸口で踵《きびす》を返した。

「昨日、お着物を受け取ったのです」

そう切り出した美之に続いて、妻の奈央が頭を下げた。

「どうしても、直にお礼を申し上げたくて……池見屋さんにお律さんのお住いを教えていただきました」

「お気に召していただけたのですね?」

「ええ」

顔を上げた奈央が、美之と見交わして微笑んだ。

「あの子の下描きと見比べて、これがあの子が欲しがっていた着物だと……あの三つの丸があのような鶯に化けて驚きました。ちょうど梅見の宴の話をしていたところだったので、衣《い》桁《こう》にかける前に袖を通してみたんです。そしたら笹鳴《ささな》きが聞こえた気がして……」

笹鳴きは地鳴きともいい、舌鼓のような「チャッチャッ」という鶯の鳴き声だ。「笹子《ささこ》」は鶯の雛鳥のことではあるが、笹鳴きは雛鳥のものとは限らない。鶯が美声で鳴くのは今少し暖かくなってからで、冬の間は成鳥《せいちょう》でも笹鳴きをする。

「思わず縁側から庭へ出てみたら……鶯が飛んで来て……」

右肩に触れて声を震わせた奈央の代わりに、美之が続けた。

「妻の肩に止まったんですよ。ほんの束の間のことでしたが、美央が帰って来てくれたようでした。すぐによそへ飛んで行ってしまいましたが……きっとお律さんの絵があんまり上手だったから、お仲間だと思ったのでしょう」

「偶然とはいえ、お褒めにあずかり恐縮です」

「偶然でも……嬉しゅうございました」と、奈央が潤《うる》んだ目へ手ぬぐいをやった。

奈央がぽつぽつと明かした話によると、美央が巻き込まれた喧嘩には十人を下らぬ男たちが加わっていて、その一人は美央の幼馴染みだった。

「その子はもう大分前から娘に懸想《けそう》していたようでしたが、美央には言い交わした想い人が別におりました。喧嘩の折に娘と掘に落ちたのも、娘を助けたのもこの子でしたが、私はもしや娘に振られた腹いせに、わざと娘を落としたんじゃないかとずっと疑っていて……でも昨日ようやく、ただの逆恨みだったと気付くことができました」

幼馴染みはおそらく美央と変わらぬ歳だろうが、いまだ「その子」と呼ぶほど慣れ親しんだ者らしい。

「その子は喧嘩の最中に美央に気付いて、美央を庇《かば》おうとしたところを他の者に突き飛ばされたのです。そのことは喧嘩を見ていた町の者から聞いていたのですが、私は信じられずにいました。娘はずっとその子を信じていたのに……その子もずっと、美央を亡くして苦しんできたというのに……」

「梅見の宴には、その子も呼ぼうと思っています」と、美之。「着物は衣桁にかけて、屏風代わりに宴に彩りを添えるつもりでしたが、昨日のようにこいつに着てもらうことにしました。その方が、お美央も喜ぶかと思いまして」

「私もです。私も上絵師としてその方が嬉しゅうございます。着物は、着ていただいた時に映えるように描いているので」

殊に前身頃は、左右を重ねた時にちょうどよい意匠になるよう工夫をしている。

「ははは、そうですよね。——ところでお律さん、お律さんは表の青陽堂の若おかみだそうですね。池見屋で、お千恵さんからそうお聞きしました」

「ええ、その通りですが……」

「のちほど、旦那さんとお話しさせていただけないでしょうか？　うちは今、玄昭堂からお茶を仕入れているのですが、先ほど池見屋でいただいたお茶が大変美味だったので、ご相談次第ではありますが、今後青陽堂とお取引できないものかと道中考えて参りました」

「そ、それはもう——光栄に存じます」

思わぬ申し出に声が上ずった。

美之の店・有明は日本橋にあり、律でも名を知っている料亭だ。

「それから、着物のお礼に、心付とは別にうちでの夕餉にご招待いたしたく……もちろん旦那さんと——叶うなら清次郎さんや女将さんともご一緒に。私は茶の湯の心得はありませんが、清次郎さんの名はよくお客さまからお聞きします。うちで一番の料理でおもてなしをいたしますので、話の種にでもお出でいただければ嬉しいのですが。ああもちろん、お律さんと旦那さんのみでも是非」

美之は青陽堂の店主が「女将」であると知りながらも、涼太と商談するつもりらしい。

佐和は今日も年始回りに出かけているため、涼太は店にいる筈だ。

「ありがとう存じます。あの、そういうことでしたら、今すぐうちの人に伝えて参りますので、少々お待ちくださいませ」

もしも有明との取引がまとまれば、また一歩、涼太が五代目となる日が近付くのではないかと、律は浮き立った。

急ぎ草履を引っ掛けると、律はいそいそと青陽堂の勝手口へ向かった。

第三章

藪《やぶ》入《い》りにて　弐

一

鞠巾着を納めたのち、茶を淹れに現れた千恵に律はしっかり頭を下げた。

「お千恵さんのおかげで、有明さんがうちと取引してくださることになりました。本当にありがとうございます」

昨日、日本橋の料亭・有明の店主である美之が、妻の奈央を連れて鶯の着物の礼に長屋を訪れた。美之が青陽堂との取引を考えていることを告げに行くと、涼太はすぐさま美之たちを迎えに来て店へいざない、座敷でいくつか違う茶を淹れて夫婦をもてなした。

美之も奈央も気に入って、値段も折り合った茶があったそうで、あれよあれよと話がまとまった。ただし玄昭堂とのこれまでの付き合いがあるため、青陽堂との取引は、今一度玄昭堂から仕入れた後になるという。

「それもこれも、お千恵さんが美味しいお茶を出してくださったから……」

「青陽堂のお茶は、もともと雪永さんがお薦めするくらい美味しいんですもの。でも私が家にいる時でよかったわ。今なら、お杵さんより私の方が美味しく淹れられるもの」

「お前のおしゃべりも、此度は役に立ったね」

「おしゃべりじゃないわ。あれは売り込みよ」

――青陽堂のお茶ですわ。青陽堂のお茶はどれも美味しいんですのよ――

美之に褒められて、千恵はすぐさまそう応えたそうである。

――青陽堂というと神田の……――

――ええ。お律さんの旦那さまのお店ですわ――

――えっ？　青陽堂は女将が切り盛りしているとお聞きしています。旦那さまは清次郎さんという茶人では？――

――あっ、お律さんの旦那さまは若旦那でして、でもそう遠くないうちに店をお継ぎになる筈ですわ――

「売り込みねぇ？　だから変に気取った話し方だったのかい？」

「あれは……綾乃さんをちょっと真似てみたのよ。売り込みには、綾乃さんみたいに上品な方がいいでしょう？」

にやにやしながらも類は嬉しげで、むくれながらも千恵は誇らしげだ。

いずれ菊を売り込む日のために、千恵なりに備えているようだ。

「そういえば」と、思い出して律は問うた。「未さんの注文はどうなりましたか？」

「下描き代を置いていったきり、とんとお見限りさ。うちの損にはならないけれど、このままなしのつぶてなら、新しく未の割符を作らなきゃ」

律が断った数日後、類は他の仕事のために現れた竜吉に話をもちかけた。竜吉は一も二もなく引き受けて、五日ほどで下描きを持って来た。だが更に十日ほどのちに、一度受け取った下描き代を返して注文を断ったという。

「師走も十日を過ぎてたからね。二十日余りもなしのつぶてじゃ、気が変わったか、おかみさんはもうお亡くなりになったかだろうってんで、早々に見切りをつけたのさ」

「そうでしたか……」

「けれども、あいつは無駄な仕事はしないからね。うちを出たその足で、瀧屋《たきや》に売り込みに行ったそうだ。結句客がついて、師走のうちに描き上げて——着物はもう納められて、客からは心付をたっぷりもらったと、つい昨日のこと言ってたよ」

「そ、そうでしたか」

瀧屋は以前、竜吉が勝手に描いた鞠巾着を売っていた小間物屋だ。

商売上手な竜吉に感心しつつ、律は更に問うた。

「それで、あの、竜吉さんはどんな地獄絵を持っていらしたんですか？」

「地獄絵じゃなかったね」

「えっ？」

「でも、あれなら未さんは気に入るやもしれないと思ったよ」

「一体どんな絵だったんですか？」

「九相図《くそうず》さ」

「くそうず？」

律と千恵の声が重なった。

顔を見合わせて互いに首を振ると、類が苦笑交じりに応える。

「死体が朽ちゆく様を、九つの絵で表した絵図さ。ええと確か、一つ目は死体が膨らんだ様《さま》、二つ目は腐って肌が破れていく様、三つ目は血やら五臓六腑《ごぞうろっぷ》やらが漏れゆく様、四つ目は死体そのものが溶けゆく様、五つ目は死体が青黒くなっていく様、六つ目は虫が湧いたり、鳥や獣に食われていく様、七つ目はそうして死体がばらばらになっていく様、八つ目は骨だけになった様、九つ目は骨が焼かれて灰だけとなった様……」

「怖いわ。お姉さん、やめて」

「やめてったって、もう九つ目まで話しちまったよ」

律もぞっとしたが、地獄絵という注文に九相図で応えた竜吉には敬意を抱いた。

今井のおかげで、手習い指南所で習うことの他に、ずっと多くのものを学んできたと自負していたが――

私はまだまだ、知らないことがたくさんある……

「もともとは修行僧のために描かれたそうだよ。現世の身体を不浄、無情なものと知るために、それから――おそらくこっちの方が大事だったんだろうけど――修行の邪魔になる煩悩を払うために、女の死体で描かれたらしい」

「女の人の……」

「だから竜吉は、地獄絵ではなくとも、未さんに気に入ってもらえると思ったってんだ。下描きを見ただけだが、私もそう思ったさ。下描きは袖は無地で、九相の一から五を前身頃に、六から九を後ろ身頃に、上から順に左右に少しずつずらして入れたものだった。竜吉が言うには、一昔前には狩野《かのう》派の絵師が、小野小町《おののこまち》を九相図に描いたこともあったらしい」

「見たいような、見たくないような……いえ、やっぱり一度は見てみたいです。狩野派の小野小町じゃなくて、竜吉さんの九相図を」

「私はどっちも嫌だわ」

眉をひそめた千恵が淹れた茶を飲み干して、律は腰を上げた。

今日は昼餉の前に尾上も訪ねるつもりで早めに出て来た。千恵はこれから椿屋敷へ向かうそうで、ばたばたと茶櫃《ちゃびつ》を片付ける。

「お律さんが来ると思って、昼まではいようと思っていたのよ」

「お気遣いありがとうございました。雪永さんにどうぞよろしくお伝えください」

「お律さんも、綾乃さんによろしくね」

池見屋を出ると、律は広小路《ひろこうじ》を東へ折れて、浅草を目指して歩いた。

綾乃とは、栄昭が訪れた折に会ったきりだった。綾乃は一昨日父親の一森と青陽堂へ年始の挨拶に来たものの、律はあいにく佐和のお伴で留守にしていたのだ。

藪入りにでも六太に礼がしたいと言っていた綾乃は、筆下ろしを悟って鼻白《はなじろ》んだようだが、栄昭に六太の似面絵を描かせるなど、いまだ好意はあるようだ。六太と綾乃のやり取りは別として、律は己が頼まれたことを果たそうと、綾乃の——というより尾上の——謝意と意向を改めて六太に伝えていた。もう二十日ほども前のことで、師走と年始の慌ただしさでほったらかしになっていたが、昨日、六太から一つ申し出があった。

幸い、綾乃は今日は家にいた。

新年の挨拶を交わしたのち、律はおずおず切り出した。

「あの、もしもまだ、尾上さんが六太さんへお礼を考えてくださっているのなら……」

「もちろんです」と、綾乃は声を弾ませた。「何か良案が？」

「六太さんの案なのですが、恵蔵さんとおかみさんを、尾上に招待していただけないかと申しておりました」

「恵蔵さんというと、六太さんの指南役ですね？」

「そうです。昨年祝言を挙げて、通いになりました」

美之が律と涼太を己の料亭へ招待したと知って、六太は自分も恵蔵への礼として、恵蔵夫婦を尾上に招待できぬものかと考えたのだ。

「前に、茶汲みの指南でご馳走していただいた膳がとても美味しかったそうで、常からお世話になっている恵蔵さんにも味わってもらいたいと……」

「名案ですわ」

手を叩いて綾乃は喜んだ。

「でもそれだけではまったく足りませんから、恵蔵さんご夫婦だけでなく、青陽堂の皆さんをご招待するというのはどうでしょう？」

「えっ？」

「ちょっとお待ちになってくださいね。父か祖父に話して来ます」

律が止める間もなく座敷を出て行った綾乃は、ほどなくして満面の笑みを浮かべて戻って来た。

「ただし、皆さんを一度にお招きするのは難しいので、幾度かに――たとえば、五、六人ずつ来ていただくというのはいかがでしょう？」

「それはもう――あの、帰って女将さんにお話しします」

思わぬ成りゆきだが皆喜ぶだろうと、また、綾乃の笑顔につられて顔が自然とほころんだ。

続けて藪入りの相談をしばししたのち、律は六太のために問うてみた。

「ところで、綾乃さん。昨年の……本郷三丁目の方とのお話はどうなりました？」

「本郷三丁目――」

途端に仏頂面になったところをみると、綾乃に「その気」はないらしい。

「蕗屋の悠太郎さんのことですね。そんな持って回った言い方をされなくても、青陽堂まで出張《でば》って行ったことは、本人からお聞きしましたわ」

「さようで……」

「蕗屋からは、師走のうちに改めてお見合いを申し込まれましたが、断りました」

「さ、さようで」

「それなのに、母と義姉《あね》が一緒になってお誘いしたものだから、もう三度もうちにいらしたのですよ。ああ、もちろん、お店のお客さまとしてですけれど」

「さようで……」

どうやら綾乃の母親と義姉《ぎし》、そして悠太郎は「その気」満々らしい――と、同じ相槌を繰り返しながら律は綾乃に同情した。

綾乃の機嫌直しと昼餉を兼ねて、律たちは広小路へ出た。

帰蝶座《きちょうざ》の近くの焼き餅屋で餅を買い、帰蝶座の出し物を四半刻ほど楽しんだ。

それから出店を少し見て回り、今井に土産の煎餅を買ってから暇を告げる。

「ご招待のお話や藪入りのこと――みんなにお話しして、できるだけ早く、またお伺いしますから」

「楽しみにしています」

すっかり機嫌を直した綾乃に見送られたのち、律はのんびり家まで戻った。

二

夕餉の席で、律は綾乃の申し出を話した。

「ありがたくお受けしましょう」と、佐和がすぐさま諾《だく》す。「実際、六太はそれに見合う働きをしましたからね。これでうまく貸し借りなしにできるでしょうから、うちにも尾上にも良いことです」

「みんな喜ぶだろうな」と、清次郎。

「作法を学ぶ良い機会です」

「堅苦しいなぁ。だが、作法を教える良い機会にもなる」

「まずは、おさらいとして、あなたが指南役の者たちに教えてください」

「私が？」

「うちで一番ああいうところに慣れているのは、あなたですから」

「ははは、謹《つつし》んで拝命いたします」

箸の上げ下げや茶の飲み方などは皆心得ているものの、尾上のようなかしこまった料亭での食事は、勘兵衛他、数人しか経験がないらしい。かく言う律も、今までで一番豪勢な食事は祝言の祝い膳で、料亭での食事は今度の有明が初めてとなる。

「では、作法や心得は、父さまから指南役の者たちへ、指南役から下の者たちへと教えていくということで……」

涼太が言うのへ、佐和が頷く。

「そうしましょう」

「五、六人ずつなら、指南役を含めて、気心が知れた者と一緒の方がいいでしょうね」

「そうですね。その辺りは、お前が勘兵衛や作二郎と相談して決めなさい。これはうちと尾上の話です。お律や綾乃さんに頼らず、お前が自ら出向いて、一森さんか眠山さんと手筈を整えるようになさい」

無論、佐和の――店主の名代《みょうだい》としてである。

「はい」と、涼太の声が弾んだ。

「お律、あなたが頼りにならないと言っているのではありませんよ」

「はい。承知しております」

これまた声を弾ませて、律は涼太と見交わした。

束の間緩んだ顔を引き締めて、涼太は切り出した。

「母さま、ついでにご相談があります」

「なんですか？」

「部屋割のことなんですが……」

藪入り後に乙吉と六太が手代になることや、そののち七朗を正式に迎えるにあたって、年功序列の部屋割をやめてはどうかというのである。

律は師走に聞いていて、良案だと賛同しているが、年功序列は四代続いてきた慣習ゆえに、佐和はよしとしないやもしれなかった。

「一人一人から話を聞いて、できる限り望み通りにしてやれたらと思うんです。そりゃもちろん、皆が皆、望み通りにはいかないでしょうが、それならたとえば、藪入りごとに部屋割を変えてみてもいいかと」

「いいでしょう」

「たとえば、熊蔵と佐平次は共に算術が得意なので常から仲が良く、富助、倉次郎、幸太の三人は甘い物好きで、出先で見つけた菓子屋の話をよくしています。だからといって相部屋を望むとは限りませんし、寝所であまり話が弾んで、夜更かしや目立つ買い食いが増えても困りますが、みんなしっかり者ですから――」

「これ、若旦那」と、清次郎が苦笑を漏らした。「女将さんはよいと仰ったぞ」

「えっ？」

「そう驚くことではないでしょう。明日、尾上のことと併せてお前から皆に話しなさい。あ、部屋割についても、勘兵衛と作二郎には相談するのですよ」

「はい、女将さん」

「これもまた、お前が頼りにならないと言っているのではなく――」

「承知しております、女将さん」

佐和は店を継いでほんの一年余りで、先代にして父親の宇兵衛を亡くしているため、往々にして番頭の勘兵衛に相談しながら物事を進めてきたと思われる。

顔をほころばせた涼太と今一度見交わして、律は止まっていた箸を動かし始めた。

夕餉ののち、涼太は半刻ほど帳場で勘兵衛と作二郎を交えて話し込み、翌朝、朝餉の前に皆を集めて尾上の招待と部屋割について話した。皆興味津々で聞き入って、いつもは目をしょぼしょぼさせている者も話に加わり、朝餉は賑々しいものとなった。

朝餉を早々に済ませると、律は一石屋に出向いた。

おかみの庸《よう》に頼んで、束の間慶太郎を勝手口に呼び出してもらう。

「朝っぱらから、なんだよう」

「藪入りのことよ」

「ああ……」

「綾乃さんとお話ししたんだけれど、護国寺詣ではどうかしら?」

前は律たちの住まいから近い神田明神《かんだみょうじん》や上野広小路、その前は尾上から近い浅草で藪入りを過ごした。よって此度は少し遠出はどうかと、綾乃から提案されたのだ。

「参道には、帰蝶座に遊びに来ている彦次《ひこじ》さんのお店もあるし……」

「どこだっていいよ。おれも直も、どこでもいいって言ったじゃないか」

「そう聞いたわよ。でも、此度は六太さんが来られない代わりに、夕《ゆう》ちゃんを呼んだらどうかと思って」

「えっ？」

声を高くした慶太郎へ、律は澄まして続けた。

「ほら、若竹屋《わかたけや》の跡取りのことで、女将さんや夕ちゃんにはお世話になったでしょう？　だから綾乃さんが、お礼を兼ねて一緒にどうかって」

というのは方便だ。

昨日藪入りの相談をしていた時につい、あと幾度《いくたび》、こんな風に慶太郎と出かけることがあるだろうと律はしんみりしてしまった。

――もう少し大きくなったら――もしかしたら、来年にでも――友達同士や、好いた女の子と出かけたいと言い出すと思うんです――

そう聞いただけだというのに、恋話に目がない綾乃は、律の顔や声から勘付いた。

――慶太郎さんには、好いた女の子がいるのですね？――

夕は慶太郎の幼馴染みで、若竹屋は夕が奉公している馬喰町《ばくろちょう》の旅籠だ。

昨年、かつての若竹屋の跡取りだった浩太郎《こうたろう》という者が、偽名で綾乃に言い寄った。のちに浩太朗は、岸ノ屋という盗人一味と親交があると判ったのだが、この一味の者にして浩太朗の友人だった正二を夕と慶太郎が目撃していたことが、一味の逮捕に役立ったのだ。

浩太朗は結句盗人ではなく、その正体や過去を教えてくれたのは女将と奉公人だった。ゆえに綾乃は夕には特に恩義はないのだが、遠出に誘うには何かそれらしい口実が入り用だ。

己の名を出せば誘いやすかろうと、綾乃は自ら口実になるべく申し出てくれた。

「夕ちゃんにも考えがあると思うの。年に二度の藪入りだもの。だから、綾乃さんのお誘いでも断られるかもしれないけれど、慶太からちょっと訊いてみてくれない？」

「えっ？ おれが？」

「綾乃さんや私が行くと大ごとになって、もしもの時、夕ちゃんも断りづらいでしょ。だから慶太が届け物のついでに、さりげなく声をかけてみてちょうだい」

「そ、そんなこと言ったって……」

「夕ちゃんが乗り気なら、ご両親にもお話ししておきたいから、早めにお願いね」

「早めにって。だからこうして、朝っぱらから話しに来たのよ」

「そうなのよ。もう藪入りまで十日もないよ」

落ち着きを失った慶太郎を店へ返すと、律は庸とも少し話したが、事の成りゆきを明かすと庸はすぐさまにんまりとした。

「もちろん、うちも喜んで助太刀いたしますよ。ふふふ、吾郎が言うには、慶太郎からつい先日、お夕ちゃんへのお土産について相談されたそうです」

「まあ」

吾郎は慶太郎の兄弟子で、一昨年祝言を挙げて通いとなった。

慶太郎はその日のうちに若竹屋を訪れて、翌日の夕刻に長屋に現れた。

「夕ちゃんも一緒に行くってさ」

言葉は素っ気ないが、声や口元に喜びが滲んでいる。

「だから姉ちゃん、今から夕ちゃんちに一緒に行ってくれよ」

「えっ？　慶太も行くの？」

「うん」

当然のように頷いて、慶太郎は慌てて付け足した。

「吾郎さんがそうした方がいいって……大事な娘さんを、貴重な藪入りにお借りするんだから、あんまり遅くならないうちに、おれが——おれと姉ちゃんがちゃんと連れて帰るからって、おれからもご両親にお願いするのが筋だって言うからさ……」

三

鞠巾着を描いたり鬼灯の意匠を考えたりするうちに、十五日——藪入りの前日となった。

藪入りのもてなしや土産として茶葉を買う客のおかげで、青陽堂は朝からずっと賑わっていた。だが、奉公人たちはいつにも増して結束し、律や清次郎、女中のせいや依も裏方として手伝って、七ツをほんの少し過ぎたところで暖簾を下ろすと、四半刻余りで座敷に集う。祝言ほどではなく、食器もいつもと変わらぬが、仕出し屋にいくつかおかずを頼んだ祝い膳で乙吉と六太の昇格を祝った。

この早めの夕餉ののち、乙吉を始め今日のうちに帰省を望む者たちが日暮れ前に店を発《た》った。乙吉の実家は本所林町《ほんじょはやしちょう》とそう遠くないものの、家族仲が良く、許しがあればいつも早めに帰っているという。六太を始め身寄りのない者や実家が遠方で此度は帰らぬ者、明日の朝発つ者たちは、店仕舞いの続きや翌々日の支度に勤しんだ。正月の朝と同じく、藪入り前の夜の仕事にも佐和は駄賃を出していて、この駄賃目当てに留まる者もいるようだ。

翌朝。

六ツ半には慶太郎に夕、綾乃たちが次々現れ、律たち一行は早々に護国寺へ向かった。

夕の手絡《てがら》は以前見た朱色の縮緬《ちりめん》で、慶太郎が嬉しげに見やったことから、慶太郎からの贈り物だと確信する。

夕を誘ったことで直太郎が寂しい思いをしないか律は案じていたが、慶太郎も夕も恥ずかしいのか、はたまた二人の気遣いからか、自然と直太郎を真ん中に挟んで歩き出した。

直太郎はやや困った顔を綾乃へ向けたが、綾乃はにっこりして大きく頷く。

律は綾乃と並んで子供たちの後を追い始めたが、いつもより多い人通りに紛れて、綾乃が囁いた。

「直といろいろ策を練ってきましたの。直も慶太郎さんからお話を聞いていたそうで」

二人して、慶太郎と夕の仲を取り持とうというのである。

「さようで……」

「お律さんは御用聞きで慣れていらっしゃるでしょうけれど、くれぐれも悟られないようにしてくださいね」

「承知しました」

御用聞きではないのだけれど——と、胸中で苦笑を漏らしつつ律は頷いた。

馬喰町では四日に火事があったばかりだ。幸い夕の奉公先がある辺りは火を逃れたが、四丁目から浅草御門《ごもん》前までが焼けた。夕は火事の様子を話の皮切りに、奉公前の慶太郎との想い出話をいくつか直太郎に聞かせたのち、直太郎に郷里の熱海《あたみ》での想い出を訊ねた。

慶太郎も夕も朱引《しゅびき》の外に出たことがないため、熱海もそうだが江戸への旅路に興味津々だ。話の種はしばらくして——直太郎がさりげなく問うて——夕の奉公先の暮らしに移った。直太郎が途中でちらりと、得意げに綾乃を振り返ったところを見ると、これも二人の「策」の一つなのだろう。

七ツまでには夕を家に帰すと約束している。ゆえに皆どこか早足で、五ツの鐘を聞いて四半刻余りで音羽町《おとわちよう》に着いた。

音羽町は一丁目から九丁目まで四半里ほどある。参道の店は開いてまもないが、藪入りだけに既に結構な人出だった。東側の店をざっと見ながら護国寺まで進み、お参りと一休みを済ませてから、今度は西側の店をややゆっくり覗いて回った。

そうして九丁目までたどり着くと、ほどなくして昼九ツの捨鐘が鳴り始めて、律たちは急ぎ道を少し戻った。というのも、八丁目と九丁目の間にある茶屋・八九間屋《はちくまや》では、今日は一刻ごとに彦次が手妻《てづま》を披露すると聞いているからだ。

彦次の手妻に律たちは釘付けになった。子供たちは皆、初めて見るから尚更だ。

四半刻ほども次々手妻を披露した後、彦次は律たちを認めて挨拶に来た。

八九間屋は常から繁盛しているため、彦次は昨年の睦月《むつき》の藪入りには自身も休んで、浅草広小路の帰蝶座へ遊びに行ったが、後で兄と弟から叱られたそうである。

「思ったより、手妻目当てに来てくだすったお客さんがいたそうで……」

盆の窪に手をやってそう言うと、彦次は綾乃へ、帰蝶への言伝を頼んだ。

「月末までにはまた浅草に行きやすんで、くれぐれも浮気心を起こさねぇよう、よろしく伝えておくんなせぇ」

驚きを隠さずに、夕が彦次を見上げて問う。

「彦次さんは、帰蝶さんの、その……いい人なんですか？」

「そうとも。——と言いてぇところだが、まだ違わぁ」

「まだ、ですか」

「けれども、俺ぁ言霊《ことだま》を信じてっからな。こうして何度もそれらしいことを口にしてりゃあ、そのうち帰蝶さんもその気になるんじゃねぇかなぁ」と、彦次はにっとした。

「言霊……」

夕がつぶやくのへ、慶太郎と直太郎も何やら神妙な顔になる。

そんな子供たちの横で綾乃がにっこりとした。

「私はお似合いだと思いますわ。帰蝶さんと彦次さんは」

「ありがてぇ。綾乃さんのお言葉なら百人力だぜ」

喜ぶ彦次に見送られ、律たちは音羽町を北へ戻り始めた。

道中の買い食いに加え、八九間屋で金鍔《きんつば》をつまんだから空腹ではない。手妻がいい一休みとなったこともあり、昼餉を食べるよりももっと店を見て回りたいと皆で一致したのだ。殊に夕は、六丁目の店で見た小間物に未練があるらしい。

「それなら、六丁目まで戻ってから帰りましょう」

七ツまでに戻るためには、八ツ過ぎには家路に就いた方がいいだろう。

残りの時を楽しむべく揃って早足で歩いていると、番屋の前で似面絵を片手にした老爺《ろうや》を見かけて律は足を止めた。

「探し人ですか？」

「女房が迷子になりまして……女房は健忘《けんぼう》を患《わずら》っていて、近頃よく迷子になるんです」

「つってても、この人混みにその似面絵じゃあなぁ」と、番人が気の毒そうにつぶやいた。

それもその筈、折皺《おりじわ》のついた似面絵はところどころ擦り切れていて穴が空いている。

「私が描き直しましょう。写すだけなので、四半刻とかかりませんから」

番人と老爺にそう告げて、律は綾乃に向き直った。

「先に行ってください。なんなら八ツに八九間屋で待ち合わせても」

「判りました。でも、この方のお名前を教えてくださいさい。それらしき人を見かけたらお連れしますわ」

似面絵を覗き込んで綾乃が問うた。

「みわといいます」

母親と同じ名ゆえにどきりとした律をよそに、綾乃が頷く。

「おみわさんですね。——では、お律さん、のちほどに」

四人を送り出すと、律は巾着から矢立《やたて》を取り出した。矢立に巻きつけている紙は書き方用の安物だが、「みわ」が描かれている似面絵の紙もそう変わらぬ代物《しろもの》だ。

文机に紙を伸ばして写し始めると、老爺も番人もじっと見入った。

「へぇー、うまいもんだね。あんた、絵師なのかい？」と、番人が問う。

「上絵師ですが、似面絵もよく描くのです」

「へぇー」

番人が感心する傍らで、老爺は黙って似面絵を見つめている。

老爺は還暦前後と思《おぼ》しき歳で、似面絵の妻も似たような年頃の老婆《ろうば》のものだ。

擦り切れている真ん中の鼻や人中、頬骨の形などを確かめて、律はものひとときで顔かたちを描き上げた。

後は皺を入れるだけ――

「皺がないから、若い娘さんみたいだね。どうだい、爺さん？　おかみさんの若い頃を思い出さねぇかい？」

「え、ええ、そうですね……」

老爺の目が微かに潤んだのを律が見て取った時、表から男の声がした。

「おーい。ちょっといいかい？」

「何だい？」

戸口へ問うた番人の向こうから、男が困惑顔を覗かせる。

「この婆さんが、人を殺したって言うんだが……」

男が手を引いて来た老婆を見て、上がりかまちに座っていた老爺が駆け寄った。

「おみわ、お前――」

四

「ああ、あなた……私、おふみを殺してしまいました……」

はっとした律と番人に、老爺は慌てて手を振った。

「違うんです。誤解です。おみわは誰も殺しちゃいません」

「でも、あなた……」

「お前はこの頃、物忘れや思い違いがひどいからな。ちょっと座って休むといい」

老爺が上がりかまちに促すと、みわを連れて来た男も頷いた。

「うん、そうじゃねぇかと思ったんだ。婆さんはちぃと呆《ぼ》けて……いや、健忘じゃねぇかってよ。だが、人殺したぁ穏やかじゃねぇぜ。おふみってのは誰なんだい？」

「おふみは私の娘です」

上がりかまちに座ったみわがそう言うのへ、律たちは再び言葉を失った。

「違います」と、老爺。「いや、おふみは私どもの娘ですが、女房が殺したんじゃありません。風邪で死んだんです。流産した後で、すっかり弱っていたから――」

「でも、それは私が……」

「おみわ、お前は少し黙っておいで」

優しく、だが悲しげに、老爺はみわの隣りに座って手を取った。

みわの手を握ったまま、老爺は続けた。

「おふみは、十六年前に亡くなりました。もともとそう丈夫ではない子で、身ごもってまもなくして寝付くようになってしまったんです。弱っていたところへ流産が重なって、なかなか血が止まらなくて……その時は命を取り留めましたが、半月ほどして、風邪をこじらせて逝ってしまいました」

「でも、もともとは私のせいで……」

「違うよ、おみわ」

老爺は穏やかに首を振り、そっとみわの手を撫でる。

それから律たちを見回して、おそらくみわにも聞かせるべく、ゆっくり口を開いた。

「……おふみには好いた男がいましたが、十も年上なのにどこか浮ついた様子で、稼ぎも悪かったので、私どもはその男をよく思っていませんでした。私どもは二人の子に早くに先立たれまして、おふみは最後の、大切な一人娘でした。ですから、もっとしっかりした男と一緒になって欲しかったんです」

二親の反対に遭って思い悩んだふみは、夫婦の契《ちぎり》の前に男に肌身を許して身ごもった。

「赤子が——孫ができれば、私どもが首を縦に振ると思ったんでしょう。ですが、寝付くようになったことで男となかなか会えなくなって、娘は塞いでいきました。調子が良い時は私どもの目を盗んで逢い引きしていましたが、お腹が膨らんでくると難しくなりました」

「無茶をしないよう言い聞かせていたのに、あの子ったら親の気持ちも知らないで……あの男が無理をさせたんです。身ごもったのもあの男の入れ知恵に違いありません」

思い出したのか、みわが潤んだ目に空いている手の袖をやった。

「ですが、こうなったからには、兎《と》にも角《かく》にも無事に産んで欲しいと、私どもは滋養のある食べ物や医者に勧められた薬湯を娘に与えました。けれどもその甲斐なく、娘は流産してしまったんです」

「私がいけなかったんです。私が酸漿《さんしょう》を飲ませたから――」

「違うぞ」

やや強い声で老爺は妻を遮った。

「あれは当帰《とうき》やら芍薬《しゃくやく》やら川芎《せんきゅう》やらで、身体の疲れを取る薬湯だ。先生もそう言ったじゃないか。お前はあの子のために懸命に尽くした。あの子はただ、赤子を亡くしたことを悲しんで、身体が利かなくなったことを怖がっていただけだ。ひどいことを言ったと、あの子は後になって悔いていた。本当だ。今際《いまわ》の際《きわ》に、ちゃんと謝ってくれたじゃないか。思い出してくれ、おみわ」

みわに言い聞かせてから、老爺は律たちにも繰り返した。

「本当です。流産ののち、寝付いてしまった娘は私どもをなじりました。赤子が流れたのも、床に臥したのも、私どものせいだと……あの男の子供を産まぬよう、私どもが酸漿を飲ませたんだろうと……ですが最期に娘は、思い違いをしていたと、私どもがそんなことをする筈がないと判ってくれたんです。というのも、結句あの男は娘が流産してから、たった一度しか見舞いに来ませんでした。赤子が流れてすぐのことで、風邪を引いた後は『うつるから』と言って、それっきり……今はもう妹夫婦に譲ってしまいましたが、私は上野で商売をしておりました。あの男はうちへ婿入りしようと――ゆくゆくは店を乗っ取ろうとしていたんじゃないかと思うんです」

老爺曰く、みわは二年ほど前から健忘になり、病状が進むにつれ、ふとした折に自分が与えたのは実は酸漿だったと、結句自分がふみを殺したと言うようになった。

じっとうつむいて、老爺とつないだ手を見つめていたみわが顔を上げた。

「でも、あなた、私は――」

「私はお前を信じている」

再びみわを遮って、老爺は言った。

「お前は命を粗末にするようなことは、けしてしない。お前はいつだって、誰よりもあの子の仕合わせを願っていた。おふみも、最期にはそれを悟って言ったんだ。『今までありがとう。疑ってごめんなさい』――と。お前も私の隣りで聞いていた」

――旦那さんが言うように、おふみさんは末期に謝意を口にしたのだろう。

大切に育ててくれたご両親と、仲違いしたまま逝きたくなかったに違いない。

でも――

みわはもしや、心底では娘の流産を願っていたのではないか、と律は疑った。

子供が生まれてしまったら、娘をたぶらかした、みわにとっては憎き男を婿として受け入れざるを得なくなる。だが、もしも流産を促すことができたら、娘を説得する時を稼げると、男を引き離すことができると考えたのではなかろうか。

薬湯を煎じていたのは、おそらくおみわさん……それなら、薬をすり替えることもできた筈。もしかしたらお見舞いだって、おみわさんが勝手に断っていたのかも……

そんな律の胸中を見通したように、老爺は繰り返した。

「おみわ、私はお前を信じているよ」

知らずに眉をひそめていたことに気付いて、律は急いで顔を和らげた。

いけないいわ。

涼太さんの言い分じゃないけれど、悪者の話ばかり聞いているから、私も疑り深くなってるみたい……

どのみち、今となっては真相は判らない。

番人も、みわを連れて来た男も同じ思いのようで、なんともいえぬ顔をしている。

健忘は本心を暴くこともあれば、妄想を抱かせることもある。

もしも、みわが本当に酸漿を飲ませたならば、みわは自ら「人殺し」を自訴《じそ》することで罰を——死を——望んでいるのやもしれない。

また、もしも虚妄ならば——律はそう信じることにしたが——みわは誰よりも娘の死を悼《いた》み、我が子を救えなかったことを悔いて、ずっと苦しんできたのだろう。

「娘が亡くなる前の年まで、毎年、睦月の藪入りには三人で護国寺詣でに来たんです。いや、護国寺詣ではついでで、おふみは——おみわも——音羽町を行ったり来たり、店を覗いて回るのが好きだった。そうだろう、おみわ？」

「ええ……」

「今日は久しぶりに……娘が亡くなって以来初めて、音羽町へ行こうと女房が言い出したんです。なぁ、おみわ」

「そう……そうだったかしら？」

「そうだったんだよ。いい気晴らしになると言ってたぞ。でもまあ、そろそろ帰ろうか。昔と違って、ゆっくりゆかねばならんからな」

老爺は微笑んで、みわの手を取ったまま立ち上がり、律たちに頭を下げた。

「どうもお世話をかけました。——ああ、忘れるところだった。似面絵を……」

「よかったら、こちらも一緒にお持ちください」

古い似面絵を差し出してから、律は描きかけを文机から取り上げる。

みわが目を丸くした。

「まあ！　おふみにそっくり！」

「そうだろう」と、律から似面絵を受け取って、老爺はみわに手渡した。「おふみはお前に似ていたからな。私に似なくてよかったよ」

「何を言ってるんですか……」

似面絵を見つめるみわの目から涙が溢れた。

「あら……嫌だわ。私ったら……あんまり驚いたものだから……」

此度は懐から手ぬぐいを取り出して、ゆっくり丁寧に涙を拭う。

手ぬぐいを仕舞うと、みわは改めて似面絵をしばし見つめたのち、折らずにそっと丸めて無邪気に微笑んだ。

「おかみさん、どうもありがとう。これはいいお土産になるわ。さ、あなた、もう帰りましょう。帰っておふみにこれを見せてやりましょう。あの子もきっと驚くわ。そうだわ、あなた。あの子の風邪が治ったら、また改めて一緒にお参りに来ましょうよ」

霊前に見せるのかと思いきや、みわは娘の死をこの束の間に忘れてしまったようだ。

刹那《せつな》、老爺の目が哀しみに翳《かげ》った。

が、すぐさまにっこり微笑み返す。

「そうだな。きっと驚くだろうな」

「帰りに、あの子が好きな飴も買って帰りましょう」

「飴？」

「ほら、広小路の出店の生姜《しょうが》飴よ。風邪にもいいわ」

「ああ……うん、そうしよう。おふみも喜ぶよ」

みわを表へいざないながら、老爺は今一度振り返って小さく頭を下げた。

お亡くなりになったことを忘れている間は、心安らかにいられるのだろうか――

二人を案じつつ矢立を仕舞うと、律も番屋を後にした。

手をつないだまま、九丁目の方へ歩いて行く老夫婦が見える。

ゆっくり遠ざかる二人の背中が、人混みに紛れて見えなくなるまで見送ってから、律は六丁目の方へ歩き出した。

綾乃と夕は六丁目の半ばで見つけたものの、慶太郎と直太郎が見当たらない。

「直がやっぱりまだ食べ足りないと言うので、二手に分かれることにしたんですの」

「そうでしたか」

「こちらはこちらで、殿方抜きでゆっくりお買い物したかったから好都合でしたわ。ね、お夕さん？」

「ええ」と、ほんのり恥ずかしげに夕が頷く。

もしや、買い物は慶太への贈り物かしら……？

姉莫迦《あねばか》もいいところだと、内心苦笑しながらも律は思い巡らせた。

育ち盛りではあるものの、直太郎は歳の割には小柄で、どちらかというと少食だ。「食べ足りない」というのもまた綾乃との策で、今頃は慶太郎に夕への贈り物を勧めているのではなかろうか。

そうでなくたって、吾郎さんに相談したくらいだから、慶太は何か夕ちゃんに贈り物を持っている筈――

ふと、涼太に土産がないことに律は気付いた。皆には以前土産にして好評だった飴を買ってあるものの、何か、涼太のためだけの土産が欲しくなる。

「あの、私もちょっと帰りにお菓子屋へ……」

涼太は時折、一人で茶の湯の稽古をしている。

八丁目の菓子屋で干菓子を買うと、待ち合わせの八九間屋へ向かった。

八ツの鐘で始まった彦次の手妻に後ろ髪を引かれつつ、律たちは音羽町を後にした。

五

御成《おなり》街道が近付くと、律は慶太郎へ言った。

「万が一にも七ツに間に合わないと困るから、慶太は夕ちゃんと先に行っててちょうだい。私は綾乃さんを見送ってから追いかけるわ。鐘が鳴るまでは木戸の前で待っててくれる?」

もう一里は前から慶太郎と夕はそわそわもじもじしていたものの、律たちの手前、贈り物を交わすことも、それらしきことを話すこともなく帰って来たのだ。

二人が先に御成街道を渡って行くと、綾乃が直太郎に問うた。

「それで慶太郎さんはどうだったの? お団子を食べただけじゃないでしょう? お夕さんは慶太郎さんに贈り物を買っていたけど、慶太郎さんも同じじゃなくて?」

綾乃たちと別れた後、直太郎と慶太郎は団子を食べに行ったそうだが、律も無論、それだけで半刻余りも過ごしたとは思っていない。

「綾乃さんが仰る通りで……」

「慶太郎さんは、お夕さんに何を贈るの?」

「それは、あの……まだ秘密です」

「まだ?」

「気に入ってもらえるか判らないから、うまくいったら綾乃さんにも教えていいと……」

「気に入るに決まっているわ。もう、まだるっこいわね、二人とも」

「まったくです」と、律が横から相槌を打つと、綾乃がくすりとした。

「あら、お律さんと涼太さんだって、まだるっこくてやきもきしたと、お千恵さんから聞きましてよ」

言葉に詰まった律をよそに、綾乃は直太郎へ向き直る。

「そういうことなら、明日の楽しみにするわ。今夜しっかり首尾を聞いてくるのよ」

「はい」と大きく頷いて、直太郎は綾乃と笑みを交わした。

花房町《はなぶさちょう》の駕籠屋で浅草までの駕籠を頼むと、直太郎と二人で綾乃を見送る。

相生町《あいおいちょう》の角で七ツの捨鐘が鳴り始めて、律は急いで夕の長屋へ向かった。

「姉ちゃん、遅いよ」

木戸の前で待っていた慶太郎はむくれ顔を作ったが、慶太郎にもその隣りの夕にも隠せぬ喜びが滲み出ていて、律は思わず直太郎と見交わした。

「なんだよう？」

「ううん。早く中へ入りましょ。遅れちゃうわ」

「遅れたのは姉ちゃんじゃないか……」

夕の両親と挨拶を交わしたのち、律たちは長屋へ戻った。

「首尾」を聞きたくて律はうずうずしたが、慶太郎たちは早くも湯屋へ行くという。

「さっさと行って帰らないと、夕餉に間に合わないから」

神無月に約束した通り、今宵は慶太郎はぜんざいを作ることになっていた。

結句、湯屋にぜんざい作りと慌ただしく一刻が過ぎ、六ツ過ぎには今井を交えて、四人で長屋で夕餉を囲んだ。膳は今井の分も含めて青陽堂から運んで来たが、小鉢に入った香物《こうのもの》は律が昨日のうちに漬けたものだ。これも神無月に慶太郎と約束した、律たちには「うち」の漬物である。

夕餉を終えると、慶太郎はさっさと膳を片付けて、律を追い出しにかかった。

「仕事道具には触らないから、安心して。な、直？」

「はい」

「うるさくしないし、夜更かしもしないから」

「ちゃんと気を付けます」

寂しさがなくもないが、先回りして言う二人が可笑しくて、律は今井と苦笑を漏らしつつ仕事場を出た。

「先生、どうかよろしくお願いしますね」

「うん、まあ大丈夫だろう。慶太郎も、もう十三だ」

青陽堂へ戻ると、一階はもうひっそりしていた。

今宵は珍しく、奉公人はそれぞれ実家や友人宅、花街へ出かけて皆留守にしている。六太は同じく身寄りのない熊蔵や遠方の出ゆえに文月《ふづき》にしか帰郷しない八兵衛と品川宿で、いつも昼間は出かけても夜には戻って来ていた勘兵衛も、此度は千代宅に「お泊まり」だ。

勝手口を閉めてしまうと、座敷をぐるりと回って律は寝所へ向かったが、涼太の姿が見当たらない。

茶室かしら……？

それなら土産を渡そうと、干菓子を持って裏庭に出るも、茶室にも灯りも人気《ひとけ》もなかった。

もしかして、二階でお義母さまたちと話しているのかも……

帳場にもいないことを確かめてから台所の方へ戻ると、二階から女中のせいが下りて来た。

「あ、お律さん……」

誰もいないというのに、せいは近付いて尚、声を潜めた。

「涼太さんが、まだお帰りになってないんです」

「えっ？　てっきり二階にいるんだと――」

「いいえ。夕餉もお留守でして、どうしたものか、女将さんにご相談に行ったところです」

まだ五ツも鳴っていない時刻で、町木戸が閉まる四ツまで一刻余りある。だが、五十路過ぎのせいは早くに休みたいのだろう。長屋の木戸はとうに閉まっているから、帰って来るなら路地に面した裏口からだ。

「私が起きていますので、おせいさんはご心配なく」

「ふふ、女将さんも、お律さんに頼んでみなさいと……では、お願いしますね」

頷いて、律は裏口に近い客用の座敷の行灯《あんどん》と火鉢に火を入れた。寝所にいると、疲れで眠りに落ちて、裏口を叩く音を聞き逃してしまいそうだ。

帳場から文机、台所から水、寝所から矢立と紙を持って来る。火鉢にあたりながら鬼灯の意匠を思案するも、涼太が気になって、なかなか筆が進まない。

涼太は今日は客として、芝の茶屋・花前屋《はなさきや》を始め、日本橋の得意先をいくつか覗いて来ると言っていた。朝のうちに品川宿に行く六太たち三人と一緒に発って、芝までは同行するつもりだとも。

まさか、涼太さんも品川まで一緒に行ったんじゃ……?

己と夫婦になってこのかた、涼太は花街に出かけていないが、それまでは跡取り仲間と共に、折々に吉原や四宿《ししゆく》に繰り出すことがあった。また、夜は一日も欠かさず共に過ごしてきたが、花街には昼見世《ひるみせ》もあるため、まったく出入りがないとは言い切れない。

ううん。

涼太さんに限ってそんなことは……

しかし、となると今度は事故か事件かと、律の胸はざわめくばかりだ。

悶々とするうちに、四ツの鐘が鳴った。

律たちの寝所は、間に帳場と納戸を挟んでいるが、裏口と同じく路地に面している。四ツを過ぎた今、もしも涼太が帰って来るなら、裏口よりも寝所の方から己を呼ぶだろうと推察して、律は寝所に移ることにした。

溜息をつきながら寝所で横になったのち、律は更に半刻は眠気と戦った。

やがて疲労に押し流されて眠りに就くも、何やら嫌な夢を見ては、都度目を覚ます。

結句、ろくに眠った気がしないまま、明け六ツの鐘を聞いた。

六

翌朝六ツを過ぎても、涼太は戻らなかった。

「なんだ。まだ帰っていないのか」と、清次郎も少々驚いた様子だ。「あいつのことだから、何か余計なことに首を突っ込んで、足止めされたんじゃないか?」

「余計なこととはなんですか?」と、佐和。

「それはほら、喧嘩——の仲裁やら人助けやらさ。まあ、そろそろ帰ってくるか、何かしら沙汰があるだろう」

慶太郎たちには疲れた顔を見せられぬ上、一石屋や尾上に二人を送り届けるために、律は急いで化粧した。

いつもより少し早い朝餉を、昨晩と同じく今井を交えて四人で済ませた。律には幸いなことに、慶太郎と直太郎は寝足りないらしく、揃って目をしょぼしょぼさせている。

朝餉を終える頃には勘兵衛や乙吉など、市中で夜を過ごした者たちがちらほら帰宅し始めた。気まずさから、なるべく奉公人と顔を合わせないように膳を返して、律は慶太郎と直太郎を連れて外へ出た。

佐久間町《さくまちょう》の一石屋へ慶太郎を送り届けると、律は尾上に向かうべく直太郎を西へ促した。

「あの……私は一人で帰れます」

直太郎がおずおず言うのへ、律は微笑んだ。

「そうでしょうけど、そうはいかないわ」

「でも、なんだかお疲れのようですし……」

「慶太や直太郎さんが気がかりだったのよ」と、律は取り繕った。「ほら、此度は六太さんがいなくて二人きりだったから……それに、私も慶太の『首尾』をお聞きしたいわ」

朝餉を運ぶ前に長屋に行った折、律は起き抜けの慶太郎が枕元の巾着をさっと隠したのを目ざとく見ていた。

「あの巾着は夕ちゃんから？」

「はい。根付も一緒に」

「根付まで？」

「はい。でも、根付といっても小さくて安い物です。提げ物には使えないと思いますが、巾着や財布の飾りにはよさそうで――あっ、贈り物にけちをつけているんじゃなくて、慶太さんもお夕さんに同じ根付を贈ったんです」

「同じ根付を？　ああ、判ったわ。小間物屋の干支《えと》の――」

「そうです。鼠《ねずみ》の根付です」

五丁目にあったその小間物屋には干支の根付がそれぞれ三種類ずつ置いてあり、一番安い物は小ぶりで荒削りの木彫りだった。夕と慶太郎は同い年で子《ね》年生まれ、直太郎は一つ年下だから丑《うし》年だと、根付を見ながら子供たちは干支の話を少ししていた。

直太郎が慶太郎から又聞きしたところによると、夕が六丁目で見た小間物に未練があったのは本当だが、折をみて手水か何かにかこつけて、五丁目まで戻って根付を買いに行こうと考えていたらしい。

「綾乃さんはそれを見抜いて、私に合図を寄越したんです」

「合図？」

「はい」

綾乃のごとく、直太郎は得意気にやや胸を張った。

「どんな合図かはお律さんにも秘密ですが、女同士、男同士、二手に分かれた方がいいと判じた時のための合図です。それで、私は『食べ足りない』と言って、慶太さんを誘って二人から離れました。でも、ちょうどよかったんです。私もできれば、綾乃さんにお礼を差し上げたかったので……その、私はいつももらってばかりなので……」

直太郎は少量だが綾乃が好きな金平糖《こんぺいとう》を買い、慶太郎は「それならおれも」と、五丁目まで戻って鼠の根付を買ったという。

「そうだったのね……策を練ってきたと言っていらしたけれど、まさかそんな合図まで決めていたなんて」

「うちの綾乃さんに抜かりはありません」

これまた得意気に胸を張って、直太郎は目を細めた。

巾着は夕の手作りで、売り物より劣るため、綾乃にも内緒にしていたそうである。

「慶太は？　根付だけ？」

「根付はおまけで、前のとは色違いの手絡を贈ったそうです」

「それならよかったわ。慶太は直太郎さんにはいろいろお話ししているのね。私には言いにくいこともあるでしょうから、直太郎さんのようなお友達がいてよかったわ」

「私もです。私も慶太さんにはいろいろ話せるからよかった……」

佐久間町を抜けると、浅草までの近道として武家屋敷沿いを左右に折れながらゆく。人通りが減って歩きやすいが、町人町《ちょうにんまち》の賑やかさに慣れている律はどうも落ち着かない。

しばしの沈黙ののち、直太郎が再び口を開いた。

「……慶太さんとは、昨日の夜もいろいろ話したんです。お夕さんのことの他にも、父のことととか……」

「お父さんのこと？」

「はい。お律さんもご存じの通り、私の父は喧嘩がもとで亡くなりました。父を痛めつけた三人組には天罰が下ったようで、やつらは揃って大川で溺れ死にましたが、私は……まだやつらを恨んでいます」

直太郎の父親は、往来でいじめられていた店者を助けたことから、赤間屋《あかまや》という旅籠の三人組と喧嘩に至り、結句命を落とす羽目になった。この三人組は昨年の水無月《みなづき》に舟の転覆によって一度に死したが、律に涼太、今井に保次郎は、三人組の余罪を知った赤間屋の隠居が裏で手を回したのだろうと推察している。

「あのあと父が助けた人が来て、三人組はもっと非道なことを、たくさんしてきたと教えてくれたんです。みんな、天が私に代わって仇を討ってくれたんだと言うけれど、やつらが死んだって父は帰ってきません。だから私はいまだ悔しくて悔しくて、時々塞いでしまうんです。こんな話、他の人にはできないけれど、慶太さんは判ると言ってくれました」

「慶太が……」

「でも、私より慶太さんの方がずっと悔しいと思うんです。私の仇には天罰が下ったけれど、慶太さんの——お律さんたちのお母さんを殺した辻斬りは、いまだ捕まっていないんでしょう？　手がかりも何もないって、慶太さんは悔しがっています。お母さんの他にもたくさんそいつに殺されているんじゃないか、そいつは今ものうのうとして、どこかで誰かを狙っているんじゃないかって……だからお参りではいつも、そいつに天罰が下るように、願わくばそいつの罪が明るみに出るよう祈っているって言ってました。お律さんのためにも……お律さんだって、まだそいつを恨んでいますでしょう？」

「……ええ」

一瞬躊躇ったが、律は正直に頷いた。

「私もまだ恨んでいます。でも、慶太がそんな風に思っていたなんて知りませんでした。慶太が、私のためにもそんなことを祈っていたなんて……」

「『人を呪わば穴二つ』——人を呪い殺そうとする時は、呪い返しを覚悟しなくちゃならない、だからその昔、陰陽師《おんみょうじ》は墓穴をあらかじめ二つ掘っておいたんだって、慶太さんが教えてくれました。慶太さんは自分が祈れば——呪えば——お律さんは呪い返しに遭わないからって言っていましたが、もしもお律さんも同じことを呪っていたら困るから、お伝えしておかなきゃと思って……」

大人びてきたとはいえ、慶太郎は十三歳、直太郎は十二歳になったばかりだ。同年代の多くの子供が家族と楽しく過ごす藪入りに、二人してそんな話をしていたのかと思うと胸が締め付けられた。

「そうだったのね。教えてくれてありがとう、直太郎さん」

尾上まで直太郎を送り届けると、綾乃との挨拶は短く切り上げて、律はとんぼ返りに家路に就いた。ただし、一人で武家屋敷が並ぶ道を行くのは気後れするため、帰りは尾上の南から御蔵前《おくらまえ》に出て、神田川沿いを帰ることにする。

帰宅を急ぐ者でいつにも増して人通りがある中、律は思案しながら南へ歩いた。

そろそろ本当のことを――おっかさんばかりか、おとっつぁんまであいつに殺されたことを慶太に話してもいいんじゃないだろうか？

あいつにはとっくに「天罰」が下って、もうこの世の者ではないことも……

だからといって恨みつらみが晴れないことは、律が身をもって知っている。だが、仇の死を知ることで、慶太郎は人の死を願わずに――人を呪わずに済むようになる。

広瀬さんに相談してみよう――

仇の小林吉之助については、固く口止めされている。弟といえども、お上の許しなくしてこの秘密は明かせない。

ううん、まずは涼太さんと話してからだわ。

いい加減、帰って来たかしら――

直太郎と話す間、しばし忘れていた涼太のことを思い出した。

と、通りすがりに、涼太の名が耳に飛び込んできた。

「死んだのは『りょうた』っていう茶屋の者らしい」

「じゃあ、捕まったやつらはどうなるんだ？　あの有り様じゃ、誰が誰と取っ組み合ってたかなんて判らねぇぜ」

「あの！」

男たちを呼び止めて、律は声を震わせた。

「どこで亡くなったんですか？　何があったんですか？」

七

――昨日の夕刻、両国の弁財天《べんざいてん》の近くで大喧嘩があったんだ――

――何人か川に落ちちまったんだが、薄暗くてすぐには助けられなくてよ。一人お亡くなりになったんだよ――

男たちからそう聞いて、律は一路両国橋へ走った。

青陽堂は茶葉を売る葉茶屋で、茶を飲ませる茶屋とは違う。「りょうた」という名も珍しくないが、回向院《えこういん》から竪川《たてかわ》を挟んで南にある江島弁財天の近くには、青陽堂と取引がある茶屋・江島屋《えじまや》がある。朝のうちに芝に向かった涼太が日本橋を訪ねた後に、深川、両国と回り道していたとしたら、喧嘩があった夕刻にちょうどあの辺りにいたやもしれない。

浅草御門を抜けて両国橋を東へ渡ると、近くの番屋に駆け込んだ。

「どうした、おかみさん？」

「お律さん！」

番人に次いで密偵の太郎の驚き声が重なった。

「太郎さん――涼太さんが昨日から行方知れずで……」

「若旦那じゃありやせん」

「そ……そうなんですか？」

「ええ、別人です。俺も『茶屋のりょうた』と聞いて、もしやと思って来てみたんでさ」

太郎は昨晩両国泊まりで、律と同じくつい先ほど死人が出たことを知ったそうだ。

「何やら騒がしかったが、藪入りなんで気に留めていやせんで……亡くなったのは松坂町《まつざかちょう》の杉屋《すぎや》って店の者で、若旦那とは字も違うそうで」

そう言って、太郎は番屋の上がりかまちにいた男を振り向いた。

男の名は淳二《じゅんじ》で、死した「遼太」と同じく杉屋の奉公人だった。二人は昨日揃って日本橋に遊びに出かけて、帰りしな喧嘩に巻き込まれたという。

遼太の亡骸は既に杉屋に運ばれていたが、番屋には太郎と番人、淳二の他、同心と思しき四十路過ぎの者がいた。

「莫迦莫迦しい限りです」と、番人が言った。「酔っぱらい同士が因縁つけあって、あっという間に取っ組み合いになって、他の酔った連中がやいのやいのと面白がって……結句、こんな始末になってしまった」

藪入りで浮かれていた者や仲裁に入った者をも巻き込んで、すぐに十数人が入り乱れる大喧嘩となった。「火事と喧嘩は江戸の華《はな》」といわれるように、辺りはあれよあれよと見物人で溢れ返り、通りすがりの淳二と遼太も足を止めた。

「そこへ怪我を負った者が逃げて来たんで、二人してその者を庇ったところ、追って来た者が二人にも殴りかかって、結句お前たち二人も渦中に――そうだな、淳二？」

「はい……遼太も少々酔っていまして、殴られて頭に血が上ったようで、私は遼太を止めたんですが、その頃には他にも調子づいた者がたくさんいまして……」

仲裁者を含めて十数人から二十人余りに膨れ上がった大喧嘩の中、淳二たちは堅川に押しやられた。淳二たちを併せて四人が団子になって川に落ち、淳二は遼太を助けようとしたが、時は六ツを過ぎていて辺りは薄暗く、ままならなかったそうである。

しばらくして引き上げられた遼太は、とうに息絶えていた。

死人が出たと判って喧嘩は収まり、十人余りの者が捕らえられたが、逃げた者も同じくらいいた。番人と町の者が捕らえた者たちの身元を問うたところ、皆市中の者らしいが、今はひとまず、ひとかたまりに回向院に置いてもらっているという。

「ですが、捕らえた者たちの中に、二人を押しやった男はいなかったんです。――そうだな、淳二？」と、番人が再び淳二に確かめた。

「はい。みんな私が見かけた者とは違いました」

「待ってくだせぇ」と、太郎が口を挟んだ。「淳二さんは、お二人を川へ落としたやつの顔を見たんで？」

「ええ。ほんの束の間ですが……でも、捕まった者たちの中にはいませんでした」

太郎と顔を見合わせてから、律はおずおず申し出た。

「あの……似面絵はいかがでしょうか？」

遠慮は北町奉行所へのものだ。保次郎は先月月番だったため、同心は北町奉行所の者だと思われる。

「似面絵？　――そうか。お前は名をお律といったな。南町の広瀬の手の者か」

「はい……」

どうやら北町奉行所では、律は保次郎の「手の者」――御用聞き――ということになっているようだ。首を振り、くどくどしく保次郎のとのつながりを述べるよりも、ひとまず頷いた方が話は早いと、律は仕方なく小声で応えた。

そんな律とは裏腹に、太郎が口角を上げて大きく頷く。

「そのお律さんです。上絵師にして、似面絵が大得意の」

「ならば、その腕前を見せてもらおうか」

同心は北町奉行所の臨時廻りで、藤木《ふじき》と名乗った。

矢立から筆を取り出すと、番人に紙と墨を借りて、似面絵を描き始める。

「ええと、その男は私や遼太と同じ年頃で、少し面長《おもなが》で……」

束の間のことでざっくりとしか覚えていない上、淳二は似面絵に慣れていない。半刻ほどかけて描き上げた似面絵は、やや面長で、やや目が大きいものの、どことなくありきたりな顔立ちになった。

「うん？」と、番人が首をかしげた。「そっくりとはいえないが、似たような顔の男が捕らえたやつらにいたような……？」

「ああそれは、その、みんなほくろがなかったので……この男には、この辺りにほくろがあったんで……」

似面絵の右頬を指さして、淳二は言った。

「それを早く言わんか」

「す、すみません」

ほくろを描き入れると、似面絵が乾くのを待たずに律は暇を切り出した。

「この方がうまく見つかるといいのですが……」

男に殺意はなかっただろう。酒や喧嘩の勢いか、はたまた男自身も誰かに押されたのやもしれない。だが過失でも人一人死したとなれば、相応の罪に問われるだろう。

言葉を濁したのは、ただの通りすがりだった有明の美央と違い、喧嘩に加わった遼太にも非があるように思えたからだ。

それでも……

遼太は涼太だったやもしれぬことを思うと、たとえ故意ではなかったとしても、男を捕らえて、その口から真相を知りたいと己も願うだろう。

太郎も腰を上げて、二人して番屋を出た。

「俺は殿のところへ帰りやすが、お律さんは？」

「私も家へ」

「そんなら神田までご一緒しやしょう」

そう太郎が言うや否や、涼太の声がした。

「お律！　太郎さん！」

みるみる番屋の前まで駆けて来た涼太が、驚き顔で問う。

「二人ともどうしてここに？」

「涼太さんこそ、一体どこへ行ってたの……？」

問い返すと同時に視界がぼやけて、律は慌てて手ぬぐいを取り出した。

八

「俺は先を急ぎやすんで、話はお律さんからお聞きくだせぇ」

「あっ、太郎さん」

涙ぐんだ律を見て夫婦喧嘩を予感したのか、涼太が止めるのも聞かずに、太郎はすたこらと両国橋の方へ去って行った。

まずは人目を避けるべく、涼太は律の肩を抱くようにして番屋の前から離れた。

「心配したのよ」

「すまなかった」

「何か、よんどころないことが起きたんじゃないかって……」

「うん、まあ、よんどころないといえなくもない……」

手ぬぐいを握りしめて、律がきっと己を見上げる。

「もしかして、六太さんたちと一緒に――」

「ち、違う。違うぞ」

花街に行ったと誤解されては敵わないと、涼太は慌てて首を振った。

じきに四ツになろうという時刻である。

青陽堂へ戻るべく律を両国橋へと促して、涼太は昨日の出来事を話し始めた。

「六太たちとは、花前屋の前で別れたさ」

茶汲み女が粒ぞろいと評判の花前屋は、藪入りとあっていつにも増して混んでいた。

ゆえに涼太は長居をするつもりはなかったのだが、女将に引き止められて、近くの飯屋の主を紹介された。茶の湯を学んでいるという飯屋の主は、自分の店でも青陽堂の茶を出したいと考えていて、涼太はしばしの商談ののち、飯屋で早めの昼餉を馳走になった。

「そのあと、日本橋へ行く前に、道すがら、もう一度女将に挨拶して行こうかと迷っていたら、南からやって来る狸を見かけたのさ」

「狸？」

「獣の狸じゃねぇぜ。ほら、お前がいろは太郎の似面絵を描いた日に、太郎さんも盗人の似面絵を二枚頼んだだろう。狢と狸って通り名の」

「ああ……」

「後をつけようと思ったら、やつの後ろに太郎さんを見つけてよ」

とっさに涼太は通りから顔をそむけた。太郎よりも、狸に顔を見られぬ方がいいと判じたからだ。

「狸をつけてたからか――先ほどの様子からしても――太郎さんは俺に気付かなかった。けどまあ、俺も日本橋に向かうところだったから、それとなく太郎さんの後を追ったんだ」

ほどなくして、太郎が足を速めて狸に声をかけた。

――そこの旦那！　ちょいとお待ちくだせぇ――

だが、気付かぬのか知らぬ振りなのか、狸は振り向きも立ち止まりもしなかった。

――ちょいと……伝八《でんぱち》さん――

ようやく振り向いた狸はぎろりと太郎を睨んだが、太郎が二言三言付け足すと、すぐさま微笑んで、二人は並んで歩き始めた。

「どうやら狸は『伝八』って名前らしい。その後の話し声はよく聞こえなかったが、もしも狸が逃げ出すようなことがあったら、俺も役に立てんじゃねぇかと、しばらくそのまま二人の後をつけてみることにしたのさ」

「涼太さんたら……」

呆れ声の律へ、涼太は苦笑で応えた。

「けどよ、もしもお前が俺だったら、やっぱりちょいとつけてみたんじゃねぇか？」

「それはまあ……でも、きっとほんのちょびっとだけよ」

律の顔がようやく和らいだことに安堵しながら、涼太は話を続けた。

芝から日本橋まで一本道だ。だが、二人は京橋を渡って二町ほどで東へ折れて、松屋橋《まつやばし》から亀島橋《かめじまばし》、二ノ橋《にのはし》から豊海橋《とよみばし》、それから永代橋《えいたいばし》を渡って深川へ向かった。

「ここまで来たからにはもう日本橋じゃなくて、深川の客を回って帰ろう、ついでに巴屋に寄って、貴彦さんに健生は達者でいると伝えて行こうと思ってよ」

此度の藪入りでは、まだ通いの七朗が健生を居候先の仲里屋へ連れて行った。歳は離れているものの、二人は互いに新参者として、実家が遠い者として、そして学問好きとして親しんでいるようである。

「それで、いつ尾行をやめようか考えてたら、なんと二人も巴屋へ向かってった」

「えっ？　どうして？」

「判らねぇ。そいつをさっき、太郎さんに訊いてみたかったんだが……てっきり狸が巴屋に泊まってんのかと思いきや、二人は周りをぐるりとしただけで巴屋を離れたんだ。もしやどちらかが俺に気付いてまこうとしたのか、巴屋やあの辺りに何かあんのか、それともただ道に迷っただけかと俺は気になって、巴屋の前でちと迷ったのさ。そしたら、巴屋から啓一郎《けいいちろう》さんが鬼の形相で出て来てよ」

「啓一郎さん？」

「お登美さんの旦那さんだ」

啓一郎は王子で追剝に襲われた登美の夫にして、日本橋の金物屋・島津屋の店主だ。

「どうして、お登美さんの旦那さんが巴屋に？」

「うん、俺も不思議に思ってな。啓一郎さんを追って貴彦さんも出て来たものだから、二人に気を取られている間に、太郎さんたちを見失っちまった」

啓一郎は足早に去って行き、その背中を見送って溜息をついた貴彦に涼太は見つかった。

――涼太さん？　どうしてここに？――

――深川まで来たものですから、ちょっとご挨拶に……その、健生はつつがなく過ごしているとお知らせに――

――それはそれは、わざわざありがとうございます――

――今のは島津屋のご主人ですね？　何か厄介事でもありましたか？――

――えっ、涼太さん、今の方をご存じなんですか？――

「貴彦さんは啓一郎さんを知らなかったのね？　一体何があったの？」

一転して興味津々に目を輝かせた律に、涼太は再び苦笑を浮かべてみせた。

「聞いて驚け。啓一郎さんは義之介《よしのすけ》という男に会いに来たんだが、この義之介ってのはどうやら余助さんらしい」

「余助さん？　――って、お登美さんを助けたあの余助さん？」

「その余助さんだ」

「どういうこと？」

「それがな……」

啓一郎は古い知己《ちき》から、義之介のことを聞いたそうである。

――杖をついていたが、義之介らしき男が巴屋に入って行くのを見た。番頭が挨拶していたから、あすこに泊まっているんだろう――と。

「それで啓一郎さんは巴屋へ来たってんだが、巴屋は義之介なんて客は知らねぇ。杖や背格好から番頭も貴彦さんも余助さんじゃねぇかと当たりをつけたが、見知らぬ者に軽々しく客のことは明かせねぇ。というのも啓一郎さんは、番頭や貴彦さんが問うても何故か名乗らなかったってんだ。加えて啓一郎さんはどうも義之介に恨みがあるようだったんで、貴彦さんは余助さんのことは伏せたまま、知らぬ存ぜぬを貫いて、啓一郎さんにお帰りいただくことにした」

　だが、啓一郎は巴屋が「義之介を隠している」となじった挙げ句、「やつにはかかわらない方がいい。ろくなことにならないぞ」と捨て台詞を残して帰って行った。

　貴彦と話して、涼太は余助が師走の半ばからもう一月も巴屋に長逗留していることを知った。余助は人当たりも金払いも良いゆえ巴屋では「上客」だったが、貴彦は啓一郎の身元を知って不安を覚えたようだ。

「余助さんに余計な疑いや迷惑はかけたくねぇが、日本橋の店主がああ言うからには、余助さんには何か裏があるんじゃねぇかとな。もしも余助さんが義之介だとしたら、どっちかに偽名を名乗ってるってことだしよ」

　それとなく余助に確かめようにも、あいにく余助は朝から留守だった。しかしながら、啓一郎の知己が巴屋を知っていたらしいことから、知己も「義之介」も深川の者ではないかと推察して、涼太は丈太郎《じょうたろう》をあたってみることにした。

　丈太郎は永代寺門前町《えいたいじもんぜんちょう》にある番屋の番人だ。涼太は顔を合わせたことはなかったが、深川の出来事に精通している丈太郎のことは、以前、律が由里の想い人だった真介の死の真相を探った折に聞いていた。

　腕試しに長女の似面絵を描いた律を、丈太郎は無論覚えていた。

「丈太郎さんが言うには、義之介は深川で生まれ育った剣士で、ちょうど二十年前、その頃噂になっていた辻斬りを斬った」

「辻斬りを……」

「その辻斬りは島津秀一郎《しまづしゅういちろう》って男で、なんと義之介と同い年の同門剣士だった」

「島津ということは、啓一郎さんの」

「おそらく父親だろう」と、涼太は頷いた。「秀一郎は、町や道場ではえらく人望があったそうだ。対して義之介はそうでもなかったらしく、みんなこぞって、義之介が秀一郎を体《てい》よく殺したんじゃねぇか、なんなら義之介こそ辻斬りじゃねぇかと疑ったらしい。だが、義之介はただ秀一郎を斬ったんじゃねぇ。孝吉《こうきち》っていう男が秀一郎に襲われるところを見かけて、人助けとしてやむなく斬ったってんだ。孝吉という証人がいたから、お上が義之介を疑うことはなかった。そして辻斬りは、秀一郎の死後ぱったりやんだ――」

しかしながら、深川では秀一郎よりも義之介を疑う声の方が多く、義之介は結句居づらくなって深川から姿を消した。

丈太郎は義之介とは面識がなく、その顔かたちは知らないが、義之介は当時二十六歳だったそうだから、年明けて四十六歳になった余助と歳が合う。加えて余助と義之介の名が似ていることや、剣術を心得ているらしいこと、杖が仕込み刃入りらしいこと、辻斬りを憎んでいることからしても、余助は義之介だと思われた。

余助は結句、昨晩帰って来なかった。余助には市中に知己が数人いるそうで、これまでにも幾度か帰らぬ日が――なんなら数日続けて留守にすることもあったが、宿代は睦月末日までまとめて払われているために、巴屋は気にかけていなかった。

「だからまだ確かめちゃいねぇんだが、余助さんが義之介とは別人ならとんだとばっちりだし、義之介だとしても啓一郎さんの逆恨みで余助さんは悪くねぇ。そう、貴彦さんに伝えようと巴屋に引き返したら、今度は親父の知り合いの米丸《よねまる》さんに出くわしてだな……」

雪永のように粋人にして茶人でもある米丸は、遠方から訪れた友人と巴屋泊まりで深川見物に来ていた。米丸もまた巴屋には「上客」らしく、結句涼太は貴彦に拝まれて、米丸たちを江戸の世間話やら茶談義やらで、夕餉を挟んで遅くまでもてなす羽目になったのだ。

「……それなら、よんどころないといえなくもないわね」

「だろう？　客間に泊めてもらって、朝餉も一緒に食って、またひとしきり茶のことやら親父のことやら訊かれた後にようやく暇を告げたんだが、店先で戻って来た奉公人から、両国の喧嘩で死人が出た、杉屋の遼太という者らしい、と聞いたんだ」

律は知らなかったようだが、杉屋も青陽堂の客だ。

賑々しい江島屋と違って杉屋は落ち着いた趣《おもむき》がある茶屋で、店の中には座敷の他、茶室まである。茶の湯も教えていて、一度きりの素人でもその真似事をさせてもらえると評判だ。若い茶汲み女が人気の江島屋とはこれまた対照的に、茶汲みは茶の湯をそこそこ心得ている男が主で、茶人や年配――殊に女性に好まれている。

「亡くなったのが本当に杉屋の遼太さんなら、店からも何か弔慰《ちょうい》を送った方がいいと思ってよ。字は違うが、同じ名前のよしみで、遼太さんとはよく挨拶を交わしたしな。それで両国の番屋で確かめてから帰ろうと思って来てみたら、お前と太郎さんが出て来たのさ」

九

「そうだったのね……」

狸に太郎、啓一郎に余助、清次郎の知己に得意先の店者のことと、驚くばかりの成りゆきではあるが、保次郎がよく「人探しの才」と称するように、涼太には何やら「人」に関するつきがある。

ゆえに律は疑うことなく頷いて、自分が両国まで来たいきさつや、番屋で似面絵を描いたことなどを話した。

「なるほどな。心配かけちまって本当に悪かった」

「まったくよ」

安堵から少しばかり拗《す》ねた物言いになった律へ、涼太は今度は苦笑を浮かべる。

「それにしても、品川行きを疑うたぁあんまりだ。俺はそんなに信用ねぇか？」

「そ、それは……あなたに限ってとは思ったけれど、殿方にはお付き合いというものがあるようですし、あのお義父さまだってたまにそういうことが……」

「けれども、親父はおふくろに黙って出かけたこたねぇぞ。それに、お律だって前に、なんの知らせも寄越さずに、よそで夜を明かしたことがあったじゃねぇか」

「えっ？」

「ほらおととし――いや、もうさきおととしになったが、お千恵さんを訪ねた後に香のところへ遊びに行って……あんときゃ、俺もまんじりともしなかったさ」

「そ、そういえば、そんなこともありましたわね」

ついかしこまって応えると、涼太はくすりとして立ち止まり、そっと律の手を取った。

驚いて見上げた律へ、涼太は手をしっかり握り直して目を細めた。

「お前が七ツまでには帰ると言ってたから、俺もそんくらいには帰るつもりだったさ。慶太にも会いたかったし、昨日は珍しくみんな留守にすると聞いてたから、夜はお前としっぽり過ごせると楽しみにしてたってのに――」

「もう、往来でよしてちょうだい」

気恥ずかしさから慌てて小声でたしなめたが、涼太は手をつないだまま歩き出す。

「なんも気にするこたぁねぇ」

まだ火事の爪痕が残る両国広小路はとうに通り過ぎて、柳原《やなぎわら》沿いは人がまばらだ。

暦《こよみ》の上では春で、立春も過ぎたが、睦月の寒さはまだまだ厳しい。殊に柳原沿いはそよ風でも身を縮こめてしまいそうになるものの、今はちっとも寒くなかった。

祝言を挙げる前、両国に夕涼みに出かけた時のことを思い出した。あの時も両国橋から柳原沿いを手をつないで歩いたが、日が暮れた後のことである。和泉橋《いずみばし》を渡る前には、薄闇の中、接吻まで交わした。

襟巻で熱くなった頬を隠し、だが涼太の手のぬくもりに改めて安堵しながら、律は更に話を聞いた。

丈太郎の記憶によると、辻斬りとして死した島津秀一郎は当時とある武家に仕官していた。仕官先でも信頼篤く、主人は自身の面目を保つためにも、ことが穏便に済むよう尽力したらしい。主人はまた、つてを頼って秀一郎の妻子をよそに移したようで、二人は義之介と前後して深川を出て行き、丈太郎はその行方を知らなかった。

「義之介や秀一郎が通っていた剣術道場は、とっくになくなったそうだ。辻斬りや人殺しを育てたと悪い噂が立った上に、道場主は結構な歳だったたから、半年と経たずに隠居することにしたんだが、主は独り身でな。誰が跡を継ぐかで門人が揉めて、結句、主は閉門を決めちまったから、門人の中には義之介を逆恨みした者がいたんだと。二十年経っても義之介を見つけたってんなら、きっとそういうやつらの一人だろうって、丈太郎さんは言ってた」

道場主を始め門人の半分ほどは既に亡くなっていて、帰郷や仕事の都合で引っ越した者と併せると、深川に残っている者はほんの一人二人らしい。

啓一郎が秀一郎の息子、余助が義之介だとすれば、余助は啓一郎には父親の仇であると共に妻の恩人でもある。

「なんとも困ったものね……啓一郎さんはまさか、ご自分が逆恨みしている義之介が、おかみさんを助けた余助さんとは思いも寄らないでしょうに」

「そうだなぁ……」

余助が義之介だと決めつけるにはまだ早いが、涼太がそう判じた理由には大いに頷ける。

でもそれなら、余助さんは私たちにいくつも嘘をついている……

名前や身元の他、友人が辻斬りに殺されたという話も偽りではないかと律は訝った。

律の疑念を見て取ったのか、涼太が言った。

「余助さんが義之介だとして、余助さんは深川に居づらくなって、上方でやり直そうとした。んじゃねぇか？　親父が七朗に話して聞かせたように、今までとは違う自分になって、暮らしを立て直そうとしたんじゃねぇかな？」

「そうね……」

「これも嘘かもしれねぇが、余助さんは深川で宿を取るのは初めてだと言ったそうだ。今までも何度か江戸に来ていたみてぇな口ぶりだったが、きっと深川を避けていたんじゃねぇかなぁ。此度は二十年も経ってつから、顔見知りにもばれねぇと思ったんだろう」

「ええ、おそらく……」

「なんにせよ、余助さんが辻斬りを憎んでいることに変わりはねぇさ。秀一郎が辻斬りなんてしなきゃ、余助さんが人を斬ることもなかった。丈太郎さんは詳しく知らなかったが、俺は、余助さんはなから辻斬りを探していたと思うんだ。そう都合良く、辻斬りに出くわすなんてまずねぇ話だ。もしかしたら、余助さんはそれより前に友達を辻斬りに殺されていて、なんなら秀一郎に当たりをつけていたのかもしれねぇ」

「そうね。そういうことかもしれないわね」

涼太の推《お》し当ては充分ありうることで、ならば身元を誤魔化すくらいはやむを得まい。不平がなくもないが、多少の嘘はお互いさまだ。

「余助さんのことはさておき、俺は太郎さんが心配だ。狸に近付いたのは、隠れ家や一味を探るためだろうが、あんまし親しくして今の身分がばれたら、袋叩きか、下手したら殺されちまうやもしれねぇ」

太郎が小倉の密偵になってから、もう二年余りになる。偽名を使っているとはいえ、稀《まれ》にでも今日のように番屋に顔を出したり、小倉や保次郎について回ったりすることがあるため気を抜けない。

八九間屋の彦次が口にした「言霊」という言葉が頭をかすめた。

「不吉なことを言うのはやめて。つるかめつるかめ……」

「すまねぇ。まあ、昨日両国泊まりだったたってんなら、もう狸の隠れ家を突き止めたのかもな。そんなら、後は小倉さまに知らせて、やつをお縄にするだけだ」

とりなすように、涼太は続けた。

「そういや、急ぎじゃねぇが、丈太郎さんが孫のお包《くる》みを注文したいと言ってたぞ。なんでも恵蔵さんにゆかりさん、寛平《かんぺい》さんにお美久《みく》さんからもお律の評判を聞いてるそうだ」

恵蔵の妻のゆかりは、以前深川に住んでいた。寛平と美久はゆかりが住んでいた長屋の大家夫婦で、恵蔵たちにはもう身寄りがいないため、二人は藪入りには寛平たちのもとへ「帰省」するようになった。

「丈太郎さんは本当に顔が広いわね」

「うん。急に恵蔵さんの名を聞いたから、俺も驚いたさ」

律が似面絵を描いた丈太郎の長女は、ちょうど一年前に嫁入りした筈だ。もしもお包みが長女の子供のためだとしたら、とんとん拍子に授かって、無事に出産したのだろう。

祝意と共に湧いてきた羨望を追いやって、律は微笑んだ。

「嬉しいわ。そういうことは早く言ってよ。近々、丈太郎さんを訪ねてみるわ。恵蔵さんたちに恥をかかせないよう、しっかり描くわ」

十

つないでいた手は、和泉橋を渡ったところで放した。

流石に此度は接吻はなかったが、橋を渡るまで律はしばらくどぎまぎして過ごした。

店先には客を見送りに出て来た作二郎がいて、律たちを認めると会釈を寄越す。路地を折れて裏口から青陽堂へ入ると、律は寝所に着替えに、涼太は佐和を探しに行った。

両国橋を渡る途中で四ツの鐘を聞き、もう半刻ほどで昼九ツになる。

疲労と安堵から仕事場で少し横になったのち、律は鞠巾着の下描きを描き始めた。

此度は藪入りを挟んだため一日早く池見屋を訪れていて、この三枚を納めるまでまだ四日ある。鞠巾着の注文は子供や女物がほとんどで、此度の三枚は意匠からして二枚が女児、一枚は男児のものと思われた。独楽《こま》が好きなのか、五つの鞠にはそれぞれ違う独楽を入れたいらしい。形や色は書付に記されているものの、念のため今井に確かめてからにしようと後に回すことにする。

昼餉を挟んで一枚分の下描きを済ませたところで、八ツには少し早いが今井のところへ上がり込んだ。

「先生、聞いてください」

「どうした、お律？」

「実は昨日――」

茶器を出しつつ言いかけた時、保次郎の声がした。

「先生、いらっしゃいますか？」

借りた本を返しに来たという保次郎は、今日は小倉を連れていた。

「小倉さんは、お律に似面絵を頼みに？」

「いえ、私はただ、広瀬に茶に誘われまして。茶屋ではなくこちらへお邪魔すると言うので、茶代の代わりに茶請けを持って参りました」

律たちに微笑んで、小倉は一石屋の包みを差し出した。

「今日は涼太さんは休まず働くそうですので、私が代わりにお茶を淹れますね」

「ああ、それなら私に淹れさせておくれ」と、保次郎。

「で、でも」

「いいじゃないか。この顔ぶれなら無礼講で」

そう言って保次郎は楽しげに、勝手知ったる茶器に手を伸ばした。

保次郎が茶を淹れる間に、今井が問うた。

「それでお律、昨日何があったんだね？　護国寺でまた何か事件でも？」

「それは……」

言葉を濁した律へ、保次郎と小倉が口々に問う。

「また護国寺で何かあったのかね？」

「一体何があったんだね？」

悪徳質屋と駕籠屋に騙されて仇のもとへ連れ込まれたり、使番《つかいばん》兼巡見使《じゅんけんし》の息子の秋彦《あきひこ》や香が攫われたり、参道で子供の二人組の掏摸《すり》を捕まえたり、保次郎の妻の詩織と共に、知らずに盗人一味の隠れ家を訪ねたりと、護国寺界隈では今までに様々な出来事があった。

「いえ、護国寺では何も……」

似面絵を片手に妻を探していた老爺や、その妻にして娘を殺したと思い込んでいる健忘の老女が頭をかすめたが、話の種にすることはなかろうと、律は首を振った。

今井はともかく、保次郎や小倉に己の嫉妬を知られるのは恥ずかしい。だが小倉の様子からして、太郎からまだ何も聞いていないようである。

「実は昨日……花前屋に出かけたきり、涼太さんが帰って来なかったんです」

律が切り出すと、三人は目をぱちくりした。

「そ、それは涼太のことゆえ……」

「何かよんどころない……」

「うむ。きっとやむを得ぬ事情があったのだろう……」

保次郎、小倉、今井と、皆一様に気まずい顔をするものだから、律は噴き出しそうになる。

「はい。皆さまご推察の通りでして、涼太さんは花前屋で狸と、狸を追う太郎さんを見かけて、自分も助太刀できないものかと――」

「狸を？」

律を遮って問うた小倉へ、保次郎と今井も続いた。

「花前屋に狸が出たのか？」

「太郎は何ゆえ狸を追っていたんだね？」

「あの、狸は狸でも獣の狸じゃありません。盗人の狸です」

「うん？　ああ、それは狢だろう。先だって、お律さんに似面絵を頼んだやつだな」

「涼太さんは狸だと言っていましたから、狸の方だと思います」

「狸の方？　どういうことだね？」

「二人の盗人の内、三十路間近の狢ではなく、還暦間近の狸の方です」

「二人？　私は狢のことしか聞いていないが？　似面絵も一枚しか……」

眉をひそめた小倉に問われて、律は同じ日に二人分の似面絵を描いたことを話した。

「それから、太郎さんは狸を『伝八さん』と呼んだそうです」

「伝八か……覚えがないな」

律は更に、二人が深川に向かったことや巴屋を一周したこと、それからおそらく両国へ向かったらしいことなど、涼太から聞いた通りを伝えたが、そうするうちに、何やら不信の念が胸を曇らせ始めた。

「太郎は藪入り前の十五日から、狢を探しに出かけていてな。常から数日顔を合わせぬことなどざらゆえ、留守を気に留めていなかった」

「昨日は両国泊まりだったと言っていました」

太郎さんはどうして、狸のことを小倉さまに隠していたのかしら？

何か、後ろめたいことがあるからじゃ……？

涼太が見た限りでは、二人は親しそうにしていた。ということは、狸はただの顔見知りではなく、かつての仲間ではなかろうかと、律は考えを巡らせた。

小倉もそう推察したらしく、つぶやくように言った。

「昔の『仕事』仲間やもな。捕らえるつもりなのか、目こぼしするつもりなのか……」

「似面絵を描いてもらったなら、捕らえるつもりなのではないか？」と、保次郎。

「しかし、それなら何ゆえ私に黙っているのだ？　もしや……」

小倉は言葉を濁したが、言外《げんがい》の思いを聞いた気がして律は下唇を嚙んだ。

……太郎さんはもしや、小倉さまを裏切るつもりでは？

律の向かいで、保次郎が険しい顔で同じ疑念を口にした。

「お前を裏切るつもりではなかろうな？　目こぼしするだけでも、火盗改には裏切りとなるぞ。まさかとは思うが、狸とまた一緒に仕事をしようなどと考えているならば――」

だが小倉は、自身や律、保次郎の疑念を払拭《ふっしょく》するように、すぐさま首を振って微笑んだ。

「いや、太郎に限ってそんなことはあるまい」

「そうか？」

「――『殿』などと呼ばれて浮かれていたやもしれんが、私は太郎を信じている。悪事に手を染めた者でも改心できると……無論、変われぬ者もたくさんいる。だが太郎は――太郎は己のしたことを悔いていて、今は私と意を同じくしていると信じている」

今井は保次郎同様、しばし険しい顔をして黙り込んでいたが、小倉の言葉を聞いて眉間《みけん》の皺を解いた。

「太郎は果報者ですな」

笑みがどこか皮肉めいて見えたのは、今井はその昔、博打《ばくち》好きが高じて結句家を潰した兄に、幾度も裏切られたからではなかろうか。

それとも、私が小倉さまの言葉を信じられずにいるからか――

火盗改として常から盗人をよく知る小倉が、太郎をこうまで信じている。ゆえに軽々しく太郎を疑った己を律は恥じたが、小林吉之助の顔がちらついて、やはり心から笑むことはできなかった。

太郎さんはともかく……

あいつも今際の際には、自分の所業を悔いたんだろうか？

だが、律にはどうしてもそうは思えなかった。

また、たとえ改心したとしても、父母を含めて十二人もの罪なき者を殺した吉之助を、己は金輪際許せそうにない。

三年前、吉之助は「病死」として内々に処せられた。

あいつが死んで、仇討ちは終わったけれど――

結句、健忘にでもならない限り、己はこの先も、何度でもこのやり場のない憎悪の念と向き合うことになるのだろう。

保次郎が淹れた茶はなかなか旨かったにもかかわらず、律はどうも楽しめぬまま、茶のひとときはお開きとなった。

第四章

照らす鬼灯《ほおずき》

一

保次郎が再び長屋へ現れたのは、五日後の睦月は二十二日だった。

「ちょっと早いが、もう町を一回りして来た後でね。あんまりうろうろして、怪しまれてもなんだから……」

すると八ツの捨鐘が鳴り始めて、律は笑みをこぼした。

「私もそろそろだと思っていたんです」

保次郎と二人して今井宅に上がり込むと、鐘が鳴り終わる前に涼太がやって来た。

「早いな、涼太」

「先ほどお客を見送りに出た時に背中をお見かけしたんで。非番で八ツが近いとなれば、きっと寄って行かれるだろうと」

「相変わらず目端が利くなぁ」

苦笑を漏らしてから、保次郎は切り出した。

「北町の藤木さんがわざわざ知らせに来てくれたんだが、藪入りの両国の喧嘩は、なんだか後味の悪いものになったようだよ」

喧嘩の最中に竪川に落ち、茶屋・杉屋の遼太という者が死した件である。

遼太の同輩である淳二の証言から、律は二人を含めた四人を川へ押しやった者の似面絵を描いた。その折に番屋にいた北町奉行所の臨時廻りの藤木は、律を「広瀬の手の者」と覚えていたために、事の始末を保次郎に知らせたらしい。

「お律さんの似面絵のおかげで、ほどなくしてそこそこ似た勇吾《ゆうご》という者が見つかったそうだ。だが、勇吾は誰も押してはいないと言うんだ。それどころか、友人がやはり押されて川に落ちそうになったところを助けた、と」

二十歳過ぎの勇吾は浅草の聖天町《しょうでんちょう》の店者で身寄りがなく、あの日は同輩でもある友人に誘われて、一之橋《いちのはし》から一里半ほど東にある同輩の実家を訪ねたという。

「友人も二親を亡くしていて、実家には祖母のみでな。早めの夕餉を済ませた後に、二人で少し遊びに行こうと、あの辺りに出かけたそうだ」

勇吾曰く、喧嘩は勇吾たちが居酒屋で少し飲んで、江島屋で酔い冷ましの茶を飲んだ後に起きた。勇吾たちはしばし見物してから帰ろうとしたが、既に見物人が増えていたため、背後の人だかりよりも喧嘩の中をかいくぐった方が早いと判じた。しかしながら、友人の巾着が喧嘩をしていた者に引っかかり、結句巻き込まれた。

「殴り合いを避けるべく、すぐさま相手に謝ってさっさと帰ろうとしたところへ、押し合いへし合いになり、他の者と一緒に川に落ちそうになった友人に手を差し伸べて、すんでで一団から引っ張り出したと言うんだ。無論、友人も同じように主張した」

「二人で示し合わせたということかね？」

今井が問うのへ、保次郎は小さく首を振った。

「それが、見物人の中に目撃者がいて、二人の言い分は概ね本当のようなのです。概ねというのは、この者は二人が喧嘩に巻き込まれたところは見ていなかったのですが、勇吾が友人を助けようとしたところを目撃していて、勇吾は押した側ではないと証言したそうです。勇吾は店や町での信頼篤く、友人や祖母はもちろん、友人の実家の長屋でも好かれているようです。勇吾は後先考えずに喧嘩をしたりしない、万が一にも——誤りでも人を死なせてしまったら、必ず正直に名乗り出る筈だと、皆が息巻いて証人を探して回ったそうです」

「だが、二人はあの日、あの場から逃げたんだろう？」

「友人が祖母を案じたそうです。人死が出たとなれば、この場にいた皆が罪に問われるやもしれない。そうなれば祖母はどんなに心を痛めることかと……四人が川に落ちたのは自分たちのせいではなく、むしろ自分もあわや落ちるところだったのだから、ここはもとからそうしようとしていたように速やかに去ろうと、友人が勇吾へ言ったとか」

茶を差し出しながら、今度は涼太が問うた。

「けれども、淳二さんは、勇吾が押しやったのを見たんでしょう？　勇吾の味方が探してきた証人が、嘘をついているってこたないですか？」

「それがな……勇吾が淳二の見間違いだと言い張って、番人と共に杉屋を訪ねたところ、淳二は勇吾は自分が見た者に似ているが『明言はできない』と言ったそうだ」

「なんだそりゃ」

「でも」と、律も口を挟んだ。「多少記憶が曖昧《あいまい》だったとしても、そこそこ覚えていたから、そこそこ似た似面絵になったんですよ。ほくろだって合ってたんですよね？」

「そうなんだ。ゆえに勇吾も番人も呆れてな……何ゆえ淳二は嘘をついたのか、酔いや喧嘩の中でそう思い込んでしまったのか、それとも他にも似面絵に似た者がいたのかと二人して思い巡らせたのち、兎にも角にも番屋へ戻った。勇吾は奉公先に帰ることを許されて、店や町の者に淳二の言い分を話した。すると、話を聞いて腹を立てた町の者が反対に淳二の身辺を探って、淳二が実は遼太を妬んでいたことが判った」

「えっ？」

「なんと」

声を重ねた律たちばかりか、今井まで驚き顔になる。

「信じられやせん……そんなら、もしかしたら喧嘩のどさくさに紛れて、淳二さんが遼太さんを？」

「その見込みは充分ある」

「でも、淳二さんがそんな……淳二さんはどちらかというと物穏やか、遼太さんはお調子者と、二人は性格は違いやしたが、同い年で互いに身寄りがいないからか、仲が良さそうに見えやした」

「そう聞いたよ。遼太はお調子者で喧嘩っ早かったにもかかわらず、愛嬌があって、女客に好かれていたそうだな。隣町に言い交わしていた者もいたとか」

「そうなんで？」

「うむ。蕎麦屋の娘で、のちの藪入りには遼太は婿入りする筈だったと聞いた」

おずおず律は横から問うた。

「……もしや、淳二さんはその娘さんに懸想していたのでは？」

「そうらしいが、妬み嫉みはそれだけじゃない。杉屋の主は遼太よりも淳二を買っていたようなんだが、おかみさんは遼太を贔屓していたみたいだ。主や他の奉公人はだんまりだったが、おかみさんや女客は淳二の不満に気付いていて、探りに来た者に漏らしたそうだ」

淳二の方が顔立ちが良く、茶の湯も遼太より心得ていた。にもかかわらず、多くの客が自分よりも遼太の給仕や茶を褒め称えることや、長らく懸想していた蕎麦屋の娘が遼太を伴侶に望んだこと、更には遼太があっさりと――おかみ曰く「茶の湯を捨てて」――蕎麦打ちになると決めたことなどに、不満を募らせていたというのである。

「しかもあの日、淳二は最後の藪入りを共に過ごそうと遼太にせがまれて、あまり気が進まぬままに出かけたらしい。遼太の懐には手絡が入っていて、淳二曰く、日本橋の小間物屋で遼太が蕎麦屋の娘への贈り物として買ったそうだ」

遼太に悪気があったかどうかは判らぬが、淳二には腹立たしい一日だったようだ。

「淳二さんは、勇吾さんを悪者にするつもりはなかったんじゃないでしょうか？　似面絵を描いた時、淳二さんはほくろのことを言わずにいて番太郎さんに叱られましたが、今思えば、捕まった人たちが人殺しの罪に問われないように、逃げた勇吾さんの顔を——知ってか知らずか——思い浮かべながら、私に似面絵を描かせて誤魔化そうとしたのかと……でも、番太郎さんが『似たような顔の男が捕らえたやつらにいた』と言い出したから、とっさにほくろのことを口にしたんじゃないでしょうか？」

「うむ」と、今井が頷いた。「ほくろの有無《うむ》がことを左右したのだろうが、淳二はまさか似面絵の男が見つかるとは思わなかったのだろうな。それもこんなにも早く……いや、そもそも似面絵自体が淳二には思わぬ出来事か。人相書だけだったなら、もっと誤魔化しが効いただろう。押した者を見た、と言ったのは自分が疑われぬように、それから万が一にも下手人《げしゅにん》不明で、皆一様に罰せられぬよう考えてのことではないか？」

「淳二さんを庇うつもりはありませんが、淳二さんは酔っていた遼太さんが喧嘩に加わるのを止めたと言ってました。『他にも調子づいた』者がたくさんいた、とも」

「それが最後の『一押し』だったのかもな……」

つぶやくように涼太が言うのへ、「そうだな」と保次郎も頷く。

「遼太はまったく泳げなかったそうだ。対して淳二は少しなら泳げるらしい。二人が押されたことは確かだろうが、勢いに任せて遼太を道連れに落ちることも、泳げぬ遼太を見捨てることも――なんなら、それと判らぬように遼太を沈めることも、淳二にはできただろう。だが、二人がどのように落ちたのか、遼太がどのように溺れたのかを見た者はいない」

「じゃあ、淳二さんは――」

「お咎めなしになりそうだ。勇吾も、他の喧嘩に加わった者も……淳二と遼太に庇われた者と、初めに殴りかかった者は二人を覚えていた。つまり、遼太が自ら喧嘩に加わったという証人はいる。だが、故意でもそうでなくても、遼太を川に落とした者は不明のままだ。あの喧嘩はそもそもつまらぬ言い争いが発端で、遼太の他は皆ちょっとした傷や痣《あざ》――喧嘩両成敗の内で済んだ。残念ながら、遼太のみが不運で死したということになりそうだと、藤木さんは言っていた」

「それはそれで、遼太さんが浮かばれねぇような……」

「藤木さんはこうも言った。お上からはお咎めなしでも、淳二はただでは済むまいと」

「天罰でも下るってんですか？」

「その前に、杉屋をお払い箱になるやもしれんとのことだ。遼太を贔屓にしていたおかみや客、それから蕎麦屋の娘も、こぞって我々と同じように推し当てて、淳二を避け始めたらしい。客足にかかわるようになったら、店主も庇い切れなくなるだろう」

保次郎の言葉を聞いて、涼太は大きく溜息をついた。

「……いやはや、やりきれやせん。俺も大いに淳二さんを疑っていやすが、淳二さんを信じたい気持ちも残っていやす」

「そうだな。淳二の言い分は全て本当で、勇吾のことは見間違いか思い込みやもしれん。ならば、真に不運なのは淳二やもな……」

淳二が店を追われるやもしれぬと聞いて、律は義之介を思い出した。

義之介は正しいことを——悪者を成敗したにもかかわらず、口さがない人々のせいで、結句生まれ育った深川を去る羽目になった。

義之介さんなら、淳二さんの言い分を信じたかもしれない……

律たちの推し当て通り余助が義之介ならば、この事件をどうみるか問うてみたいものだと律はぼんやり考えた。

二

二日後の昼下がり、鞠巾着を描き終えた律は深川へ向かった。

お包みの注文のためである。

道中で杉屋の様子を見に行こうかとも考えたが、野次馬にはなるまいと思い直した。また、深川までは——殊に丈太郎の番屋がある永代寺門前町までは、行って帰るだけで一刻半はかかるため、寄り道する時はあまりない。

此度は和泉橋から神田、小伝馬町《こでんまちょう》を抜けて、永代橋を渡って深川に入った。道に疎《うと》い律でも、永代寺への道のりは知っている。丈太郎がいる門前町の番屋まで迷わずたどり着くと、表にいた丈太郎が手を振った。

「早速《さっそく》来てくれたんだね」

「先日は、うちの人がお世話になりました」

丈太郎は道を訊ねに寄った者を相手にしていて、律はひととき番屋の中で待った。

丈太郎の孫はやはり長女の子供で、三日に生まれたばかりだそうである。

「ほんにおめでとうございます」

「あんがとさん。旦那さんから聞いただろうが、女の子でよ」

「そうだったんですね。うちの人からは孫としか聞いていませんで……」

赤子について詳しく語らなかったのは、己への思いやりだろう。

「でも、意匠は迷っているとお聞きしました」

「そうなんだ。旦那さんは、お律さんはなんでも描くと言ってたが、なんでもっつっても限りがあるだろう？」

「それは、まあ……」

地獄絵ではなかろうが、一体どんな意匠が念頭にあるのかと律はやや身構えた。

「たとえば、千手観音《せんじゅかんのん》さまは描けるかい？」

「千手観音さまですか」

地獄絵ほどではないが、思わぬ意匠ではあった。

「おう。千手観音さまは子年生まれの守護本尊だからな。大黒《だいこく》さまも捨て難《がて》えが……」

大黒神は大国主命《おおくにぬしのみこと》であり、こちらは子年生まれの守護神である。

「お望みならどちらでも描きますよ」

「そうかい」

安堵の表情を浮かべてから、丈太郎は更に問うた。

「お律さんならどうする？」

「私ですか？」

「お律さんならどんなお包みにする？　なんでもいいぜ、観音さまや大黒さまじゃなくてもよ。もしも、お律さんに娘が生まれたら？」

丈太郎の問い方からして、律に子供がまだいないことを知っているように思われた。おそらく涼太に子供の有無を問うたのだろう。

「もしかして、うちの人にも同じことを問いましたか？」

「まあな」

「うちの人はなんと？」

「お律さんに任せるってよ。お律さんの好きなように描いてもらえば間違ぇねぇと……とはいえ、俺にとっちゃあ初孫《はつまご》だからよ。なんかこう、とびっきり縁起のいいものにしてやりてぇのよ」

「それで観音さまか大黒さまを……」

「うん。旦那さんに頼んだときゃ、干支か花かと思ったんだが、後で観音さまや大黒さまはどうかと思いついてな。女房にも相談してみたが、あんましいい顔はされなかった。意匠もそうだが、そんな大層なものを描いてもらったら、着物よりも値が張るお包みになるんじゃねぇかと案じてな」

「一面に描くとなれば、相応の代金をいただきますが、たとえば私の親友には、これくらいの干支を描いたものにしました」

そう言って、律は拳大《こぶしだい》の大きさを示して見せた。

「これくらいでしたら、絵は一朱、後は絹か木綿《もめん》か、下染めするかしないかなどで値段が変わって参ります」

「ふむ」

「観音さまや大黒さまはとびきり縁起が良いですが、私なら赤子、それも女の子なら、愛らしいものを着せたいので、花か鳥か……花なら時節柄、梅、寒菊《かんぎく》、福寿草《ふくじゅそう》、鳥なら鶯、四十雀《しじゅうから》、寒雀など。干支の鼠も、いくらでも愛らしく描けます」

「ううむ」

「観音さまや大黒さまなら、お姿そのものよりも、お二方にちなんだ蓮華《れんげ》や打出《うちで》の小槌《こづち》などはいかがでしょうか?」

千手菩薩観音には、観音の王を意味する「蓮華王」という別名がある。

「そうか。蓮華もいいな。むむむ……」

顎に手をやって丈太郎はひとしきり悩み、やがて小さな溜息と共に言った。

「そんなら、やっぱり福寿草にすっか……」

「やっぱり?」

「実は、孫の名が富久《ふく》ってんだ。富岡八幡宮《とみがおかはちまんぐう》の富に幾久《いくひさ》しくの久と書いてよ」

「そうですか。それなら福寿草がぴったりかと」

「女房もそう言っててよ……ちっ。お律さんのお薦めと思やあいいが、女房の思い通りかと思うとなんだか癪だ」

「そ、そうですか」

舌打ちすれど、愛嬌たっぷりのむくれ顔に律が噴き出しそうになると、丈太郎もすぐさま苦笑を漏らした。

結句、意匠は福寿草で、絹に多少汚れても目立たぬような下染めをすることになった。

「細けぇことはお律さんに任せるよ」

「ありがとうございます。下染めがあるので半月はかかると思いますが、なるべく早くお届けできるよう努めます」

他に人が来ないのをいいことに、律は改めて義之介のことを訊ねた。

「俺もあれから気になって、少し訊ねて回ったんだ。義之介と秀一郎がいた森山《もりやま》道場の者で、今もまだ深川に住んでんのは、海辺大工町《うみべだいくちょう》の源治《げんじ》さんってお人だけだ。もう還暦近い年寄りでな。この源治さんが言うには、少し前に昔の道場仲間が深川を訪ねて来て、義之介を見かけたらしい。だから、巴屋に義之介のことを訊いたのは、このお人じゃねぇかな」

涼太は島津屋の啓一郎のことは、丈太郎に明かさなかった。ただ、誰かが「義之介」を探して巴屋を訪ねて来たこと、その者は義之介をよく思っていないようで、巴屋の貴彦に忠告して去ったことなどしか話していないと律は聞いている。

「それから、秀一郎の息子は啓一郎という名前だそうだ。これは道場があった町の者から聞いた。源治さんは啓一郎の行方を知っているようだったが、名前も含めて俺には教えちゃくれなかった。義之介を見かけたっていう昔の仲間の名前もな」

「そうですか……」

相槌を打ちながら、律は思い巡らせた。

——これで島津屋の啓一郎さんが、辻斬りの島津秀一郎の息子だとはっきりした。

啓一郎さんに義之介のことを知らせたのは、源治さんか「道場仲間」だろう……

「ああ、そうだ、もう一つ。義之介が助けた孝吉ってのは、南茅場町《みなみかやばちょう》の伊勢屋《いせや》って麩屋《ふや》の者で、今も伊勢屋にいるみてぇだ」

丈太郎からそう聞いて、律は義之介——ひいては余助への疑念を払拭するために、孝吉を訪ねてみることにした。

三

永代橋を渡る前に七ツの鐘を聞いた。

律はやや足を速め、続けて豊海橋を南へ渡って、南新堀町《みなみしんぼりちょう》をしばし歩いた。

霊巌橋《れいがんばし》を渡って南茅場町に足を向けると、町に入ったところで男の声に呼び止められた。

「お律さん。お律さんじゃないですか？」

男は涼太より背が高く、美男というほどではないが、きりりとした顔立ちだ。

ただし見覚えがない者ゆえに、律は顔をこわばらせて男を見上げた。

「あの……」

「ああ、申し訳ない。私は永之進《えいのしん》と申します。涼太の友人です」

涼太が「永さん」と呼んでいる跡取り仲間である。といっても、永之進はとうに店を継いでいて、もう「跡取り」ではなくれっきとした店主だ。

永之進はもう大分前に、涼太が律と二人の子供を連れて行くところを見かけたという。

「ええと、三年――いや、四年前の師走だったかな」

母親に捨てられた弥吉《やきち》と清《きよ》の兄妹を、深川に送って行った時のことのようだ。

「よく判りましたね。うちの人も人の顔をよく覚えている方ですが、驚きました」

「ははは、涼太には敵いませんよ。お律さんは特別です。あの涼太が女連れどころか子連れだったんで、あの時つい何度も盗み見てしまいました。それから、着物と襟巻も今日と同じ物をお召しだったような……」

律は今日は、昔から持っている吉岡染《よしおかぞめ》の袷を着て来た。襟巻は一つしか持っていないため、四年前も同じ物を巻いていたに違いない。

師走のことゆえ、四年前といっても時間にして三年余りだ。それでも、あれからもうそんなに時が過ぎたのかと、律は内心再び驚いた。

「皆で集まらなくなって久しいですからね。時折挨拶は交わしていますが、それも季節に一度あるかないか……他の三人のこともご存じですよね？」

「確か、扇屋の勇一郎《ゆういちろう》さん、本屋の則佑《のりすけ》さん、瀬戸物屋の雪隆《ゆきたか》さん――勇一郎さんとはお目にかかったことがあります」

「勇一郎から聞きました。あいつとおのとさんをまとめるのに、一役買ってくれたそうですね。定廻りの広瀬さまのご新造《しんぞう》さまとご一緒に」

「では、勇一郎さんとおのとさんはもう祝言を？」

「いいえ」

首を振って、永之進は苦笑を浮かべた。

「勇一郎のおふくろさんはまだしも、おのとさんもいまだ祝言にうんと言わないとか」

のとは勇一郎が神田明神の近くに囲っていた恋人で、律が出会った時には身ごもっていた。母親になることを恐れて、のとは一度は勇一郎のもとから逃げ出したが、ほどなくしてよりを戻し、出産まで鉄砲町の丈右衛門に世話になると言っていた。健生を「見定めた」丈右衛門は、涼太の祖父ばかりか勇一郎の祖父とも昵懇《じっこん》だった。

「赤子が無事に生まれるまでは、姑とのいざこざや祝言など面倒なことはごめんだとおのとさんは言っているようです。勇一郎はそれではもしもの折にはおのとさんがまたいなくなってしまうのではないかと恐れて、なんとしてでも近々祝言を挙げると言っていましたが、それも少し前のことで……今はどうなっているのやら」

「言われてみれば、私がお目にかかった時は悪阻《つわり》の真っ最中でしたから、もう生まれていてもおかしくありませんね」

「ええ、もしかしたら今日にでも。しかし、あの勇一郎が父親になるとは、まだどうも信じられません。まあ、それは私自身もだが……」

永之進は律たちより半年ほど前の、一昨年の春に祝言を挙げている。

「おかみさんも、おめでたなんですね？」

「はい。生まれるのはまだ先になりますが、お腹はもう大分大きくなりましてね。雪隆、勇一郎、私ときて、次は涼太が親になるんじゃないかと、則佑が寂しがっていました」

「う、うちはまだ……」

流産したことを知っているのか――それとも他に何かあると踏んだのか――永之進は一瞬気まずい顔を見せたが、すぐに微笑んだ。

「なんにせよ、せめて勇一郎より先に祝言を挙げてやると、則佑は息巻いていました」

「ということは、則佑さんにもいい人がいらっしゃるんですね？」

「いいえ」

再び永之進があっさり首を振ったので、律は目をぱちくりさせた。

「ですが、正月に会ったきりだから、今頃は誰か意中の者を見つけたやもしれません。あいつは実に惚れっぽい男ですから」

にっこりした永之進に、律もつられて笑みをこぼす。

「引き止めてしまってすみません。日本橋への道中ですか？」

「実は伊勢屋を訪ねて来たんです。南茅場町の……ご存じですか？」

「伊勢屋というと、蒟蒻《こんにやく》屋ですか？　それとも魚屋ですか？」

「麩屋なんですが……」

俗に「火事、喧嘩、伊勢屋、稲荷に犬の糞《くそ》」といわれるほど、江戸市中には「伊勢屋」が多い。

「ああ、それなら蒟蒻屋だ。麩屋なんですが、蒟蒻の方が人気なんで、この辺りじゃ蒟蒻屋と呼ばれているんです。案内しますよ」

麩も蒟蒻も材料を踏みつけてこねるため、店や振り売りは両方商《あきな》っていることがある。伊勢屋は一町ほど西へ歩いたところにあった。そこそこ大きな店で、既に暖簾は下ろされていたものの、戸口の向こうは店仕舞いで賑々しい。

永之進が声をかけると、四十路過ぎの店主と思しき者が出て来て会釈する。

「暖簾を下ろした後にすみません。知り合いが伊勢屋さんに用があると言うので、案内して来たんです」

「さようで。お麩はありますが、蒟蒻は売り切ってしまいました」

「あ、あの、孝吉さんという方にお訊ねしたいことがありまして……」

「孝吉に？　お訊ねしたいって、何をですか？」

「二十年前の辻斬りのことです」

「そりゃまた……どうしてあなたが？」

眉をひそめた店主へ、永之進が言った。

「頼みます。この人はお律さんといって、怪しい人じゃありません。その反対です。旦那さんは神田の青陽堂の若旦那で私の友人、二人とも定廻りの広瀬さまやそのご新造さまと昵懇の間柄なんです」

「永さんがそう言うなら……」

店主が孝吉を呼びに行く間に、律は小声で礼を言った。

「ありがとうございます」

「なんのこれしき。お上の御用とは知らなかった。てっきりお麩を買いに来たのかと――内緒話なら遠慮しておきますが、私がいた方が話を聞きやすいかもしれないですよ」

「お願いします」

やがて戻って来た店主は、律たちを奥の座敷へいざなった。

孝吉は座敷で待っていて、硬い顔で律と永之進に小さく頭を下げる。

互いに名乗り合うと、孝吉がおずおず切り出した。

「辻斬りの、何をお訊きになりたいんですか？」

「事の次第を詳しく知りたいのです。――実は、私の母も辻斬りに殺されたんです」

永之進も孝吉と共に息を呑んだ。

律は父母が九年前に王子で辻斬りに遭ったこと、母親は殺され、父親も手に怪我を負ったことを話した。義之介や秀一郎の名を出すよりも、その方がもっともらしく、公平な話が聞けるのではないかと判じたからだ。

「両親を襲った辻斬りは、いまだ捕まっておりません。ですから、辻斬りの話を耳にするとなんだか気になってしまって、ついでの折にお話をお伺いしているんです」

まったくの嘘ではないからか、落ち着いて話すことができた。

——まったくの嘘はすぐばれる。嘘をつくときゃ、ちぃとばかりほんとのことを混ぜるといいのさ——

まだ仇討ちを考えていた頃に、四郎という上方から来た男から聞いた助言が頭をよぎった。

四郎は律の目の前で、四郎を弟の仇として上方から追って来た男に刺し殺された。

四郎は仇の小林吉之助の探索を申し出てくれたり、巾着を注文してくれたりと、律にとっては「善人」だったが、同輩を博打に誘ったり、やくざ者の遣い走りをしていたりと、世間ではどちらかというと「悪人」だった。

義之介や秀一郎はどうだったのだろう——と、律は孝吉の顔を窺った。

律と永之進を交互に見やって、孝吉はおもむろに話し始めた。

「……およその話はご存じかと思いますが、私を襲った辻斬りは島津秀一郎という剣士でして、その場で義之介さんという別の剣士に斬られて死にました。その一年ほど前から、二月に一度くらい大川沿いでは辻斬りがあったのです」

孝吉は当時十五歳で、夕刻に回向院に麩と蒟蒻を届けに行った帰りだったという。

「回向院でも、帰りしな注文を取りに寄った広小路の得意先でも引き止められて、結句、広小路を出たのが六ツ半ほどで……得意先に提灯を借りました。辻斬りに遭ったのは広小路の少し南で、小屋敷に差しかかった辺りでした。後ろから、藪から棒に『そこの者、これを落としたぞ』と声がして、私は飛び上がるほど驚きました。灯りや足音どころか、なんの気配も感じなかったので、何を落としたかというよりも、物《もの》の怪《け》か何かかと――」

とっさに振り返った孝吉は、提灯の向こうに侍を見た。

「ほっとしたのも束の間、抜き身が光って斬りかかられました。後のことはあっという間でして……私の後ろ――つまり行く手から現れた義之介さんが秀一郎に小柄《こづか》を投げつける間に、私は提灯ごと尻餅をつきました。腰が抜けたんです。秀一郎が小柄をよけたことや、ちょうど私が後じさったところでしたので、秀一郎の太刀は空《くう》を切りました。そのほんの僅かの隙に、義之介さんは間合いを詰めて秀一郎へ斬りつけました。秀一郎ははね返しましたが、義之介さんは次の太刀で秀一郎を仕留めました」

――お前は……何ゆえ……――

事切れる前に秀一郎がそうつぶやいたことから、義之介を認めたと思われる。

「義之介さんも驚いていました。知り合いどころか、同門剣士だと言われて、私も驚きましたよ。後からやって来た者たちも……義之介さんは辻斬りを成敗できないものかと、時々辺りを見回っていたそうです。とはいえ殺すつもりはなく、できるものなら峰打ちか少し斬りつけるくらいで捕らえたいと考えていたそうですが、秀一郎は義之介さんと同じくらい腕の立つ剣士だったそうで、一太刀目で相打ちも覚悟して、とても手加減できなかったと……また、一人で見回るには限りがありますから、日によって大川の西か東かどちらかのみだったそうなので、私はほんに幸運でした。義之介さんはどちらかというと無口で、お世辞にも愛想がいいとはいえないお方でしたが、紛うかたなき私の命の恩人です」

孝吉の話から、見間違いや誤解はなく、義之介が孝吉を救ったことは確かだと判って律は安堵した。

孝吉はまた、義之介が道場や町の者に疑われ、結句深川を去る羽目になったことに心を痛めていた。

「私も二十年前に、秀一郎のおかみさんや、やつの友人知人に疑われ、罵《ののし》られましたよ。本当は義之介が辻斬りで、秀一郎は返り討ちに遭ったんだろう、お前は義之介に脅されたか丸め込まれたかして、嘘の証言をする代わりに命を助けてもらったんだろう――とね。息子やおかみさんにとっては秀一郎は良き父、良き夫だったんでしょう。ただ、やつには裏の顔があった……やつが、過去の辻斬りの下手人だったかどうかは定かではありません。あれがやつには最初で最後の辻斬りだったやもしれません。しかし私を殺そうとしたのは秀一郎で間違いなく、あのあと大川沿いの辻斬りはぱたりとやみました」

四

孝吉に礼を言って永之進と表へ出ると、辺りは随分暗くなっていた。

八ツを過ぎた頃から陽は翳っていたが、雲の厚さが増してきたように思われる。

「雨になりそうですね。傘をお貸ししましょう。なんなら提灯も」

「ありがたいですが、急げばなんとかなりそうです。どうかお気遣いなく」

「そうですか。ではお気を付けて。涼太によろしく」

改めて永之進に礼を告げると、律は伊勢屋を後にした。

南茅場町を少し西へ行ったところにある海賊橋《かいぞくばし》を渡り、堀沿いを北へ歩いて江戸橋を渡る。大伝馬町《おおてんまちょう》を抜けた辺りで、六ツの鐘が鳴り始めた。

鐘を待っていたかのごとく、ぐんと暗さが増して、律は更に足を速めた。

皆帰りを急いでいるようで、通りには灯り始めた提灯がいくつも揺れている。

辻斬りの話を聞いたばかりゆえに、ちらほら人がいることは心強い。だが灯りばかりが浮き彫りになり、人影が徐々に薄闇に溶け込んでいく様が律には恐ろしく、ふとすると、まるで己も身体を失いつつあるように――魂だけになりつつあるように――感ぜられた。

通りすがりの岩本町で、基二郎から提灯を借りようかとも考えたが、家までもう四半里もないと思い直す。

柳原に出ると街灯りがなくなって、足を緩めざるを得なくなった。和泉橋から相生町までは慣れた道のりだが、いつもの倍ほども遠く感じた。

長屋の木戸をくぐり、勝手口の方から青陽堂へ戻ると、ちょうど廊下を折れて来た涼太と鉢合わせた。

「遅かったな」

不機嫌を隠さずに涼太が言った。

「すみません」

「心配したぞ。何かよくないことが起きたんじゃないかと――」

「ごめんなさい。これでも急いで帰って来たんです」

再び謝ると、涼太はようやく愁眉《しゅうび》を開いて今度はからかい口調で問うた。

「それで、どんなよんどころない事情があったんだ?」

「それが、よんどころないとまではいえないかもしれないけれど……」

「なんだと?」

問い返した涼太が苦笑を浮かべるのへ、律も苦笑で応えた。

「夕餉の後にゆっくり話すわ。みんなを待たせちゃ悪いもの」

「うん、後でゆっくり話そう」

夕餉ののち、律は寝所で孝吉を訪ねたことを話した。

「ははは、そんならよんどころないといえねぇこともねぇ。俺がお前でも伊勢屋に寄ってったさ。永さんも元気そうで何よりだ」

「永之進さんが口添えしてくださって、本当に助かったわ。私一人だったら、門前払いをくらったんじゃないかしら」

「そりゃ、藪から棒に見知らぬおかみが訪ねて来たら、うちだって構えちまうさ。ましてや辻斬りについて問われりゃな」

「あなたの推し当て通り、義之介さんは辻斬りを成敗しようとしていたそうよ」

「きっとその頃は、似たように辺りをうろついていた剣士がいたんだろうな。秀一郎も見回りを装って、獲物を探していたのやも……なんにせよ、もうとっくにかたがついたことなんだ。啓一郎さんもその道場仲間とやらも、逆恨みは忘れて、義之介を捨て置いてくれりゃあいいのにな……」

つぶやくように言って、涼太は続けた。

「俺は、やっぱり余助さんが義之介だと思うんだ。実は八ツに広瀬さんがいらしてな。益蔵を捕まえたってんだ」

上方の人殺しで、余助が見かけたことがあると言っていた者である。

「師走に余助さんから話を聞いてから、広瀬さんたちは新大坂町の前田屋を探っていたそうだ。お前が描いた似面絵も見せながら辺りで訊き込んでみたら、似たような男が出入りしていたらしいんだが、前田屋が知らせたのか、一向に姿を見せなかったんだとさ」

貸し物屋の前田屋は、益蔵はあくまで客だと言い張った。幾度か訪ねて来たことはあったが、いつも店にない高価な物や奇抜な物を所望して、結句一度も取引したことがないと、今尚しらを切り続けているらしい。

「無論、広瀬さんたちは信じちゃいねぇがな。けれども、益蔵が現れないんじゃ埒《らち》が明かねぇと途方に暮れてたら、四日前に北町に投文《なげぶみ》があったそうだ」

「投文?」

「三日後の睦月は二十三日——つまり昨日の暮れ六ツに、益蔵が伊勢町の『五十鈴《いすず》』って料理屋に『きちょう』に会いに現れる……というようなことが、かなで書かれていたとか」

「きちょうって、あの帰蝶さん? 帰蝶座の?」

「いいや。まあ、先を聞いてくれ」

首を振って、涼太はもったいぶった。

「北町が帰蝶座の帰蝶さんと五十鈴に確かめたところ、帰蝶さんはまったくかかわりがなかったが、五十鈴には『帰蝶』という名で席料と飯代を前払いした男がいた」

「男の人が……」

「五十路くらいの杖をついた男だったらしい」

「えっ、それじゃあ余助さん――」

「俺もそう思う。五十鈴の者は『きちょう』と聞いて思わず問い返したが、男は名は雅号《がごう》のようなもので、大事な客をもてなすためだと言ったそうだ。それで五十鈴の者は、もしかしたら帰蝶座の遣いだろうか、なんて考えながら『帰蝶』と漢字で記したってんだ。それで北町の皆さんは、益蔵が帰蝶さんに会いにのこのこやって来たと思っているらしいが、俺と広瀬さんは、余助さんが鬼灯の字を『きちょう』と当て読みしたんじゃないかと考えてる」

投文は全てかなで書かれていたため、しかとは判らぬが、律は涼太の勘働きを信じた。

益蔵は投文の通りに、昨晩六ツに五十鈴に現れ、店の中や近所で見張っていた北町奉行所の者たちに捕らえられた。しかしながら、投文が北町に届いたのはおそらく月番ゆえで、益蔵逮捕には保次郎が余助から聞いた話や律の似面絵が大いに役立ったとして、早々に南町奉行所にも知らせが届いたそうである。

「でも、それなら余助さんはやっぱり、益蔵を知っていたのね」

「おそらくな」

「一体、どうして知っていたのかしら？　相手は人殺しよ」

「それなんだが……広瀬さんが言うには、巷には知る人ぞ知る――こう言っていいかどうか判らねぇが、正義の味方のような人殺しがいるらしい」

「人殺しが正義の味方？　どういうことなの？」

「金で仇討ちを請け負って、晴らせぬ恨みを晴らしてくれるってんだ。『仕掛人』なんて呼ばれているらしいが、ほんとのところは判らねぇ。だがもしかしたら、余助さんはそういった裏稼業にかかわるお人かもしれねぇと」

保次郎の言うこととはいえ、「知る人ぞ知る」だの、「正義の味方」だの、戯作《げさく》のようで律にはにわかには信じ難い。だが、仇討ちの代人や、義憤に駆られての人殺しはありうる話である。

余助さんが義之介さんだとして――

二十年前に辻斬りを斬って生まれ故郷を追われたにもかかわらず、今もって、陰ながら悪人退治に尽力しているのかと、律はますます余助という人物に興味を抱いた。

五

四日後の朝五ツ過ぎ――

余助が再び仕事場に現れて、律は驚いた。

「仕事中にすんまへん。少しお話しさしてもらえまへんか？」

余助は今日は手にした杖の他、細長い風呂敷包みを背負っている。

「……どうぞお上がりください。私も、余助さんとお話ししたいと思っていました」

「そら光栄や」

杖をそっと上がりかまちに置き、風呂敷包みを下ろすと、余助は遠慮がちに草履を脱いだ。

「今、お茶を淹れますね」

「おおきに」

上方言葉で言ってから、余助は笑って江戸言葉になった。

「そうだ。お律さんにはもう、上方言葉を使わなくてもいいんだったな」

「やっぱり、余助さんは義之介さんだったのですね？」

「ご推察の通りだ。流石お上御用達の似面絵師――おみそれしました」

ややおどけて応えてから、余助は律が広げていた鬼灯の下描きを見やった。

「見たところ、鬼灯の着物はこれからかね？」

「ええ。これから少しずつ描いていこうかと」

一昨日、池見屋から受け取った鞠巾着の注文は二枚のみだった。

――「飽きられた」というにはまだ早いと思っているけれど、注文が減ってきたことは確かだね。今まで通り、五日に三枚ってのは難しくなるやもしれないよ。まあ、この先五日に二枚、いや一枚になったって、月におよそ六枚なら悪くない。鞠巾着が流行りからあたり前になるよう踏ん張ってみな――

二枚、と聞いてついうろたえたが、類の言葉を聞いて落ち着くことができた。

巾着を描き始めて、今年で三年目になる。季節に合わせて注文してくれた客もいたそうだが、一人でいくつも持つ物ではない。「踏ん張ってみな」と言われたところで、今のところはこれまで通り、手を抜かずに描いてゆこうと決意したのみだ。

その注文の二枚は一昨日と昨日で既に仕上げてあり、空いた時を無駄にせぬよう、今日は再び鬼灯の意匠に取り組むべく紙と墨を支度したところである。

律が淹れた茶を一口含んで、余助は微笑した。

「実に旨い。いやはや、先だっては定廻りの旦那の手前、慌ててしまって、茶を味わうどころじゃなかったからな」

上方言葉では愛嬌たっぷりだった「隠居」の余助は、どうやら芝居だったようだ。江戸言葉の余助は「剣士」らしく、穏やかな物言いの中にも芯の強さが感ぜられ、顔つきまで違って見える。

「前に、目貫が見たいと言ってただろう」

風呂敷包みを開き、余助は取り出した脇差しを律の前へと置いた。

柄巻《つかまき》の下に目を凝らすと、二つの鬼灯が見える。大小というほどではないが、やや異なる大きさで、寄り添うように並んでいる。

「裏はこのようになっていて、表とはまた違った味わいがある」

形や大きさは表と変わらぬが、裏は透かし鬼灯だ。透かしといっても、小さな目貫ゆえに穴は空いていない。だが彫りが細かく、丸い実が葉脈《ようみゃく》の向こうに「透けて」見える。

「よかったら、手に取って見てくれ」

「よ、よろしいのですか？」

脇差しとはいえ、刀は「武士の魂」とも呼ばれるほどで、己のような町の者がおいそれと触れられる物ではない。

「構わんよ。お律さんに見てもらおうと思って、持って来たのだから」

脇差しはおろか、懐剣や匕首さえ律は触れたことがない。おそるおそる柄と鞘《さや》に両手を伸ばして持ち上げると、鉄瓶より軽いにもかかわらず、ずしりとしている。

捧げ持つようにして目貫を間近で見つめた途端、刀が武器であることが、また余助が辻斬りとはいえ人を斬ったことが思い出されて、律は脇差しを取り落としそうになった。

手のひらから伝わる重みが、「命の重み」に感ぜられたのだ。

「す、すみません。刀に触れるのは初めてでして」

「心配ない。ちょっとやそっとで壊れるような刀では使い物にならん」

「素晴らしい細工です。表と裏がこうして違うことも……」

「私もそこが気に入ったのだ」

律が脇差しを返すと、余助はそれを風呂敷の上に置いたまま、再び口を開いた。

「藪入りから、三日ほど巴屋を留守にしていてな。啓一郎さんが義之介を訪ねて来たことや、涼太さんが義之介について調べたことは帰った時に聞いたんだが、しばらく別のことにかかりきりでほったらかしにしていた」

別のこととは益蔵探しではないかと律は推察したが、黙って余助の話に聞き入った。

「それで、つい昨日、伊勢屋の孝吉さんを訪ねてみたら、お律さんに辻斬りのことを訊かれたと聞いて……これは私が義之介だと確かめに来たんだろうと思い、急ぎ今日こうして伺うことにしたんだ」

律を見つめて、余助は静かに続けた。

「友が辻斬りに殺されたなどと、嘘をついてすまなかった。辻斬りを憎む気持ちはまことだが、秀一郎との一件は二言三言ではとても伝えられぬことゆえに、とっさにあのような嘘を口にしてしまった。それから……私のことは、どうか啓一郎さんには黙っていてもらえぬだろうか？」

「それはつまり――」

「私が義之介だということはもちろん、王子でお登美さんを助けたことも、啓一郎さんには知られたくないのだ。貴彦さんから聞くまで、私は啓一郎さんが江戸に戻っていたとは知らなかった。ご新造さんや啓一郎さんはあのあと、秀一郎の主家のつてで、下総《しもうさ》の古河《こが》藩に移ったと聞いていたゆえ」

此度余助が改めて調べたところ、登美が島津屋の家付き娘で、啓一郎は入り婿だということが判った。島津屋の先代は登美の祖父で、余助たちがいた森山道場の主と昵懇だったらしい。道場主は秀一郎の妻子が江戸を離れた後も付き合いを絶やさず、島津屋の先代の息子にして登美の父親が店を継ぐ前に亡くなったのち、「同じ『島津』のよしみ」で、啓一郎を登美の婿として薦めたようだ。

「先生は秀一郎を買っていたからな。秀一郎が浪人だったら、先生は秀一郎を跡継ぎにしたに違いない。そして秀一郎は、啓一郎さんにとっては紛れもなく良き父親だった……」

「ですが、秀一郎は良き父親であると共に辻斬りでもありました。啓一郎さんは二十年前はほんの子供だったので、大人たちの話を聞いて、余助さんを誤解し、憎んだのでしょう。けれども今の啓一郎さんなら、話せば判ってくださるのでは？　なんなら、広瀬さまからお話ししていただくという手もあります」

だが、余助は首を振った。

脇差しの目貫を束の間見やって、余助は再び律を見つめた。

「……二十年前のあの日、私は辻斬りを探しに出かけた」

「孝吉さんからお聞きしました。余助さんは辻斬りを成敗するために――」

「違う。私は辻斬りを斬るために――人殺しをするために、あの頃、夜な夜な大川沿いをうろついていたのだ」

律が息を呑むと、余助はしばし目を伏せて、茶で喉を湿らせた。

「私の母は、とある武士の妾《めかけ》だった。私が生まれるまでは父の別宅に住んでいたが、私が生まれて半年と経たないうちに父が病で亡くなったため、本妻に追い出されて長屋に引っ越したそうだ。父は私が生まれた折に大小の刀を注文していて、私はそれらを七つになった年に父の親友から受け取った。父は自分の死後、本妻が刀を嫡男にやってしまわぬように、病床についてまもなく長年の友だったその親友に預けたと聞いた」

父親は剣術に優れていたそうで、余助も刀を受け取る前から森山道場に通っていた。

暮らしはけして楽ではなかったが、母親は刀を手放すことなく余助を育てた。余助はみるみる昇段し、二十歳になる頃には道場でも指折りの剣士となった。しかし、どうにか剣で身を立てられぬものかとあがいていた矢先、今度は母親が病に倒れて亡くなった。

母親の死後、夜は用心棒として勤め、昼は道場で剣術の稽古に励むという日々が五年ほど続いた。母親の生前に比べて人付き合いがぐっと悪くなり、ろくに休まぬことから、身も心も暮らしも少しずつ荒《すさ》んでいった。

「ただし、剣術だけは上達してな……父が遺してくれた大刀で——真剣で立ち合ってみたいと願ううちに、いつしか人を斬ってみたいと思うようになった。けれどもこの太平の世では戦はもちろん、真剣を用いての仕合もまずないことだ」

「それで辻斬りを……」

「うむ。噂を聞いて、用心棒の仕事がない夜に、私は辻斬りを探すようになった」

「ですが、余助さんは結句、孝吉さんの命を助けて、秀一郎に殺された人々の無念を晴らしたのですから……」

たとえ辻斬り探しが邪《よこしま》な欲望からだったとしても、秀一郎殺しの義は余助にあるように律には思えた。

が、余助は再び目貫をちらりと見やり、一層やるせない目をして言った。

「結句そう相成ったが、もうひとときを秀一郎が待っていたら、私が孝吉さんを斬っていた」

「えっ？」

「私は辻斬りがなかなか見つからぬことに業を煮やしていて、あの日あの時、もう次に見かけた者を辻斬りのせいにして斬ってしまおうと考えていたのだ。先に仕掛けたのが秀一郎だっただけで、あの日は私も辻斬りだった――」

六

言葉は失ったものの、律は余助から目をそらさなかった。

自分も辻斬りだったと言うならば、余助は秀一郎と共に若き日の己をも憎んでいるのだ。

膝に置いた茶碗を両手で包んだまま、余助は静かに話を続けた。

「秀一郎は私と同い年だったが、夜間、時には昼夜働かざるを得なかった私と違い、やつは主家の許しを得て、稽古も仕事の内という身分だった。先生のお気に入りで、道場や町の皆の信頼も篤い。二十歳で嫁を娶り、翌年には息子に――啓一郎さんに恵まれた。ゆえに無論、私は秀一郎を羨んでいた。秀一郎が倒れるまで私はやつに気付かなかったが、これは天の配《はい》剤《ざい》だと――やつには天罰が下ったのだと私は思った。私の邪心はやつの命と共に消え去って、何やら生まれ変わったような心持ちになった。とんだ思い違いだったがな」

そう言って余助は自嘲を浮かべた。

「私は陰気な上に嫉妬深く、負けず嫌いだった。剣術の他、金も地位も人望も、親兄弟も友も女も持たぬ男だった。ゆえに――孝吉さんを殺そうとした後ろめたさも手伝って――私は深川を逃げ出した。誰も私を知らぬ上方で、心を入れ替えてやり直そうと試みた」

「それで、人助けをするようになったのですね？」

「まあ……そんなところだ」

余助の微かな躊躇いが、律に涼太の言葉を思い出させた。

――知る人ぞ知る――正義の味方のような人殺し――

「正義の味方」だろうがそうでなかろうが、眼前の余助が「人殺し」であることに、律は今更ながらぞくりとした。

「北町に投文をした――伊勢町の五十鈴に、『きちょう』の名を使って益蔵をおびき寄せたのは、余助さんじゃありませんか？」

「まいったな。そちらもご存じだったとは」

「四日前に、広瀬さまからお聞きしました。益蔵が捕まったことを知らせに寄ってくだすったのです」

「非番だというのに、お忙しいことだ」

「広瀬さまは、余助さんにお礼をお伝えに、うちに寄った後に巴屋も訪ねたそうです。益蔵を捕まえることができたのは、余助さんのおかげですから」

だが、余助は留守だったと――よって、余助が「きちょう」かどうかは確かめられなかったと、つい昨日、再び訪れた保次郎から聞いていた。

「あんなのは大したことじゃない」

「あの……」

おそるおそる律は切り出した。

「余助さんは五十鈴で、『きちょう』は雅号のようなものだと仰ったそうですね。だから五十鈴の者は余助さんを帰蝶座の遣いか何かだと思って『帰蝶』と帳簿に記し、北町の方々も誰かが帰蝶座の帰蝶さんを騙《かた》って益蔵をおびき出したのだろうと推察していると聞きました。けれども、本当は余助さんが『きちょう』なのではないですか……？」

「……どうしてそう思うんだね？」

「その目貫は、失くしてしまった親御さんの形見の代わりでしたね。それが本当なら、余助さんは鬼灯に随分思い入れがあるとお見受けしました。ですから『きちょう』は鬼灯を当て読みした、余助さんご自身のことではないかと」

「となると、私は益蔵を、益蔵も私を知っていたことになるが……」

「違うのですか？」

改めて律を見つめて、余助は微苦笑《びくしょう》を浮かべた。

「益蔵が知っていたのは、大坂の質屋の親爺《おやじ》だ。『鬼灯屋』という名の質屋でな。親爺が粋人気取りで雅号を『鬼灯』と書いて『きちょう』と読ませていた。鬼灯屋は私が目貫を買った質屋で、親爺から上方のことをあれこれ教わるうちに益蔵のことも知った。益蔵は私のことは知らない筈だ。親爺が昨年亡くなったことも……よしんば知っていたとしても、誰が親爺の名を騙っているのか、確かめにやって来るだろうと踏んだのだ」

益蔵のこと、と余助は気軽に言ったが、つまりは鬼灯屋は前田屋と同じく、人殺しにかかわる店ではなかろうかと律は疑った。

また、質屋であることが徳庵を思い出させて、律の身をすくませる。

益蔵がお上に追われるような人殺しなら、余助さんだって、もしかしたら——

こらえ切れずにうつむくと、己と余助の間に横たわっている脇差しが目に入った。

しばしの沈黙ののち、余助がおもむろに問うた。

「……鬼灯の着物だが、出来上がったら、私に売ってもらえぬか？」

律が顔を上げると、余助もまた脇差しを見つめていた目を上げた。

「く、口止め料のおつもりですか？」

声を震わせた律へ、余助はきょとんとしてから苦笑を漏らす。

「口止め料も何も、啓一郎さんには私のことは黙っていて欲しいが、お上には話して構わんよ。私は益蔵を見知っていて、暇に飽かせて少しばかりお上に助太刀できぬものかと考えただけゆえ……怖がらせてしまって相すまない。着物のことは、お律さんのご指摘通り、私は鬼灯に並ならぬ思い入れがあるゆえ、まだ買い手がいないようなら私が名乗りを上げようかと思ったのだが、もう買い手がついたのかね？」

「い、いえ、それはまだ……」

「鬼灯の根付が形見であることは本当だが、失くしたというのは嘘だ。根付は父から母への贈り物で、母が後生大事にしていたから、母の亡骸と共に埋めた。ご両親と鬼灯市に出かけた思い出から、鬼灯の着物を描こうと思い立ったと、お律さんは言ったろう。その昔、母も父と鬼灯市に出かけたことがあったそうだ。人目を忍んでこっそりと……根付はその時の想い出に父がのちに作らせたと聞いた。本妻は無論それが面白くなく、当てつけのごとく、私を身ごもった母を騙して酸漿を飲ませたらしい」

「そんな！」

「だが、母は無事私を産んだ。母は酸漿など恐るるに足らぬ、鬼灯は『鬼』すなわち死者の魂の灯りと書いたり、赤輝血《あかかがち》と呼ばれたりと、不吉で恐ろしいもののように思えるが、私には灯明台《とうみようだい》のごとき恵みの灯り、この根付は神札《しんさつ》よりもご利益のあるお守りだ——そう、ことあるごとに言っていた」

「灯明台……」

別宅を追い出されて長屋暮らしになっても、余助の母親は愛した男の想い出を胸に、男の形見でもある息子を大切に育てたのだろう。

「そうだ」と、余助は律のつぶやきに頷いた。「そして私には鬼灯屋が、灯明台のごとき恵みの灯りとなった」

刀を除いたなけなしの家財を売って深川を逃げ出したものの、道中でも、やっとの思いでたどり着いた大坂でも余助の苦労は続いた。

「三月ほどしていよいよ食うに困って、私は脇差しを質入れしようと思い立った。少しでも多く貸してもらえる店を探すうちに鬼灯屋を見つけて、私は吸い寄せられるように暖簾をくぐった——」

そうして見つけた目貫がどうしても欲しくなり、脇差しの質金を折衝《せつしよう》するうちに、「訳あり」だと見て取った店主が余助の身の上を聞いて、店者にならぬかと誘ったという。

「それはつまり、質屋の……？」

「無論だ」

余助は微笑んだが、その言葉が嘘かまことか、律には判じ難かった。

——私のもとで、人助けをしながら、生まれ変わったつもりで働くといい——

そう言った鬼灯屋の店主の勧めで、義之介から余助と名も改めたという。

「それなら、ご隠居というのも嘘だったのですね?」

「いや、それはまこととといえよう。親爺亡き後、遺言通りに私が鬼灯屋を継いだ。ただしこれまた遺言通り、店の皆の身の振り方を整えたのち、私は鬼灯屋を畳んで——此度こうして江戸に戻った」

この世の見納めに——

ふと、そんな言外の言葉が聞こえた気がした。

余助の身の上話は、この世への名残のように律には思えた。

役者の和十郎が彼岸花の着物を着て死のうとしていたように、余助もまた自死が念頭にあるのではないかと疑って、律はじっと余助を窺った。

「あの……鬼灯の着物は地獄絵を——死装束を頼まれた折に思いついたものですが、死装束として描くつもりはないんです」

はっとして余助が微かに眉根を寄せた。

「ですから、死装束としてならお売りできません」

「……さようか」

束の間脇差しへ——鬼灯の目貫へ目を落とすと、余助は顔を和らげた。

「ところで、先だって広瀬さまと一緒に訪ねて来た太郎という者だが、あれは一体どういう者だね？」

「ど、どういう者と言われましても……」

「何、少し前に怪しげな者とつるんでいるところを見かけたんでな。目明しには悪人上がりもいると聞く。ゆえに、同心さまの信頼に足る者なのかどうか、ちょと案じていたのだ」

どうやら、太郎がその手の者だと気付いているようである。

太郎のことは、やはり昨日、保次郎から少し聞いていた。

——何か、新たな知らせはないか？——

——今のところは何も——

さりげなく伝八——狸——について問うた小倉に、太郎はそう応えたそうである。

——だが小倉はやはり、太郎を信じているそうだ——とも、保次郎は言っていた。

私も太郎さんを信じたい……

よって律はすかさず太鼓判を押した。

「それはもう。太郎さんは信頼できるお人です。私もうちの人も——もちろんお上も——太郎さんを信じています」

「……ならばよい」

目を細めて、余助は脇差しを風呂敷に包み直した。

「長々と邪魔をしてしまったな。着物を売ってもらえぬとなると、江戸に留まることもない。私は近々江戸を発つが、お律さん、どうかお達者で」

「待ってください。江戸を発って――どちらへゆかれるのですか？」

「どこへなりとも。お忘れか？　私は自由気ままな隠居の身だよ」

そう言って余助はにっこりしたが、その眼差しからは自由気ままにはほど遠い、張り詰めた思いが感ぜられた。

早くも腰を浮かせた余助へ、「あの！」と律は声を高くした。

「なんだね？」

「またいつか、お目にかかれませんか？」

足の悪さを微塵も見せずに、余助はするりと土間に下りて杖を手にした。

「そうだな……縁があれば、またいつか」

振り向きざまに微笑んで、余助は静かに去って行った。

七

その晩、余助の話を涼太にするうちに、鬼灯の着物の意匠が固まってきた。

翌日、下描きを仕上げて地色を定めると、律は更に翌日の睦月末日、一日早く池見屋を訪れて着物のための反物を買った。

「つけにしといてやるよ」

下描きを見て、類はにやりとした。

「持ち出しにならないよう、しっかり仕上げておいで」

「はい」

此度受け取った鞠巾着は四枚だったが、それが今きている注文の全てだと知って気を引き締めた。

池見屋から帰ると、その日と翌日を下絵に費やして、夕刻に井口屋の基二郎を訪ねて下染めと赤色の染料をいくつか頼む。

「檳榔子《びんろうじ》か……今請け負っている仕事もありやすから、十日ほどかかるかと」

「構いません。でも、基二郎さんに頼めば安心ですから」

「そりゃどうも。泰造《たいぞう》さんに負けない色に仕上げますよ」

泰造は浅草の染物師で、基二郎には時に師匠、時に競争相手という存在だ。

「頼りにしています」

着物の布と引き換えに、少し前に頼んでおいた丈太郎のお包みの布を受け取って、律は井口屋を後にした。

下染めを待つ間、律はお包みの福寿草や鞠巾着を描いて過ごした。

合間に保次郎がやって来て、律は余助が己を訪ねたその日に巴屋を引き払ったことを知った。余助は睦月末日まで宿代を先払いしていたが、残っていた三日分は心付として有余金《ありあまりきん》は受け取らずに去ったそうである。

十日ほど——と言った基二郎は、七日後に長屋に現れた。

「京では、石榴皮《ざくろひ》の変わりに楊梅皮《ようばいひ》を使うんでさ」

楊梅は俗にいう山桃《やまもも》の実で、楊梅皮は生薬でもある。檳榔もまた薬に用いられることが多く、檳榔子に五倍子《ごばいし》、それから石榴皮または楊梅皮を使って染めた檳榔子染は赤みを帯びた黒褐色だ。

「上方贔屓に聞こえるやもしれやせんが、楊梅皮を使った方が、心持ち赤も黒も深みが増す気がしやすんで」

「ええ。思っていたよりずっといい色……やっぱり基二郎さんに頼んでよかった」

「またのご用命をお待ちいたしやす」

おどけて暇を告げた基二郎を見送ったのち、律は早速張り枠に身頃を張った。

実物より一回り大きな鬼灯の実を、一つ二つ、多くとも三つまでをまとめて、ちらりほらりと、密にならぬよう、身頃に、それから袖にも再び青花で下絵を入れていく。

葉と果梗《かこう》は極僅《ごくわず》かにとどめ、実の四つに一つは透かしとするつもりだ。

初めは秋の彼岸に合わせて――またその方が売れるだろうという胸算用《むなざんよう》もあって――地色は枇杷茶《びわちゃ》や桑茶色《くわちゃ》を考えていた。

だが、「灯明台のごとき」と余助から聞いて、再び両親と見た光景や母親から聞いた盂蘭盆会の話を思い出して檳榔子染とした。

紅樺色《べにかば》を筆先につけ、まずは裾の一番下にある鬼灯を描き始める。

鬼灯は精霊を――死者の魂を迎えて宿すと聞いて、幼き己は恐れを抱いた。

想い出をたどった夜、夢の中で透かし鬼灯にしゃれこうべを見た時には悲しみを覚えた。

きっかけが地獄絵だったたからだろう。

私はどこかでずっと、鬼灯に「死」を見ていた気がする。

けれども余助さんのお母さんや、余助さんにとっては、鬼灯は「恵み」の――「生」への灯火《ともしび》だった……

基となる色はそれとなく揃えるが、実の色はそれぞれ込めていく思いに合わせて少しずつ色を違えるつもりだ。

一つは紅樺や紅鳶《べにとび》、黒鳶を使って暗く。

一つは纁《そひ》や紅緋《べにひ》、緋を使って明るく。

一つは櫨染《はじぞめ》や桑茶、琥珀色を使って若く。

一つは黄丹《おうに》に猩々緋《しょうじょう》、銀朱《ぎんしゅ》を使って眩《まばゆ》く……

手間や染料代を惜しむ気はなかった。

せっかく私の好きに、思うがままに描くのだから――

一番初めに筆を入れた鬼灯には己が抱いた死に対する「恐れ」を、二つ目には「悲しみ」を、三つ目には「無念」を込めた。

おっかさんとおとっつぁん、それから慶太と私の四人の無念――

吉之助の辻斬りに遭ったあの日、美和は叔母から、伊三郎は旅籠から借りた提灯をそれぞれ持っていた。辺りには他にも人がいたそうだが、美和の叫び声を聞いた伊三郎は、美和の提灯の灯りを目指して走っただろう。

美和の名を叫んだだろう。

――その声はきっと、今際の際のおっかさんに届いたに違いない。

もしかしたらおっかさんにも、駆けて来るおとっつぁんの提灯が見えたかもしれない――

美和が聞いた最後の声が、己の悲鳴ではなく伊三郎の呼び声だったことを、美和が見た最後のものが、己を斬った吉之助ではなく伊三郎の提灯だったことを切に祈りつつ、律は四つ目を透かし鬼灯とした。

透かし鬼灯を描くには、並の鬼灯よりずっと長い時を要する。

皮の葉脈は白抜きにするとして、実の朱色や地色の黒褐色を細かく、葉脈がぼやけぬように極々細い筆でしっかり入れてゆかねばならない。

己の筆先から、少しずつ赤く丸い実が形になって、透かしの中に灯りが灯る。

おっかさんが言った通り、鬼灯が迎え火の代わりになるのなら……

どうか会いに来て。

おっかさん。

おとっつぁん。

もう一度、会いたいよ――

筆を置いて、律はしばし手ぬぐいを目にやった。

思い立って茶を淹れると、香りと味の他、茶碗のぬくもりに胸が落ち着いてくる。

今井宅のそれよりは安物だが、律の仕事場にも揃いの茶器がある。その昔、律が生まれる前に、この長屋に引っ越して来た父母が青陽堂の茶を楽しむために買ったと聞いた。以前は茶葉もまた今井宅で飲むものより安物だったが、親子で同じ茶碗を手に過ごした茶のひとときはやはり至福の時だった。

ぐるりとかつては「家」だった仕事場を見回して、律は改めて筆を執った。

どうせなら、泣き顔よりも笑顔を見に来て欲しい。

つらい想い出よりも、楽しい想い出を一緒に偲びたい――

迎え火として、透かし鬼灯の実には父母の「慈愛」を映した蜜柑《みかん》色を使い、小さく白抜きをして、実が照り輝く様を描いた。

続くいくつかの鬼灯は、余助の話を思い出しながら描いた。

どのような成りゆきかは判らぬが、本妻には余助の母親は憎き存在だったに違いない。本妻が騙して飲ませた酸漿には、「嫉妬」や「恨みつらみ」が込められていたことだろう。

余助の母親には、鬼灯は「お守り」にして「宝物」だった。流産の不安に怯えた時、無事の出産を喜んだ時、愛した男を失った時、また息子の成長を見守りながら幾度となく、余助の母親は根付を握りしめたことだろう。

——そして私には鬼灯屋が、灯明台のごとき恵みの灯りとなった——

鬼灯屋がただの質屋とは思えなかった。

だが余助には、鬼灯屋や「鬼灯」と名乗る「親爺」が地獄で仏となった。

身の上話をしながら、余助は幾度も鬼灯の目貫を確かめていた。

母親や故郷を失くした「慰め」や「癒やし」。

新天地で生きてゆく「勇気」や「喜び」、「絆」、「信頼」の情——そういった目に見えない宝を、余助はこの二十年、目貫を「お守り」として確かめてきたのではなかろうか。

それとも、余助さんが確かめてきたのは人の表裏かしら……？

余助が「仕掛人」などという者かどうかは別として、鬼灯屋の「親爺」は余助に店を畳むよう言い遺したらしい。よもや命を絶てとは言われておらぬだろうが、余助はいまだ、かつて辻斬りを考えた自分を悔いて——憎んで——いるようだ。

己の推し当て通り、もしも余助がこの着物を死装束として求めていたならば、今の余助は鬼灯に「死」や「償い」、はたまた「救い」を見ているのやもしれない。

ううん。

まだそうと決まった訳じゃない……

——またいつか——と、余助も言った。

その場しのぎの挨拶だったとは思いたくない。

また一つ透かし鬼灯を描きながら、律は迷った。

否、「迷い」を筆に込めた。

お類さんは「迷い」は売れないと言ってたけれど——

だが己が描こうとしているこの着物には、「迷い」も不可欠だと律は一人で頷いた。

だって、生涯に一度も迷わぬ人はいないもの……

地色の黒褐色を入れてゆくことで、少しずつ葉脈が浮かび上がる。

続けて、細心の注意を払って橙《だいだい》色で実を描いてゆくうちに、律はふと筆を止めた。

あの目貫には、表も裏もないんだわ——

皮で隠されていようが、透けて見えようが、実は変わらずに内に「在る」。

「心」のごとく。

「命」のごとく。

実に丸みを持たせるために、橙色よりやや濃い金赤《きんあか》を筆先につけると、律は灯りつつある新たな思いを胸に微笑んだ。

信じたい……

時に迷い、打ちのめされても、人の悪心よりも良心を信じたい。

そう望む限り、人は変われると、前に進めると信じたい。

喜びも悲しみも、憎しみも慈しみも、全ての思いや過去は灯りとなって、これからの道を照らしてゆくと――

八

「若旦那、ご相談が……」

おずおず申し出た乙吉を、涼太は座敷へいざなった。

佐和は世話になっている船問屋へ出かけていた。よって己が店主代ではあるが、佐和の帰りを待たずに己に相談を持ちかけられたことが涼太には嬉しかった。

己の前に座るよう手招いて、涼太は気さくに促した。

「さて、なんの相談だい？」

「あの、健生のことです」

「健生がどうした？　何があった？」

「あ、何も心配ありません。健生はよくやっております」

慌てて両手を小さく振ってから、乙吉は切り出した。

「巴屋で聞いたのですが、貴彦さんは出家のために十五日に江戸を発つそうです」

作二郎が番頭見習いになったことを機に、巴屋の受け持ちは乙吉に移っていた。

「十五日？　ということは三日後か？」

如月も慌ただしく十日余りが過ぎて、今日はもう十二日だ。

「ええ。月末にお伺いした折にそれらしいことを聞いたんですが、その時はもうしばらく先のことだと言われたんです。今年は閏《うるう》二月がありますから……けれども、月初めに貴彦さんの出家先のお寺の方が江戸にいらして、結句その方の戻り道中に同行することにしたそうです。それで、その前に健生を巴屋に連れて行ってやれないものかと思いまして」

貴彦も健生を気にかけていて乙吉に様子を訊ねたが、出立《しゅったつ》までそう時がないため青陽堂までは来られそうにないらしい。

「念のためお伺いしてみたところ、明日もあさっても、日中は支度やら挨拶やらで出かけるそうですが、七ツにはお戻りだそうです」

「判った。女将も房吉も否やはないだろう。だが、一人では行かせたくないから、ちょっとやり繰りさせてくれ」

「よろしくお願いいたします」

さて……

乙吉と店に戻りながら、涼太は思案した。

出立が三日後に迫っているなら、明日か明後日しか残されていない。

前日はなんだかんだばたばたするだろうから、どちらかってぇと、明日の方がいいんだろうが――

佐和や自分、清次郎が赴くと大袈裟《おおげさ》になって、貴彦にも健生にも余計な気を使わせてしまいそうだ。明日の仕事を確かめたところ、房吉は番町《ばんちょう》の得意先に出向く手筈になっていた。

今日に続いて明日も乙吉に頼んでもよいのだが、手代になり立ての若輩者《じゃくはいもの》ゆえに、佐和はもちろん、己の名代としても無理がある。

ふと閃いて、涼太は勘兵衛に断って長屋へ向かった。

「どうしたの？　何かあったの？」

八ツ前だからか、慌てた律へ涼太は微笑んだ。

「ちょいとお前に相談が」

「私に？」

乙吉の申し出や房吉の都合を話すと、律はすぐさま合点した。

「それで私のところへ来たのね。私が深川に行くついでに、健生さんを巴屋に連れて行けばいいんでしょう？」

「そうなんだ。頼めるか？」

「もちろんよ。ただし、お義母さまが」

「うん。おふくろがよしとしたらの話だ」

息の合ったやり取りに、涼太たちは揃って顔をほころばせた。

律は昨日池見屋に行き、鞠巾着の注文の他、出来上がったお包みを受け取って来た。このお包みを届けに、近々深川の丈太郎のもとへ行くと昨晩聞いていたのだ。

「お前のお伴のついでってことにしとけば、健生もあまり遠慮せずに済むだろう」

健生のことだから、藪入りでもないのに私用で出かけるとなると、他の者に贔屓と思われぬだろうかと気にかけそうだ。

「私と一緒なら、急がずにも済むわ」

「そうなんだ。乙吉もお伴させるつもりだが、乙吉はのんびり屋だから、お前たちを急《せ》かしたりしないさ」

「乙吉さんも？」

「そりゃ、お前と健生だけじゃやっぱり様にならねぇような……巴屋は乙吉の客だし、二人よりも三人の方が安心だ。それに乙吉には、またお前が御用聞きごっこにうつつを抜かさねぇよう見張っててもらわねぇと」

「御用聞きごっこだなんて、綾乃さんじゃあるまいし」

「いんや。お前は綾乃さんのこた言えねぇぞ、お律」

「もう……」

むくれる律へは苦笑を浮かべてみせたものの、涼太は半ば本気だった。

ついでにいえば、律はまだしも足の悪い健生が一緒では、深川まで少なく見積もっても半刻余りかかる。となると七ツに貴彦に会えたとして、少し話し込んだだけで帰りは六ツ近くなるだろうから、いうなれば「女子供」の律と健生のみでは涼太にはやはり不安なのだ。

のちに戻って来た佐和に打診してみると、あっさり許しが出た。

「そうですね。お前が言う通り、お律なら此度の名代にちょうどよく、健生にも貴彦さんにも気を遣わせずに済むことでしょう。ついでがあって何よりです」

佐和の了承を得て気を良くした涼太は、その足で房吉と乙吉、健生の三人を座敷に呼んだ。

健生はいまだ若旦那の己におっかなびっくりなところがあるが、深川行きを告げると子供らしく顔を輝かせて涼太を安堵させた。

「ちょうどお律が門前町に用があってな。お前たちはそのお伴のついでに、巴屋に寄って来るがいい。見知った道のりとはいえ、やはり女一人では心配だからな。二人とも、悪いがお律を頼んだぞ」

「はい」

乙吉と声を揃えた健生に微笑んで、涼太は房吉に向き直る。

「店を閉めた後、巴屋への手土産を健生に支度させてやってくれ」

「はい、若旦那」

乙吉と健生を先に店へ返すと、房吉が小さく頭を下げた。

「若旦那、お気遣いありがとうございます。健生は巴屋には未練はないようですが、恩義のある貴彦さんには、出家前に今一度お礼を言えないものかと悩んでおりました。文を書いて乙吉に託してはどうかと勧めていたのですが、直に顔を合わせられるなら、それに越したことはありません」

「いや、礼は乙吉に言ってください。私はとても気が回らなかった」

房吉は己より年上の古参で二人きりゆえに、涼太はやや言葉を改めて言った。

「致し方ありませんよ。年明けてめっきり忙しくなりましたからね」

「そうなんだ。いいことなんだがね……」

今少し人手が欲しいところだ——と内心ぼやきつつ、涼太は房吉と笑みを交わした。

九

七ツ前に確実に巴屋に着けるよう、律たちは早めの昼餉ののちすぐに青陽堂を出た。

健生はもちろんのこと、乙吉とも一緒に出かけるのは初めてだ。乙吉は六太より一つ年上だが、昨年六太の背丈が伸びたため身体つきはそう変わらない。だが、おっとりした性格を表すように、顔や肩は六太より丸みがあって物越しも柔らかい。

健生は年明けて十二歳になったものの、背丈は四尺余りで、同い年でやはり小柄な尾上の直太郎よりも小さく見える。お仕着せは子供用だが大分端折《はしょ》っていて、皆一様の前掛けに至っては、上の方を端折っているにもかかわらず、着物の裾の方まで丈がある。

藪入りの後、七朗を交えて部屋割が新しくなり、健生は七朗と同室になった。新参者同士、藪入りも共に仲里屋で過ごして、一層仲良くなったようだ。

「健生さんも将棋と囲碁が打てるんですってね。仲里屋の迅平さんもどちらもお好きだから、藪入りでは七朗さんと三人で、将棋と囲碁を楽しんだと聞いたわ」

「打ち方を知ってるだけでして……」

もごもごと応える健生の横で、乙吉がにっこりとする。

「そうへりくだらず、お律さんにも教えて差し上げろよ。健生は囲碁は、迅平さんと互角の腕前なんだって」

「まあ、そうなの？」

「七朗さんからそう聞きました。迅平さんは先だって、七朗さんが健生と同じ部屋になったと知って羨んでいたそうです」

「ご、互角なのは囲碁だけで、将棋はそうでもありません。それから、こう言ってはなんですが、迅平さんはそれほどお強くないので……」

「でも私はどちらもさっぱりよ。健生さんはお父さんから習ったの？」

「あ、いえ……兄からです」

火事を思い出したのか、健生は目を落として応えた。

健生の兄の正生は九歳年上で、火事の折、健生を助けようとして死したと聞いている。

しまったと思ったのも束の間、健生はすぐに気を取り直したように顔を上げて微笑んだ。

「私は足が悪い上、幼い頃はよく熱を出したので、他の子供たちとはあまり遊べませんでした。でもその代わりに、兄が暇を見つけては相手をしてくれました。それから、店で少しでも役に立てるように、書き方や算盤も六つになってすぐ教えてくれたんです」

習い始めて一年ほどで正生は亡くなったが、健生は一人でもたゆまず読み書き算盤を学び続けてきた。また将棋や囲碁も、詰将棋や詰碁、時折客の相手をすることで腕を磨いてきたという。

「他にすることも、できることもなかったので……でも、貴彦さんと出会ったのは囲碁がきっかけだったんです。貴彦さんがお天気が悪くて出立を遅らせた時、暇潰しに碁打ちはいないかと訊かれて、私が相手をすることになったんです」

「そうだったの。それなら貴彦さんとの巡り合わせは、お兄さんのおかげでもあるのね」

「はい」と、健生が大きく頷いた。

藪入りでの夕を見習って、話の種に追分宿や江戸への旅路について訊ねるうちに、永代橋が見えてくる。

永代橋を渡ってまもなく八ツの鐘を聞いたが、丈太郎の番屋に寄ったのちも七ツまで半刻近くあると思われる。

「健生さん、大丈夫？　あんまり早くお伺いするのはなんだから、一休みしましょうか？」

「私は平気です」

「私も」と、乙吉。「でも、お律さんはお疲れなのでは？　若旦那から、暇があるようだったら、みんなに煎餅を買って来るよう言付かっておりますが、健生を置いていくので、どうか休んでいてください」

「お気遣いなく。私も長屋のみんなにお煎餅をお土産にするわ」

そう応えたものの、実のところ律は少々疲れていた。

一昨日池見屋に行く前に、二つの鬼灯を残して着物は描き終えていた。しかし、鞠巾着の注文が此度また二枚だったことに負けん気が芽生えて、一昨日と昨日はじっくり鞠巾着に時を費やした。

昨日のうちに蒸しまで施してしまったが、その合間に律はふと思いついた。

初心に戻って、私が「良い」と思う巾着を描いてみよう。

鞠巾着でも、まったく新しい巾着でもいい。

うまく出来たらお千恵さんを見習って、今一度お類さんに売り込んでみよう――と。

そうして新たな巾着を思案するうちに、ついつい夜更かししてしまったのだ。

煎餅屋に寄ったことでほどよく時が過ぎ、律たちは七ツの捨鐘が鳴ってすぐに巴屋の暖簾をくぐった。

貴彦はしばし前に戻って来たそうで、律たちを喜んで迎えてくれた。

「よく来てくださいました。昨日、乙吉さんに今日明日のことを問われたから、もしかしたらと期待していたんです」

座敷に腰を落ち着けると、貴彦は健生が差し出した手土産を目を細めて受け取った。

「ありがとう、健生」

「私は包んだだけですので……」

「ははは、それでも嬉しいよ。涼太さんや乙吉さんから聞いているが、しっかり働いているようだね」

「はい」

乙吉に促された健生が、相部屋となった七朗や指南役の房吉、共に働いている三人組のことなどをしばし語るのを、貴彦は安堵の表情を浮かべて聞き入った。

「青陽堂さんに託すことができて、本当によかった。改めてお礼申し上げます。これで、心置きなく信濃《しなの》へ旅立てます」

貴彦の出家先は善光寺《ぜんこうじ》ではないが、善光寺にゆかりのある寺で、やはり信濃国にあるという。善光寺は阿弥陀如来《あみだにょらい》を本尊とし、どの宗派にも属していない。性別や身分を問わず何人《なんぴと》でも受け入れ、念仏を一心に唱えて祈る者なら誰であっても極楽浄土に導かれるという教えに惹かれて、津々浦々《つつうらうら》から詣でる者が後を絶たない。

「道中、渡屋に寄ってゆく。お前を青陽堂へ預けたことや、お前は達者に暮らしていることを、お母さんにきちんと話さなければならないからね。お前からも、何かお母さんに言伝はないか？　なんなら今一筆書くか？　言伝よりも文の方が確かでよいだろう」

「文……」

途端に顔を曇らせて躊躇う健生に、乙吉が微笑んだ。

「書き方の腕前の見せどころじゃないか。お前がうちでしっかり働いていること、手習いもおろそかにしていないこと、みんなと仲良く、楽しく暮らしていることが判れば、おっかさんも安心だろう」

「駄目です」と、健生は即座に首を振った。「おっかさん――いえ、母はきっと気を悪くします。私は楽しくしてちゃ駄目なんです……」

尻すぼみになった健生の傍らで、乙吉がはっとして唇を嚙む。

健生は親類ばかりか、実の母親にもないがしろにされていたという。母親は夫と長男を同時に失ったがため気鬱となったそうだが、正生が健生を助けようとして命を落としたことから、健生に兄の死の責を負わせることで、気鬱を紛らわそうとしていたらしい。

乙吉には健生への同情のみならず、健生の母親への怒りがあるようだ。気鬱ゆえとはいえ、乙吉の家族は仲が良いため、尚更腹立たしいのだろう。

目を落とした健生を、貴彦が穏やかに諭《さと》した。

「健生、何度でも言うが、あの火事は客の寝煙草のせいで起きたんだ。正生はお前を助けようとして結句亡くなったが、火事も、正生の死もお前のせいじゃない。正生はむしろ極楽浄土でお前の無事を喜びながら、お前が正生の分もこの世を慈しみ、仕合わせに暮らして欲しいと願っているに違いない」

「でも……あっ」

「どうした？」

律をちらりと見やって、健生はおずおず切り出した。

「あの……文はいらないと思いますが、似面絵なら母は喜ぶかもしれません」

「似面絵？」

「お律さんは似面絵がお得意なんです」と、乙吉が口を挟んだ。

「それは知らなかった。うん、似面絵の方が文よりいいやもな。——お母さんはただ疲れていただけだと思うのだ。今頃は気鬱もよくなって、お前を江戸にやったことを悔いているやもしれないぞ。お前が江戸に来て一年だ。なんだかんだ顔を見れば——似面絵でも——安心することだろう」

だが、健生はふるっと頭を振った。

「母は私の顔など見たくもないと思います。でも、兄の似面絵なら喜んでくれるんじゃないかと……お律さん、お願いできないでしょうか？」

断ることはできなかった。

「判ったわ。けれども、健生さんは文を書いてくれる？　似面絵だけ預けるなんて、なんだか変だもの。達者でいると——二言三言でいいから知らせてあげて」

それだけ言うのが精一杯だった。

貴彦から文机と墨を借りて、律は健生から正生の顔立ちを訊き出した。

似面絵は二度目ゆえ、また、よく覚えている顔だからだろう。伊太郎の時とは比べものにならぬほどよどみない健生の言葉から、半刻とかからずに描き上げることができた。

健生曰く、兄とは耳と唇の形が似ているそうで、そのように描いたが、正生の方が眉が太め、鼻も大きめで男らしい顔をしている。とはいえ、健生が覚えている顔は五年前——正生が十六歳の顔のままだから、乙吉のようにどこかまだ少年らしさが窺える。

健生は出来上がった似面絵を見つめ、目を潤ませてぽつりとつぶやいた。

「兄は父に似ていて、私は母に似ているんです」

ならば母親は、健生に自分を見ているのやもしれないと律は思った。夫や息子を助けられなかった自分への怒りや失望が、母親にもあるのではなかろうか。

だからって、健生さんにあたるなんてあんまりだけど……

健生の目に旧懐《きゅうかい》と兄への敬慕を見て取って、律は新たな紙を文机に広げた。

「せっかくだから、健生さんの分も写しておくわね」

似面絵を描く間、貴彦は所用のために席を外していたが、乙吉が呼びに行くとすぐに戻って来た。

「これが正生の顔か……口元と耳がお前に似ているね。文もよく書けている」

似面絵と文を見やって貴彦が微笑むと、健生も嬉しそうに頷いた。

《おっかさん
私は江戸で　たっしゃにくらしています　若だんなのおかみさんが　にづら絵がとくいなので　兄ちゃんを一まいかいてもらいました
おっかさんも　どうかおたっしゃで　健生》

文は短いが、字は律よりも上手でなめらかだ。

「――すっかり長居をしてしまいました。すみませんが、念のため提灯を貸していただけませんか？」

六ツまでもう半刻あるかないかだと踏んで、律は暇を切り出した。

「もちろんお貸しいたしますが、それよりも駕籠を呼びましょう。もちろん、お代はうちで持ちますから、お律さんだけでも先にお帰りになってはどうでしょうか？」

「私は駕籠がどうも苦手でして……ああでも、健生さんは駕籠の方が」

「とんでもない。私は平気です。できるだけ早足で帰りますから」

「いいのよ。無理はしないで、帰りものんびり帰りましょう」

健生に微笑んで、律は腰を上げた。

と、ふいに血の気が引いて目の前が真っ暗になり、律はその場に倒れ込んだ。

十

気を失ったのはほんのひとときだったが、目覚めた後も身体が重い。

「すみません。昨日夜更かししてしまって、少し疲れていたので……」

医者を呼ぶほどではないと判じたものの、貴彦と乙吉に諭されて、律は大事を取って、健生と共に巴屋で一晩休んでから帰ることにした。

「私は帰って若旦那に知らせます。お律さんはゆっくり休んでください」

健生を残して乙吉がひとまず帰ってしまうと、恐縮する律へ貴彦が微笑む。

「どうかお気になさらずに。こう言ってはなんですが、おかげさまで健生と今しばらく時が過ごせます。それに先月は、米丸さんをおもてなしするのに、涼太さんに大変お世話になりましたし……私はつきっきりとはいきませんが、何かあったら――なんでも――健生に言い付けてください。健生、お律さんを頼んだよ」

「はい」

「一休みすれば平気だから、健生さんもゆっくりしてちょうだい」

思い詰めた様子の健生に声をかけて、律は貴彦が支度した夜具に横になって目を閉じた。

時折微かな話し声を耳にした他は、ひたすら眠り続けて、律はやがて再び目を覚ました。

厠《かわや》へ行くべく身体を起こすと、部屋の隅にある有明行灯が目に入る。

ぼんやりとした灯りの中で目を凝らすと、壁にもたれて眠り込んでいる健生が見えた。

気配が伝わったのか、健生も目覚めて囁いた。

「お律さん……？　すみません、ちょっと眠ってしまいました」

「いいのよ。寒いでしょう。夜具を支度してもらいましょう」

まだ朝晩冷えるというのに、健生は綿入れを着込んだのみだ。

「搔巻《かいまき》も貸してもらったんですが、温かくしていると眠くなるので……あの、申し訳ありません。お疲れのところ、一休みを断ったり、似面絵を頼んだり……」

どうやら律が倒れたことに責を感じて、「寝ずの番」をしようとしていたらしい。

「そんな風に思わないで。夜更かしした私が悪かったのよ。夕餉はいただいたの？」

「はい。もう二刻は前に……しばらく前に九ツが鳴りました」

「じゃあ、私は三刻も眠っていたのね。道理ですっきりしたわ」

律が微笑むと、健生の顔も和らいだ。

「ちょっと用足しに出たいのだけど、厠まで案内してくれないかしら？」

「はい」

安堵の表情で頷いた健生の後について、ぽつぽつと有明行灯が灯っている廊下を歩いた。

夜九ツを過ぎたとあって、微かないびきの他、話し声は聞こえない。

「そこの突き当りです。私はここで待っています」

小用を済ませ、手水鉢で手を洗って戻ると、健生があさっての方角を見ている。

「どうしたの？」

「何か、声が聞こえたような――」

律も耳を澄ませた途端、叫び声がした。

「やめろ！　殺さねぇでくれ！」

太郎の声だった。

「どうした！」

「何ごとだ？」

叫び声を聞いた客が部屋の中で騒ぎ出す。

声がした方へ駆け出そうとして、律は迷った。

太郎を案じるも、健生を置いて行くのは不安だ。また「殺さねぇでくれ」というからには誰かが殺意を持っているということだ。

近くの部屋で、「あっ！」と短い叫び声と大きな物音がした。

すわ人殺しかと身構えたところへ、声が上がる。

「た、助けてくれ！　火が！」

はっとして襖戸を開くと、畳から襖へ走る火が見えた。

倒れた行灯の隣りで、老爺が尻餅をついている。

「火事だ！」と、健生が大きく叫んだ。

「お爺さん！　こちらへ！」

「こ、腰が……」

炎を見て健生は束の間戸口で身をすくませたが、律が老爺に駆け寄ると、すぐに一緒になって老爺に手を差し伸べる。二人して老爺を行灯から離し、廊下へ引きずり出した。

「火事です！　誰か！」

他の客が廊下へ顔を覗かせる中、健生がひょこひょこと懸命に早足で再び部屋へ戻った。

「健生さん！」

立ち込める煙にむせながらも、健生は掻巻をつかんで、掻巻ごと倒れた行灯の上に覆い被さる。健生に加勢すべく律も敷き布団を手にかけたところへ、男が一人飛び込んで来た。

「表へ出るんだ！　餓鬼も連れてゆけ！」

律の手から布団を取り上げ、男が畳や襖戸の火へ被せて消火にあたる。

「健生さん！」

掻巻から健生を引き剝がすと、律は健生を抱えるようにして廊下へ出た。

男が燃える襖を蹴り倒したところへ、追ってやって来た女が手水鉢の水をぶちまけた。

震える健生を抱きしめているうちに、あれよあれよと火が収まる。

と、離れたところで新たな声が上がった。

「盗人だとよ！」

「火盗改が盗人を捕まえた！」

そうだ。

太郎さんは一体どうしたんだろう――？

「ちょっと様子を見て来るから、健生さんはここで待っていて」

「いけません！　危険です！」

「でも、盗人はもう捕まったようよ。それに火盗改には知り合いがいるから……」

「それなら私も一緒に行きます」

しばし迷ったものの、他の野次馬と共に、律は健生の手を引いて声がした方へ急いだ。

縁側から覗いた庭に、火盗改の提灯がいくつか揺れている。

同じく駆けつけた幾人かの野次馬の合間から、提灯に照らされた太郎が見えた。

地面に座り込み、腹を押さえている。

どうやら腹を刺されたらしく、血に染まった手が墨色の着物に溶け込んで見える。

傍らには二人の男がいて、膝をついて介抱にあたっているのは小倉、抜き身を手に佇んでいるのはなんと余助だった。

捕り方に押さえつけられ、猿轡《さるぐつわ》を嚙まされた男は、狸こと伝八だ。

憤怒の形相で太郎を睨みつける伝八が捕り方に引きずられて行くのを見送る中、つないでいた健生の手にぎゅっと力がこもった。

「……人殺し！」

余助を睨んで、健生が絞り出すように短く叫んだ。

「坊主、このお人は人殺しじゃねぇ。俺を刺したのはあっちの男だ」

そう言って太郎が伝八の方へ顎をしゃくるも、健生は余助を見つめて声を震わせる。

「なんで——なんで、あんたがここに……」

「健生、すまない。お前と顔を合わせるつもりはなかったのだが——」

刀を仕舞った余助が一歩こちらへ踏み出すのへ、健生がいやいやと頭を振った。

「来るな！　あんたのせいで兄ちゃんは死んだんだ！　あんたが兄ちゃんを殺したんだぞ！

あんたが！　あんたのせいで——この人殺し！」

皆が事の成りゆきを見守る中、足を止めた余助が静かに応えた。

「……いかにも私は人殺しだ。私はお前の兄を見殺しにした。お前の兄が死んだのは私のせいで……だから、お前はなんにも悪くないのだよ」

健生の両目から、みるみる涙が溢れ出す。

律の手を握りしめたまましゃくり上げ、やがて幼子のごとく泣き出した。

十一

太郎が貴彦の寝所に運ばれ、医者が呼ばれた。

医者が太郎の治療にあたり、貴彦の妹夫婦や奉公人が小火《ぼや》の始末や客をなだめる間に、律と健生、小倉と余助は、貴彦にいざなわれて寝所から襖戸を隔てた座敷に集った。

此度の事件は、否が応でも十八年前の事件を思い出させる。貴彦の顔は蒼白で、立ち居振る舞いにも動揺が見られる。一方、ひとしきり泣いた健生は落ち着きを取り戻していた。ただ、血走った目を落として、律の横で身を固くしている。

「さて」と、小倉が切り出した。「まずは余助さん、あなたのことを聞かせてください。太郎の言伝ではあなたは貴彦さんの用心棒だそうだが、この子とは一体どういう因縁《いんねん》が？」

小倉よりずっと年上とはいえ、火盗改の同心を前にして、余助は臆せず口を開いた。

「私は五年前、健生の実家の——追分宿の渡屋という旅籠で火事に遭いました。寝煙草から火を出した客がいたんです。すぐさま荷物を持って表へ逃げると、旅籠の中ほどから火が上がっているのが見えました」

折悪く、風がある夜で、火はみるみる勢いを増したそうである。

やはり飛び出して来た仲居に荷物を預けると、余助は水を被って旅籠の中へ戻った。

逃げ惑う者たちを表へ導き、手を貸す間に、健生の名を呼ぶ正生と会った。

——弟が見当たらないんです！　弟は足が悪くて……早く助けてやらないと——

——判った。私も探すから無理はするな——

背負っていた老婆を表で下ろすと、余助は再び火中へ飛び込んだ。

耳を澄ませると、正生ではなく、兄を呼ぶ子供の声が聞こえた。急ぎ駆けつけると、倒れている正生を揺すぶる健生がいた。

——にいちゃん！　おきて！　にいちゃん！——

「火の手よりも煙がひどく……私はまず、健生を助けることにしました」

——にいちゃんは？　おいてかないで！　にいちゃんをたすけて！　おれはいいから、にいちゃんをたすけてよ！——

泣き叫ぶ健生を担いで外へ運んだ時には、打ち壊しが大分進んでいた。

「健生を近くにいた者に預けて戻ろうとした矢先、火消しが二人がかりで正生を運んで来ましたが、正生はもうこと切れていました」

致し方ないと思われた。正生は当時十六歳で、火事場の莫迦力があったとしても、五尺五寸の余助が担いでゆくには難しかったに違いない。

火消しや町の者は余助を労ったが、夫と息子の亡骸にすがって泣き叫ぶ母親の傍らで、健生は余助をなじった。

――うそつき！　にいちゃんもたすけるっていったじゃないか！　すぐにたすけるっていったじゃないか！――

翌朝、余助は人知れず追分宿を発った。

「私よりも兄ちゃ――兄を助けて欲しかった」

涙をこらえ、膝の上で握り締めた拳を見つめて健生は言った。

「母も叔父も奉公人も――みんな、私よりも兄に生きていて欲しかったんです。どちらかしか助けられなかったなら、兄を助けて欲しかった。どちらかが死ななきゃならなかったなら、役立たずの私が死ねばよかった」

「でも」と、思わず律は口を挟んだ。「お兄さんは――正生さんは、健生さんを助けようとしていたのよ。お兄さんの代わりに健生さんが亡くなっていたら、きっとお兄さんも同じことを言ったわ。どちらかしか助けられなかったなら健生さんを、どちらかが死ななければならなかったなら自分が死ねばよかったって……だって私にも弟がいて、もしもおんなじことが起こったら、私も弟を助けに行くもの。自分はいいから弟を先に助けてくれって、余助さんに頼むもの」

おとっつぁんも、さぞ無念だったろう――

またしても、父親の無念が一層胸を締め付けた。

あの日、もしも美和が己と二人連れだったなら、吉之助は辻斬りを諦めたやもしれない。

もしも襲われたとしても、己が美和を庇えば、美和は死なずに済んだやもしれない。

もしも、どちらかが死なねばならなかったなら、いっそ己が死ねばよかった――

そんな風に、伊三郎も幾度となく自分を責めたことだろう。

けれどもそれはきっと、おっかさんだったとしても同じこと――

「……健生さんのお母さんや、叔父さんや奉公人のことは判らないわ。ただ、お兄さんは健生さんを大事にしていて、健生さんを助けようとして、余助さんに助太刀を頼んだ……」

うつむいたまま、健生はかすれた声を絞り出した。

「……判っています。兄は私を大事にしてくれました。父も……母も、あの火事が起きるまでは。あの火事が起きるまでは、私は『足でまとい』でも『役立たず』でもなかった……判っているんです。いくら泣いたって兄にはもう二度と会えない。こうして余助さんを恨むなんて、お門違《かどちが》いだってこと……」

「私は構わんよ」

穏やかに、つぶやくように余助が言った。

「それでお前の心が少しでも安らぐならば、いくらでも私を恨むといい。憎まれ役には慣れている」

余助が王子で律と涼太に出会ったのは偶然だったが、のちに律を訪ねたのは健生のためだったそうである。

此度余助は四年ぶりに中山道を通り、追分宿で渡屋や健生の様子を訊ねて、健生が渡屋で邪魔者扱いされていたことや、江戸の巴屋に奉公に出たことを知った。

「健生と顔を合わせるつもりはなく、ただ無事が判ればいいと巴屋を探ったところ、健生は青陽堂に移ったと知りました。何やら並ならぬ縁を感じてお律さんを訪ね、健生が達者にしていると聞いて安堵しました」

余助には江戸でいくつか「所用」があって、健生のことはその一つだったという。健生が青陽堂にいると知った余助は、深川への郷愁から巴屋に宿を取った。そうして巴屋に出入りするうちに、客でも町の者でもない伝八や太郎が巴屋を探っていることに気付いた。

「これも太郎から聞きましたが、余助さんは伝八を見知っていたそうですね？」

「ええ、まあ。太郎さんから、小倉さまは広瀬さまとご昵懇だとお聞きしました。ならば益蔵のことを耳にしていらっしゃるでしょう？　益蔵ほどではありませんが、伝八にも何やら見覚えがありましてね……太郎さんとはお律さんのところで顔を合わせていたので、二度目にお律さんを訪ねた折に身元をお訊ねしました。太郎さんは信頼に足る者だとお律さんから聞いて一度は巴屋を引き払いましたが、五日前、今一度深川を訪れた折に、巴屋の近くでまたしても伝八を見かけて、やはり巴屋を狙っているのではないかと案じたのです」

「それで、貴彦さんの用心棒を申し出たのですね？」

「はい。いつまでも見張ることはできませんが、せめて貴彦さんが無事に出家されるまではと思い、冗談半分で、上方へ戻りがてら出家先までお守りしますと申し出ました」

「まさか、盗人を見張っていてくださったとは思いも寄らず……」と、貴彦。

「黙っていてすみません。伝八が本当に盗人なのか、盗みを働くかどうかが判らなかったのでね。しかし伝八は今日――いや、もう昨日か――の夕刻、巴屋に客として来ました。宿を取ってすぐに出かけてしまいましたが……しかし、これは何かあると策を練っているうちに、今度は表で太郎さんをお見かけしたのでお話ししたんです」

太郎はすぐさま小倉の屋敷へ走ったが、あいにく小倉は留守だった。

言伝を残して戻って来た太郎に、伝八がまだ帰っていないことを伝えて、余助は太郎とそれとなく巴屋を見張ることにした。

一方、言伝を受け取った小倉は、幾人かの同輩と共に深川に向かったが、巴屋に着いたのは町木戸が閉まった後だった。

「庭を見張っていた太郎さんが火盗改に気付いて、伝八がいまだ帰らぬことを小倉さまにお伝えしました」と、余助が貴彦に向かって言った。「ですが、どうやらやつはこっそり舞い戻っていて、どこかに潜んでいたようなのです」

巴屋は十八年前の事件以来、金を入れた船簞笥《ふなだんす》を納戸《なんど》に移し、納戸にも錠前をかけていた。外は太郎と小倉たちに任せて、余助は出入り口や金蔵《かねぐら》代わりの納戸、伝八の部屋を見回っていたところ、いつの間にか納戸の戸が開いていて盗みに気付いたという。

「庭へ出て来た伝八を、太郎が真っ先に問い詰めてましてね」と、小倉。「逆上したやつが匕首を取り出したところへ、余助さんが現れたのです」

太郎が「殺さねぇでくれ」と頼んだのは余助に対してだった。

律たちに――殊に健生に――聞かせるように小倉が続けた。

「太郎を助けるべく、余助さんはやつへ斬りかかったのだが、太郎は――私どもはやつを生け捕りにしたかったのだ。余助さんに驚いて、やつは狙いを外したようだ。余助さんがいなかったら、太郎は心《しん》ノ臓《ぞう》を刺されていたやもしれぬ」

小倉は律が巴屋にいたことに驚いたが、余助は貴彦から聞いて、律たちに見つからぬよう身を隠していたという。用心棒を申し出た折に、余助は健生とのかかわりを貴彦に明かしていた。

小倉と余助には他にもこまごま訊きたいことがあったものの、健生や貴彦の手前、律は質問を避けた。小倉も細かい話は避けたいらしく、律と健生へ微笑んだ。

「火事を食い止めてくれたそうだな。礼を言う。明日改めて話を聞くゆえ、まずはゆっくり休んでくれ。私は太郎の様子を見にゆこう」

「お伴させてください」と、余助は小倉と共に腰を上げた。

二人が隣りの寝所へ移ると、貴彦は律たちに律たちに深々と頭を下げた。

「お律さん、健生、本当にありがとう。小火で済んだのは二人のおかげだ。——健生、お前が役立たずだなんて、とんでもないよ。お前とお律さんのおかげで、此度は誰も死なずに済んだ。驚いたよ。逃げずに火消しにあたったなんて……私なら裸足《はだし》で逃げ出していたやもしれない。怖くなかったのかい？」

「ちょびっとは。でも火事が広がる方が——誰かが亡くなる方がもっと怖いから……貴彦さんだって、あの場にいたらきっと逃げずに一緒に火消しに回ったと思います」

「そうかな？　そうだといいが……疲れただろう？　明日またゆっくり話そう」

そう言う貴彦こそ今にも倒れそうで、律たちは早々に部屋に引き取った。

部屋に戻ると、健生は再び「寝ずの番」を申し出て座り込んだが、ほどなくして船を漕ぎ始めた。

起こさぬようにそうっと健生を横に寝かせて、掻巻をかけてやる。

廊下の向こうはまだざわめいているものの、疲れと安堵が一緒くたになって、律も時をおかずして眠りに落ちた。

十二

疲労と心労からか、貴彦は翌朝も優れぬ様子だった。

律もまだ本調子とは言い難く、ゆえに挨拶だけ交わして、健生と早々に青陽堂へ戻った。

その日を併せて二日のうちに、二つ残っていた鬼灯を描いて着物を仕上げると、律は翌十六日の朝に池見屋へ出かけて鞠巾着と共に納めて来た。

昼下がり、今井宅での茶のひとときに現れたのは保次郎だった。

昼過ぎに巴屋へ寄ったそうで、太郎の容態が峠を越したと知らせに来てくれたのだ。太郎はあのあと失血により瀕死《ひんし》の状態に陥って、律たちはこの三日間ずっと案じていた。

「無論まだまだ油断なりませんが、ひとまず知らせておこうと思いましてな」

「わざわざありがとうございます」

涼太は仕事中だが、律は今井と二人して胸を撫で下ろした。

昨日出立する筈だった貴彦は、事の次第が明らかになるまで江戸に留まることにした。いまだ心身共に疲れているらしく、焼けた部屋の修繕や新たな錠前の手配、火事見舞いの客の相手などは既に貴彦から店を引き継いだ妹夫婦が担っているという。

「余助さんは太郎の看護を請け負っていて、小倉も太郎を案じて巴屋に日参しています。それで小倉とも顔を合わせまして、言伝を預かって来ました。伝八のことです」

伝八は十八年前、巴屋で盗みを働いた一味の頭だった。

「うん？」と、今井が小首をかしげた。「あの時は頭もろとも一味は皆お縄になって、頭は市中引廻しの上、火罪となったんじゃなかったか？」

「実際は刑罰を受ける前に獄中死しましたが、頭として裁かれたのは伝八の次男の伝十郎《でんじゅうろう》で、伝十郎は父親を逃がすために嘘をついたようです。伝八には病弱な妻と長男がいて、長男は三十年余り前に七つで、妻は昨年亡くなったとか」

伝八は鍛冶師《かじし》だったが、妻と長男の薬のために薬売りに、そののち薬売りを装った盗人になった。妻には行商人だと嘘をついていたものの、次男はやがて伝八の正体に気付いて、共に盗みを働くようになったらしい。

「息子が身代わりとなってまで助けてくれた命ゆえに、伝八は息子の意を汲んで、盗人稼業から足を洗い、妻を最期まで看取りました。ですが妻亡き後一人になって、無念にとらわれるようになり、これが最後の仕事と思って再び巴屋を狙うことにしたそうです。というのも伝八曰く、十八年前に巴屋に火を付けたのは伝八一味ではなかったそうで……」

火元が一味がいた帳場に近かったため、一味が遁走《とんそう》前に火を付けたことにされたが、火が出た折、伝八を含めた一味の四人は皆、帳場にいたというのである。

十八年前、伝八一味には折悪く、深川では火盗改が別の盗人のために見廻りをしていた。駆けつけた火盗改に気付いた伝十郎は、火事騒ぎの中、伝八に囁いた。

――親父、頼む。逃げてくれ。おふくろのために生き延びてくれ――

鍛治師だった伝八は腕のいい鍵師だったため、太郎は十年ほど前に当時の頭に命じられて、仕事の誘いをかけに出向いたそうである。「足を洗った」として伝八には断られたが、太郎はその折に伝八の身の上や巴屋での一件を聞いていた。

此度とある「つて」から伝八が江戸に来ていることを知った太郎は、律に似面絵を頼んで、伝八を探すことにした。

「伝八を『狸』としたのは太郎の方便で、伝八が狸の二つ名で呼ばれていたことはありませんでした。今一人探していた盗人が『狢』だったので、とっさに名付けたそうです。お律さんを騙してすまなかったと、太郎からの言伝だ」

「太郎はどうして小倉さんにも、伝八のことを隠していたんだね？」

「下手に告げれば、伝八が即火罪になるのではないかと恐れたそうです。太郎は、火付はしなかったという伝八の言い分を信じているようですが、あの火事では宇兵衛さんが亡くなっていますからね。まずは自分が伝八を探ってみようとしたそうで……それから太郎曰く、伝八も昔気質《かたぎ》の盗人だそうで、とうに足を洗っていることから、伝八の様子次第で、己のように火盗改の密偵にならないか誘ってみるつもりだった、と」

――いただくのは金だけ。貧乏人からは盗《と》らねぇ。女は犯さねぇ。殺しはしねぇ。穀潰《ごくつぶ》しの俺でもそれだけは守ってやってきた――

太郎が密偵になった折に、律はそう聞いたことがある。

伝八もまた、似たような信条を持っていたようだ。しかしながら、旧交を温めるうちに太郎は伝八が再び巴屋を狙っていることを知った。火事を盗人一味のせいにした巴屋と、息子に火付の濡れ衣を着せた火盗改へ復讐しようというのである。

「太郎はまずは同じく足を洗った者として、今更復讐したところで誰も浮かばれないと説得したそうです、伝八は納得したようでしたが、太郎はどうも信じ切れず、引き続き見張るうちに伝八は巴屋に宿を取りました。伝八は伝八で、太郎も足を洗ったと聞いて――また、もともと一人で仕掛けようとしていたらしく、太郎を巻き込むまいとして――説得された振りをしたそうです。けれども伝八も同じく、太郎を信じ切れずにいたようです」

伝八は藪入りの翌日、太郎の後をつけて、太郎が番屋に寄ったところを見ていた。のちに見失ってしまったために、小倉の屋敷までたどり着くことはなかったものの、いくら足を洗ったとはいえ、自ら番屋に顔を出した太郎を伝八は怪しんだ。

「伝八があぁも逆上したのは、太郎が密偵に――伝八曰く『お上の狗《いぬ》に成り下がった』と知ったからで、匕首はもともと、もしもの折に自決するために持っていたそうです」

「伝八はどうなるのかね？」

「十八年前の盗みに加えて、此度も船簞笥から切り餅を一つ持ち出しているので、たとえ太郎が命を取り留めたとしても死罪は免れません。火罪になるかどうかは、まだ吟味中のようです。伝八一味は一貫して火付を認めていません。伝八は十八年前にも、此度の小火と似たようなことがあったのではないかと主張しているそうです」

「切り餅一つ……」と、律はつぶやいた。

小判の「切り餅」は二十五両を束ねた物で、窃盗は「十両盗めば首が飛ぶ」といわれている。小判一枚は三匁ほどの重さゆえ、二十五枚でも懐にはずしりと重いが、盗みに忍び込んだ代償にしては少ないように思われる。

律の疑念に応えるように、保次郎が言った。

「伝八は納戸の戸ばかりか、船簞笥も開け放して行った。気付いた奉公人や客が邪心を抱いて、金を盗むに違いないと考えて、わざとそうしておいたらしい。だが、余助さんが間をおかずして気付いたことや、火事騒ぎがあったからだろう。やつが盗んだ切り餅一つの他、金は無事だったと聞いた」

納戸が開いていることに気付いた余助は、すぐさま納戸の中を検《あらた》めた。伝八がいないと知ると、船簞笥も戸口も閉めて探しに向かったが、錠前は伝八が隠して行ったらしく、見当たらなかったという。

「それはようございました」

「うむ」と、保次郎は頷いた。「病弱な妻や息子がいたことは気の毒だが、大概の者は、薬や医者が賄《まかな》えぬからといって、人様から盗もうとは考えないものだ。伝八の他、邪心を持った者があの場にいなくて私もほっとした。お律さんや健生、客の皆が力を合わせて、ご老人を助けて火を消し止めたことにも……よしんば伝八一味が火付をしていなかったとしても、此度の小火とて太郎が叫ばなければ、ひいては伝八が盗みを働かなければ起きなかったやもしれない。伝八が晴らせぬ無念を抱えたことも、もとはといえば自分たちが盗みを企てたことにある。だから私はやつには同情していない。むしろ切り餅を盗んだことに加えて、やつを信じようとしていた太郎を裏切った罪でも裁いてやりたいくらいだよ」

十三

三日後の如月は十九日の八ツ過ぎ、健生が今井宅にやって来た。

「ご歓談中すみません。女将さんがお呼びです。小倉さまと貴彦さんがいらしたんです」

歓談中といっても、今日は涼太も保次郎も現れず、今井と二人きりだった。

今井に断って急ぎ青陽堂へ戻ると、ちょうど四人分の茶を自ら運んで来た佐和が健生を店へ返し、座敷で待っていた小倉と貴彦を茶室へいざなった。

「火消しのお礼を兼ねて、貴彦さんから大事な話があるそうです。私の父のことだそうですが、あいにく清次郎さんも涼太も留守なので、お律、あなたを涼太の代わりに呼びました」

身内のこととかつ密談だからだろうかと、律は内心首をひねった。

己を「身内」に数えてくれたことは嬉しいが、貴彦からの宇兵衛の話なら十中八九、十八年前の事件のことだろうと、律は佐和の隣りで身を固くする。

貴彦は五日前とさほど変わらず顔色が冴えないが、佐和をしっかり見つめて口を開いた。

「お佐和さんに、お詫び申し上げねばならないことがあって参りました。十八年前、私の愚行が宇兵衛さんを死に至らしめてしまいました。申し訳ありませんでした」

はっとしたのは律だけだった。

佐和は眉一つ動かさず、両手をついて畳に額をこすりつけた貴彦へ問うた。

「どういうことでしょう？」

「あの火事は私のせいです。盗人一味の付け火ではありません。私が行灯を倒したんです」

「行灯を倒したのは何故ですか？　まさか付け火ではないでしょう？」

「まさか」と、貴彦が慌てて顔を上げる。

「では、どうしてですか？」

「あの夜、私は夜中に厠へ行きました。用を足したのち、寝所へ戻ろうとしたところ、何やら物音を聞いた気がして耳をそばだてました。というのも、あの頃うちには、時折猫が忍び込んで来ることがありまして……」

貴彦は猫を好いていたが、客商売ゆえに両親は快く思っていなかった。だが今なら存分に可愛がってやれると、貴彦は忍び足で物音がした帳場の方へ向かった。

「しかしながら、帳場にいたのは盗人一味でした。私は恐ろしくなって、寝所へ戻ろうとしましたが、足がもつれて廊下の行灯を倒してしまいました。盗人たちの声がして、油を伝って火が広がって……廊下を這うようにして夢中で逃げるうちに、いつの間にか厠まで戻っていて、私は厠にこもりました」

逃げゆく盗人一味と煙に気付いた客が騒ぎ出し、巴屋は上を下への大騒ぎになった。しばらく厠で震えていた貴彦は、人々の声を聞いて己も逃げねばならぬと厠の外へ出たものの、今度は立ち込める煙に右往左往した。

「どうにも煙くて倒れ込んだ矢先、宇兵衛さんが助けに来てくれたんです」

宇兵衛は貴彦に己の濡れた羽織を被せて外へ出ようとしたが、途中で煙にやられて力尽きた。ほどなくして宇兵衛と共に助け出された貴彦はとうに気を失っていたものの、羽織に包まれていたおかげで一命を取り留めた。

「……あの時、息を吹き返したあなたは、何も覚えていないと言いました」

「それは本当です。あの火事や盗人のことは、ずっとまったく記憶になく……ですが、さきおととしに出先で火事を目の当たりにした時に、ふいに思い出したんです。私はあの時、黙って逃げ出さずに、叫んで皆に火事を知らせるべきだった。厠なんぞにこもらずに、さっさと表に出るべきだった。そもそも夜中に猫と遊ぼうなんて、つまらぬことを考えるべきじゃなかった――そうして様々なことを悔いるうちに、出家を思い立ったのです」

唇を噛みしめた貴彦とは裏腹に、佐和は微かに――おそらく――安堵の表情を見せた。

「それなら、何も詫びることなどありませんよ。あなたはあの時、ほんの七つの子供でした。猫と遊びたがっても、盗人に怖気付いて足をもつれさせても、悪者から逃げるために厠へこもっても、なんにもおかしくありません」

「で、ですが今まで黙っていたことは――罪を隠して黙って出家しようとしたことは……」

「あなたになんの罪があるというのです？　此度はご老人が慌てて行灯を倒したと聞きましたよ。火をしっかり落とさなかったり、寝煙草したりしたならまだしも、ああいった失火は誰にでも起こりうることでしょう。そもそも悪いのは盗人たちです。ああでも、盗人たちが付け火の罪まで負わせられたことには同情がなくもありません。けれども、記憶を失くしたこともまた、あなたの責でも罪でもないでしょう」

言葉を失った貴彦の横で、小倉が口を開いた。

「此度、貴彦さんの申し出が吟味され、伝八一味の罪状から火付は取り除かれました。伝八は盗みの科《とが》で死罪になりますが、火付の濡れ衣が晴れたことは、せめてもの救いだと申しております」

貴彦の申し出を自訴として、火盗改は十八年前の火事を失火と認めた。失火ゆえに貴彦はお咎めなし、また火盗改には今更この過去の事件を表沙汰にするつもりはないそうである。

「貴彦さんは、それでもまだ出家されるのですか？」

「はい」

佐和の問いに貴彦は迷わず頷いた。

「伝八は息子が火付の濡れ衣を着せられたことから、此度の復讐を企てました。私がもっと早く——記憶を取り戻した時に申し出ていれば、此度の事件は防げたやもしれません。十八年前、伝十郎は引廻しや火罪になる前に牢屋で死にましたが、伝八はずっと折々に、息子が火炙りになる夢を見てきたそうです。私も同じです。記憶を取り戻してからこのかた、しばしば伝十郎と思しき者が——時には私自身が——火炙りになる夢に苛《さいな》まれてきました」

幾度か自訴を考えた——と貴彦は言った。だが、もうとうの昔にかたがついた事件、かつ万が一にも火付の罪に問われたら、父親が立て直した巴屋が潰れてしまうやもしれない、また無論、本物の火罪——火炙りの刑——を恐れて言い出せなかったそうである。

罰を望んでいるように、律には思えた。

皆から違うと言われても、貴彦にとっては火事や宇兵衛の死は——此度、伝八が死罪となることも——己の罪なのだろう。

出家は刑罰ではないが、貴彦は出家することで罪を償おうとしているようだ。

「そうですか……健生はあなたが火事のもとだったと知っているのですか？」

「いいえ。健生にはまだ何も明かしておりません」

「でしたら、このまま明かさずにお発ちください。もしかしたら、いずれあの子の耳に入る時がくるやもしれませんが、今、あなたの口からでなくともよいでしょう。あなたはもういい大人ですが、健生はまだ子供なのです。あなたの煩悩には、あなたが一人で折り合ってください。健生の同情を買うような――あの子にあなたの苦悩や後悔を背負わせるような真似は謹んでください」

「はい」

神妙に頷いてから、貴彦はおずおず続けた。

「安心いたしました。こういってはなんですが、私も今日はお佐和さんに似たようなお願いを――その、お佐和さんのお慈悲にすがるつもりで……」

「と仰いますと？」

「江戸まで連れて来ておきながら、私は結句、健生をまた苦しめてしまいました。ですが健生はこちらに大分馴染んでいるようですので、その、たとえご尊父のことで私をお恨みになったとしても、健生を今後もどうかよろしくお願いいたしたく……」

佐和がみるみる眉根を寄せた。

「もしや貴彦さん、あなたは私が父のことであなたを恨み、あなたが連れて来た健生に八つ当たりするとでもお考えだったのですか？」

「す、すみません」

「見くびらないでください。念を押しておきますが、私はあなたを恨んでいません。よしんば何かの折に誰かを恨んだとしても、よそさまに――殊に子供にあたるような真似はいたしません」

「申し訳ありません。このような疑心もまた私の弱さかと……修行で性根を叩き直しますゆえ、どうかご寛恕《かんじょ》くださいませ」

「よしてください」

ひれ伏す貴彦を止めて、佐和は眉間の皺を解いた。

「どうかご案じなさいませんように。健生はあの子が自分で違う道を望まぬ限り、うちで大切に育てます。――あなたには罪滅ぼしだったやもしれません。ですが理由はどうあれ、健生も私どももあなたには感謝しています。健生を苦境から救ってくださったこと、私どものもとに連れて来てくださったこと……この場をお借りしてお礼申し上げます」

頭を下げた佐和を束の間呆然と見つめたのちに、貴彦は改めて、一層深く頭《こうべ》を垂れた。

貴彦と小倉を表まで出て見送ると、仕事場へ戻ろうとする律へ佐和が言った。

「お律、ありがとう」

「私は何も……」

「一緒にいてくれただけで助かりました」

「そ、そうですか？　お役に立てたのならよかったです」

腑に落ちぬまま律は仕事場に戻ったが、その晩、寝所で話を聞いた涼太は笑い出した。

「そりゃあれだ。新助みてぇなもんだ」

「新助さん？」

「ほら、前に店先で蕗屋の悠太郎さんを見つけた時、新助は健生に強がって平気な振りをしただろう？　お前にも覚えがあるんじゃないか？　たとえば慶太の前では弱気や泣き顔を見せられねぇと、なんでもない振りをすることが……」

つまり佐和は、貴彦たちに弱気や泣き顔を見せぬよう、律を呼んだというのである。

「おふくろは、俺や香にも泣き顔を見したことがねぇ。でもって、祖父さまは今も変わらずおふくろの誇りだからな」

宇兵衛は、佐和が二十九歳の暮れに店を継いで一年余りで火事で死した。佐和の母親にして涼太の祖母は、涼太や香が生まれるずっと前に亡くなったと聞いている。

「火盗改と一緒に現れて、密談で、祖父さまのことと言われたら、おふくろも心穏やかではいられなかったろう。もしかしたら火付や盗みを疑われているのかもしれねぇと――それなら取り乱さずに応酬しなきゃならねぇと思って、お前を呼んだのさ」

疑念をまったく抱かなかったとは思い難い。もしかしたら父親は火付や盗みにかかわっていたのではないかと、束の間でも頭をかすめたことだろう。

でもお義母さんはきっとすぐに打ち消して、お父さんを信じることにした――

己も思いの外、気を張っていたようだ。

佐和に新たな尊敬と親しみの念を覚えつつ、律は早々に疲れた身体を横にした。

十四

――せっかく火付の濡れ衣が晴れたんだ。伝八さんを「人殺し」にゃしたくねぇ――

「その一念で踏ん張ったそうでね。太郎は滞りなく回復しているようだ」

「それはようございました」

非番にもかかわらず、保次郎がやって来たのは半月ぶりだ。しかも所用のついでに寄ったそうで、八ツまでまだ半刻はあろうという時刻である。

涼太の一休みには早く、今井は上野に出かけて留守にしている。よって保次郎と二人きりだが、三つばかり知らせがあると言うので、上がってもらって茶を淹れた。

如月も今日で末日だ。ただし、今年は閏二月があるがため、弥生まではまだ遠い。

「でも、太郎さんはそうまで伝八のことを考えていたんですね。伝八は逆上して、太郎さんを刺したのに……」

「うむ。だが、怪我は裏切りの報いだと太郎は言ってたよ」

「裏切り?」

「密偵になったことは伝八への——ひいてはかつての仲間への裏切り、伝八のことを知らせずに、一度ならず見逃してやりたいと思ったことは小倉への裏切りだった、とね。それにしても、持ち直してくれて本当によかったよ。太郎が自ら生き延びようとしたことも……」

親兄弟を早くに亡くした太郎は、自分も早死にすると信じ込んでいる節がある。

「どうせなら、何かもっと明るいことを信じてくれれば——いや、信じられるようになるといいんだがね」

「そうですね……」

二つ目の知らせは淳二のことだった。

同輩の遼太の死から一月余りを経て、淳二は杉屋ばかりか江戸を去ったそうである。

「贔屓客が離れたばかりか、好いていた娘に憎まれて、いたたまれなくなったらしい」

暇乞《いとまご》いをした淳二が店主に明かした話によると、淳二は実は、誰が自分たちを押しやったかは見ていなかった。ただ下手人が判らなければ自分が疑われると、はたまたあの場にいた皆が罪に問われるやもしれないと恐れて嘘をついたという。

「それなら、本当は無実なんですね?」

「そのようだね。だが、淳二はこうも明かしたそうだ。己が遼太を羨んで——なんなら憎んでいたことは本当だ、と。遼太がいなくなれば、己が後釜として娘と夫婦となる見込みもなくはないなどと夢想して、幾度となく遼太の不慮の死を願ったことがあった、とも」

杉屋の店主は淳二の打ち明け話を信じたようだ。身寄りのいない淳二はまずは京へ向かうそうで、店主は路銀に困らぬよう暇金《いとまきん》を弾んだらしい。

もしも、本当に淳二さんが無実なら――

一人でも淳二を信じる者がいたことに、律は何やらほっとした。

「茶の湯をご存じの淳二さんなら、きっと宇治にも行かれるでしょうね。余助さんのように、どこかで良い巡り合わせがあるといいんですが……」

大坂で鬼灯屋というよりどころを見つけた余助に重ねて律が言うと、保次郎が微苦笑を浮かべた。

「三つ目の知らせは、その余助さんのことなんだ」

「余助さんがどうかしたんですか?」

「私のもとで、御用聞きにならないかとお誘いしてみた」

「えっ?」

「涼太やお律さんには振られてしまったからね」

「で、でも、余助さんは用心棒として、貴彦さんと信濃に発ったんじゃ……?」

「その通りだ。七日前に伝八が処せられて、その知らせを受けて、おとといだかに貴彦さんと江戸を発ったと聞いた」

余助が益蔵を捕らえるために一計を案じたことや、その身の上を律から聞いて、保次郎は太郎の見舞いがてら幾度か巴屋を訪れ、余助の人柄を見極めようとした。

「お律さんたちと王子で出会った時、余助さんははなから追剝を探していたそうだ。道中の板橋宿でやつらのことを聞き、王子の方まで足を延ばしていると知って、やつらを捕らえるまで王子に留まるつもりだったらしい。のちに追剝たちが板橋で捕まったと聞いて、宿を引き払って市中に移ったそうだよ」

「あの……余助さんは伝八に見覚えがあったと言っていました。それはつまり、伝八も益蔵と同じように前田屋か――もしかしたら鬼灯屋に出入りしていたんじゃないですか？」

律が問うと、保次郎は人差し指を唇の前にやって声を潜めた。

「鬼灯屋の先代は、質屋の傍ら『人助け』に尽力されていたようでね。伝八は十八年前に一度、仇討ちの助太刀を頼みに来たらしい。だが先代はその仇討ちには義がないとして断った上、伝八を諭して家に帰したようだと、余助さんは言っていた」

つまり鬼灯屋はそういった「人助け」もする店で、伝八は足を洗う前にも、火付の罪を被らされた息子の仇討ちとして、巴屋か火盗改を狙おうとしたらしい。

「鬼灯屋は先代の遺言通りに店仕舞いしたが、余助さんは最後の店主として、先代が遺した金か先代に助けてもらった命か、どちらかが尽きるまで人助けに励むつもりだったらしい」

「お金か命が尽きるまで？」

「うん。だからどうせなら、お上に助太刀してもらえぬかと頼んでみたんだが、あんまり乗り気じゃなくってね……小狡《こずる》いことは承知の上で、兄の死に様を伝えて情に訴えてみたところ、引き受けてもらえることになった」

保次郎の兄の義純《よしずみ》もまた、辻斬りの手にかかって死している。義純は武芸達者であったが、辻斬りは気が触れた浪人で、思わぬ隙を突かれたらしい。

「私やお律さんと同じく、余助さんもいまだ辻斬りを許すまいとしているのだ。そして、此度御用聞きを引き受けてくれたのは、同情心や慚愧《ざんき》の念からだけではないのだよ」

余助曰く、此度深川でひととき過ごせたことや律に正体がばれたことから、余り金は回向院にでも寄進して、人知れずこの世を去るのもよしと考えたという。

「そんな……」

「けれども最後に打ち明け話をしたお律さんはまた会えるかと問い、『縁があれば、またいつか』と余助さんは応えた。余助さんが言うにはあれは方便で、もう二度と会うことはないだろうと思っていたのに、巴屋で再び巡り合わせた。しかも健生と一緒に……縁があったのだろう、ならばせめて健生が今少し大きくなるまでは見守りたいと思ったそうだ。つまり余助さんがうんと言ってくれたのは、お律さんのおかげでもあるのだよ」

「それを仰るなら、健生さんのおかげでしょう」

「だが、お律さんに打ち明け話をしたのは、鬼灯が念頭にあったからだとも言っていた。お律さんから鬼灯の着物を描こうとしたきっかけや、ご両親の想い出話を聞いていたからだとね。だからやっぱりお律さんの――ひいてはお律さんに鬼灯のあれこれを教えたご両親のおかげともいえる」

そう言って、保次郎はにっこりとした。

「ついでに、島津屋の啓一郎さんとも――おそらくだが――かたがついた」

「そうなんですか？」

巴屋で捕物と小火があったと聞いて、啓一郎は再び巴屋に姿を現したそうである。

「盗人の手引をしたのは義之介ではないか、義之介を匿《かくま》ったからこのような始末になったのだと言い出してね。ちょうど余助さんと話がついた後だったから、私が啓一郎さんの相手をした。孝吉さんの証言や、余助さんが今は私の御用聞きであることを交えてね……余助さんの意向でお登美さんを助けたことは黙っていたが、啓一郎さんも心底では余助さんを恨むのはお門違いだと判っていたようだったよ。あの人は本当は余助さんじゃなく、自分や母親の信頼を裏切って、辻斬りに及んだ父親を恨んできたんだと思う」

それでも表向きは渋々といった態《てい》で帰ったそうだが、兎にも角にも和解に至ったようで律は安堵した。

余助は貴彦を信濃国の出家先に送り届けたのち、江戸にとんぼ返りするという。

「私の方も一つお知らせがあります」

「なんだね？」

「未さんの――地獄絵を注文した人の正体が判ったんです」

つい昨日のことである。

「ほう。して誰だったんだね？」

「日本橋の唐物屋《からものや》のご隠居で、宗右衛門《そうえもん》さんという方でした。昨日、おかみさんが着物のお礼にいらしたんです。結句、鬼灯の着物はおかみさんがお買い上げくださったんですよ」

「うん？　未さんのおかみさんは死病を患っていて、霜月にもってあと三月ほど――ということは、そろそろお迎えがくるんじゃなかったのかい？」

「それが、死病を患っていたのは宗右衛門さんだったんです。浮気していたのも……おかみさんはよその女の人が産んだ子供を、立派に跡継ぎとして育てられたそうです」

「なんと」

雷鳥の着物を着た由郎を見かけたのちしばらくして疝痛《せんつう》で倒れた宗右衛門は、同じように疝痛から床に就いて死した父親を思い出し、己の余命は三月ほどだと踏んだそうである。

「宗右衛門さんは行商から一代で日本橋に店を持ったそうですが、おかみさんが仰るには洒落者《しゃれもの》かつ放蕩者《ほうとうもの》で、おかみさんやお子さんは大変苦労されたそうです」

おかみの名は章江《あきえ》といった。

章江は二度の流産ののち子宝に恵まれず、また宗右衛門の浮気相手が産後まもなく亡くなったため、不義によって生まれた男児を赤子のうちから我が子のごとく育てたという。

――博打や役者に注ぎ込んだり、吉原で見栄を張って大盤振る舞いしたりと、金遣いも荒くて、私や息子はもう何度も店が潰れてしまうと冷や冷やしました。それから頑として教えてくれませんでしたが、商売のために、時にあこぎな真似もしたみたいです。その度に誰かの恨みを買って、私や息子まで嫌がらせを受けて……だから自分はきっと地獄に落ちるだろう、どうせ地獄行きなら最後の道楽として、自分で死装束を仕立てようと思い立ったってんですよ。もう、ほんに呆れた話でしょう？――と、章江は苦笑した。

「うむ。ほんに呆れた話だ」

「宗右衛門さんは池見屋を訪ねた後に臥せってしまったそうで、おかみさんは着物の注文について何も知らなかったそうです。先日、割符を見つけるまでは」

宗右衛門を問い詰めて、章江は割符を返すために池見屋を訪れた。注文も無論なかったことにしてもらうつもりだったが、通された座敷では、類がちょうど仕立て上がった鬼灯の着物を衣桁にかけて検めていた。

――一目見て、何やらいろんなことをどっと思い出しましてね。殊に真ん中の、お腹の二つの鬼灯が切なくて……あの人には散々振り回されましたから、今際の際にはきっと嘲笑《あざわら》ってやると決めていましたけれど、なんだかんだ情が残っていたみたいです――

そう章江は言った。

真ん中の鬼灯は、律が最後に描いた二つだ。

二つ並んでいるのではなく、右衽《うじん》には並の皮がついた鬼灯を、左衽《さじん》には透かし鬼灯を入れた。着付けた時には帯に隠れてしまうが、襟を合わせると二つの鬼灯が交わり、重なり、寄り添うようになる。

最後の二つは「心」とも「命」ともすべく、落ち着いてゆっくり描きたいと考えていた。だが巴屋で一晩過ごした翌日、描きかけの着物を前にして、律にもどっと様々な思いが押し寄せた。

疲れをよそに急いで筆を執り、実を描くための真朱《まそほ》を筆先につけると、江戸生まれの江戸育ちにもかかわらず、郷愁と思しき念が胸中に灯った。

家でもなく、土地でもなく。

死にゆく者が還《かえ》るところ。

新たな命が生まれいずるところ……

「私もいろんなことを思い出しながら描いた着物だったので、お気に召してもらえて嬉しかったです。宗右衛門さんの御眼鏡にも適ったようで、女物ですけれど、最期にあの着物に袖を通してくださるとか」

「最期に？　ならば、結句死装束にするのかい？」

「そう仰っていました。でも、まずは宗右衛門さんが左前にして死装束にするけれど、初盆《はつぼん》にはおかみさんが着てくださるそうです。迎え火や送り火として……」

「なるほど、それはよいな」

微笑と共に頷いて、保次郎は暇を告げた。

「長々と邪魔をしたね」

「とんでもありません」

「でも、なんだか顔色が優れぬようだ。風邪じゃないかね？」

「違います。少し疲れているだけで……」

「そうかい？　巷では風邪が流行っているから、気を付けた方がいい。かく言う私もしばし風邪で寝込んでいたんで、こちらへ伺うのが遅くなってしまった」

「まあ、そうだったんですか」

「うむ。お律さんも気を付けてくれ。ああ、見送りはいらないよ」

せめて戸口まではと土間に下りるも、お辞儀をして見送ると、微かに吐き気を覚えて律は胸を押さえた。

そうよ。

これは風邪じゃない……

と、ほどなくして涼太がひょっこり顔を出した。

「なんだ。広瀬さんはもう帰っちまったのか。いらしてんなら、早めに一休みしようと思って来たのによ」

少し前、客を見送った折に保次郎が木戸をくぐる姿を見かけたという。

「今日は用事のついでに寄ってくださったのよ。三つほど知らせがあるからと……」

「三つも？　一体なんだったんだい？」

「その前に、私からも一つ知らせがあるの。上がってちょうだい」

己の前に腰を下ろした涼太が不安顔になる。

「何があった？　そんなに怖い顔をして、いってぇどうしたってんだ？」

「怖い顔？」

慌てて眉間の皺を解いて、律は改めて口を開いた。

「おそらくだけど……授かったようなんです」

「えっ？」

「もう二月も月のものがきてないの。戻すほどじゃないのだけれど、ここしばらく胃の腑がむかむかしていて、ずっとなんだか身体が重くて……深川で気を失ったのも、血の道のせいだと思うの。そういう悪阻もあると聞いたわ。昨日いらした章江さんとも、少しそういう話をしたのよ」

見送ろうとした律が少しふらついたことから、章江もまた律を案じた。ただし、章江は保次郎と違って悪阻を知っているがゆえに、風邪よりも先に懐妊を疑ったのだ。

「もちろん、まだしかとはいえないわ。でも、私の勘ではきっとそうだと――」

「お前の勘なら信じるさ」

律を遮って涼太が微笑む。

「それにしても、そうだったのか。ここしばらく顔色が悪かったのは、てっきり疲れか、月のものか、もしかしたら風邪かと思ってた」

「私も一時は風邪かと思ったわ。思い違いだと恥ずかしいから、今少し待ってみようかとも思ったけれど、長屋や店のみんな、先生やお義母さまたちに知られるより先に、あなたに一番に知って欲しかったから……」

身を乗り出して、涼太がそっと律を抱きしめた。

「俺も一番に知りたかったさ。ありがとう、お律」

耳元で囁いて涼太はすぐに身を離したが、再び律を見つめた顔はくしゃくしゃだ。

「大事にしような」

「ええ」

「大事にする――大事にするからな、二人とも。お前も、赤子も……」

「私もよ。私も大事にするわ、赤子も、あなたも……」

手に手を取って、律は涼太と新たな命の灯火を喜んだ。

光文社文庫

文庫書下ろし

照《て》らす鬼灯《ほおずき》　上絵師《うわえし》 律《りつ》の似面絵帖《にづらえちょう》

著　者　知野《ちの》みさき

2024年6月20日　初版1刷発行

発行者　三宅貴久
印　刷　萩原印刷
製　本　ナショナル製本

発行所　株式会社 光文社
〒112-8011　東京都文京区音羽1-16-6
電話（03）5395-8147　編集部
8116　書籍販売部
8125　制作部

ISBN978-4-334-10346-0　Printed in Japan

組版　萩原印刷

光文社時代小説文庫　好評既刊

神奈川宿　雷屋　中島　要
戦国はるかなれど(上・下)　中村彰彦
薩摩スチューデント、西へ　林　望
裏切老中　早見　俊
隠密道中　早見　俊
陰謀奉行　早見　俊
唐渡り花　早見　俊
心の一方　早見　俊
偽の仇討　早見　俊
踊る小判　早見　俊
お蔭騒動　早見　俊
鵺退治の宴　早見　俊
老中成敗　早見　俊
正雪の埋蔵金　藤井邦夫
出入物吟味人　藤井邦夫
阿修羅の微笑　藤井邦夫
将軍家の血筋　藤井邦夫

陽炎の符牒　藤井邦夫
忍び狂乱　藤井邦夫
赤い珊瑚玉　藤井邦夫
神隠しの少女　藤井邦夫
冥府からの刺客　藤井邦夫
無惨なり　藤井邦夫
白浪五人女　藤井邦夫
無駄死に　藤井邦夫
影忍び　藤井邦夫
影武者　藤井邦夫
決闘・柳森稲荷　藤井邦夫
はぐれ狩り　藤井邦夫
百鬼夜行　藤井邦夫
白い霧　藤原緋沙子
桜雨　藤原緋沙子
密命　藤原緋沙子
すみだ川　藤原緋沙子